BODYGUARD ON CAMPUS

Biographie

Poppy Jude est une autrice passionnée, qui aime transporter ses lecteurs dans des univers captivants, tantôt humoristiques, tantôt sombres, où ses personnages complexes et pleins de contrastes prennent vie. À travers ses écrits, elle aspire à faire rêver, émouvoir et inspirer.

POPPY JUDE

BODYGUARD ON CAMPUS

addictives

1

UN OREILLER N'EST PAS UN BOUCLIER

Jade

Peut-on avoir une crampe aux zygomatiques ? Il semblerait que oui. En attestent mes joues crispées de douleur face aux appareils photo des journalistes.

Stop, je n'en peux plus !

Discrètement, j'essaye de masser mes muscles endoloris pour détendre un peu la peau de mon visage. Pas assez discrètement, si j'en crois le coup de coude de ma mère et le regard mitraillette de mon père. Prise en flag, je m'empresse d'imiter l'attitude maternelle, mais à mon avis, j'en suis très loin. Il faut dire qu'on ne se ressemble pas du tout. Elle a tout du top model : grande, mince, des cheveux clairs, longs et lisses, et une gestuelle gracieuse qui s'accorde à merveille avec sa robe de créateur dont j'ai oublié le nom. En somme, tout l'opposé de moi et de mes formes trop volumineuses, ma petite taille et mes boucles folles. D'elle, je n'ai hérité que des yeux bleus. Heureusement, ma robe noire et mon chignon plaqué font illusion.

Ce qui me semble être une éternité plus tard, nous pénétrons enfin dans le Met, le plus grand musée d'art de

New York. L'ensemble du hall a été réservé par le parti conservateur que préside mon père, histoire d'accueillir ses futurs sympathisants, un truc dans le genre. Autant vous dire que la diversité culturelle n'y est pas beaucoup représentée. Mes parents progressent parmi les convives, distribuant sourires hypocrites et petites courbettes. J'essaye d'en faire de même, mais ma robe ultra-serrée entrave mes mouvements.

– Monsieur Shelby, s'écrie mon père alors qu'il interpelle un petit vieux tout de gris vêtu, accompagné d'une superbe créature blonde. Je vous présente ma femme et ma fille.

– Madame, répond Shelby en faisant un baisemain à ma mère. Mademoiselle. Voici mon amie, Shandra.

– C'est un plaisir, enchaîne mon père sans même regarder la femme en question. J'aimerais vous remercier pour le don très généreux que vous nous avez fait.

– Voyons, pas de ça, proteste le petit vieux d'un geste de la main. Si ça peut vous permettre d'accéder à la présidence et de nous débarrasser de tous ces voleurs, ces assassins, ces fainéants…

Il continue sa joyeuse liste et mes racistes de parents approuvent ses propos d'un hochement de tête. J'en profite pour m'éclipser. Je me dirige vers ce qui m'intéresse le plus dans ce genre de soirées : le buffet. Après y avoir jeté un œil et goûté à quelques mignardises, je m'avoue déçue. Heureusement, si la discussion des convives et les pâtisseries sans gluten sont fades au possible – j'ai déjà élaboré une liste des suggestions sucrées que je pourrais faire à leur chef –, la décoration est à couper le souffle.

D'innombrables petites lanternes d'inspiration asiatique tapissent chaque recoin du grand hall. Au-dessus se tient l'impressionnant plafond voûté, où se reflètent les lumières qui donnent l'illusion d'un ciel d'été étoilé.

– Mademoiselle, m'interrompt un serveur en me tendant une coupe de champagne.

J'accepte volontiers, savoure les petites bulles qui pétillent contre mon palais, et continue de m'éloigner. Je m'engage dans un couloir et aperçois au loin une pièce remplie de sculptures. J'adorerais aller y faire un tour, mais l'obscurité ambiante m'en dissuade. Je ne suis pas froussarde, mais j'avoue que me retrouver seule dans le noir avec une statue flippante n'est pas sur la liste de mes priorités. Alors je retourne me balader dans la pièce principale, dans laquelle mes parents font toujours la causette. Personne ne fait attention à moi et c'est très bien comme cela.

Franchement, pourquoi m'ont-ils demandé de venir ?

J'aurais été bien plus utile en cuisine. J'imagine déjà les panna cottas aux fruits rouges qui se marieraient tellement bien à ce champagne.

– Jade ! m'interpelle mon père. Viens par ici.

Le timbre autoritaire de mon père me sort de mes pensées. Avec une habituelle petite boule dans l'estomac, j'affronte son regard sévère en le rejoignant. Sa carrure, sa fermeté et son charisme m'ont toujours intimidée, peu importe les années qui passent. Malgré ses cheveux grisonnants, j'ai comme l'impression que le temps n'a aucune emprise sur lui. Il n'est qu'à quelques mètres de moi, mais c'est à moi de faire l'effort de le rejoindre. Et je sais que, de manière générale, je n'ai pas intérêt à le décevoir.

– Je te présente M. Lynz, continue-t-il en désignant le grand brun rachitique à sa gauche. Il sera ton professeur d'économie l'année prochaine.

– Enchanté, monsieur, réponds-je en serrant la main qu'il me tend.

– Plaisir partagé, mademoiselle. Vous intéressez-vous à la politique, comme votre père ?

– Non, je suis surtout passionnée par…

– L'économie, me coupe mon père. Mais nous ne désespérons pas !

Alors qu'il reprend le contrôle de la conversation, il me lance un regard de reproche pour avoir failli parler de mes rêves, si insipides à ses yeux. Le nœud présent dans mon estomac se resserre un peu plus, et je me souviens de la raison de ma présence ici, maintenant. Mon père se faisait une joie de m'exposer devant toutes ses connaissances. Il est très fier de moi et de mes choix de carrière. Ou plutôt des choix qu'il a faits pour moi. Peu importe, de toute façon, pâtissière n'est pas vraiment un métier, comme dirait ma mère. En tout cas, j'espère qu'aucun de mes enseignants ne se souviendra de moi à la rentrée, car j'avoue avoir déjà oublié le nom de celui auquel je viens de serrer la main.

***

Malgré la crampe du début de soirée, un sourire naît à nouveau sur mes lèvres. Après avoir rencontré la moitié de mes nouveaux professeurs, deux ou trois chefs d'entreprise ainsi qu'une secrétaire d'État – ou était-ce une ambassadrice ? –, nous avons enfin quitté les lieux. Tandis que nous récupérons nos affaires et attendons la voiture devant l'entrée du musée, un sentiment d'allégresse m'envahit.

– Contiens-toi, Jade ! me houspille ma mère alors qu'elle enfile sa fourrure.

Je m'assure que mon père est absorbé par sa conversation téléphonique avant de répondre :

– Désolée, mais c'est plus fort que moi. On est d'accord :

c'était la dernière soirée à laquelle je devais vous accompagner ?

– Parfois je me demande si tu es bien ma fille, souffle ma mère en s'allumant une cigarette slim. Tu as 19 ans, maintenant. Fais comme tu veux.

Je m'apprête à sautiller sur place quand la voix de mon père se met à résonner sous le grand porche :

– Je n'en ai rien à foutre qu'elle ait été mon associée pendant des années ou l'amie de ma femme. À partir d'aujourd'hui, elle n'est plus la bienvenue dans aucune institution digne de ce nom. Dis à Hernandez que s'il contacte Sofia une nouvelle fois, je fais réexpédier leurs gueules de Mexicains au fin fond de leur bled dans la minute.

D'un geste brusque, il raccroche, nous lance un regard sévère puis s'avance pour attendre notre chauffeur. C'est donc intérieurement que je jubile, sans rien laisser paraître. Je n'aurai plus à assister à d'interminables galas mondains. Je commence ma vie d'étudiante en m'émancipant totalement de la vie politique de mon père, dans laquelle j'ai baigné malgré moi depuis que je suis née.

Cependant, ce qui me met le plus en joie, c'est que je ne rentre pas à la maison. Fini la grande villa de mon enfance à la décoration moderne et aux œuvres d'art qu'il ne faut surtout pas effleurer, sous peine de s'attirer les foudres paternelles. Non, ce soir, j'investis mon nouveau chez-moi !

Je ne l'ai jamais vu puisque mes parents se sont chargés de tout, mais je me dis qu'un appartement dans le quartier de Harlem, avec ses bars et restaurants cosmopolites, est forcément plus chaleureux que la demeure familiale. Ça n'a pas été facile de convaincre mes parents qui voulaient m'installer dans l'Upper East Side, mais pour une fois, je n'ai rien voulu lâcher. Le fait que l'immeuble soit sécurisé et qu'il ne soit qu'à quelques minutes de marche de l'université a fini de les convaincre. Pour ma mère, il est impensable que sa fille mette un pied dans le métro. Quant à Niels, son chauffeur anglais, il restera bien évidemment à son service et ne pourra plus me déposer, comme il le faisait au lycée.

D'ailleurs, quand on parle du loup, on en voit la queue !

La Mercedes rutilante se gare devant nous et notre homme à tout faire en sort.

– Bonjour Niels ! lancé-je à son attention, tandis que mes parents prennent place dans le véhicule.

L'intéressé me salue chaleureusement en retour. J'ajoute sur le ton de la plaisanterie :

– Tu n'as pas oublié de prendre mes valises ?

– Bien sûr que non, mademoiselle, feint-il de s'horrifier. Je sais à quel point vous attendez ce déménagement !

Je lui réponds par un grand sourire avant de m'asseoir avec prudence sur les fauteuils en cuir, tellement collants que je pourrais y rester accrochée. J'adore quand Niels est taquin comme ça, car son petit accent ressort. Trop craquant ! Enfin, c'est ce que ma grand-mère disait. Niels n'est pas mon genre, surtout qu'il doit avoir plus de 50 ans. Mamie, en revanche, avait un véritable *crush* pour lui. Tandis que la voiture démarre, je me souviens encore d'une de nos discussions à son propos, qui avait fini en fou rire mémorable.

« – Ah, ce petit Anglais. Si j'avais dix ans de moins, j'en aurais fait mon casse-croûte.

– Euh… mamie, vous n'auriez pas, genre, trente ans d'écart ?

– À peu de chose près, oui. Si je te dis ça, c'est qu'il y

a dix ans, mes dents auraient été encore assez solides pour le manger tout cru. »

Penser à elle me fait immédiatement monter les larmes aux yeux. C'était la personne la plus importante pour moi. C'est elle qui m'a élevée, et ça n'a pas été de tout repos avec une grande naïve comme moi. Elle m'a transmis sa passion pour la pâtisserie et soutenue dans mon rêve d'en faire mon métier. Voilà un an qu'elle est morte, déjà. Peu après mon dix-huitième anniversaire. Avant que le chagrin ne vienne gâcher ma joie, je me concentre sur les rues de la Grosse Pomme, qui défilent par la fenêtre. Les milliers de lueurs scintillantes de la nuit me donnent du baume au cœur.

Nous entrons dans le quartier de Harlem, passons devant la cathédrale Saint-John (j'en profite pour adresser un clin d'œil à mon chouchou des Beatles) puis devant l'université Columbia, dont chaque colonne est éclairée par un spot lumineux. Je la contemple en triturant mes cheveux. Je ne sais pas trop si je ressens de l'angoisse ou de l'excitation à la vue de ces bâtiments majestueux. Et dire que la rentrée est pour demain… Avec ma meilleure amie, nous n'habiterons pas sur le campus, mais à quelques pas d'ici, avec vue sur le Morningside Park. Les appartements d'étudiants n'étaient pas suffisamment bien pour que mes parents daignent y investir leur capital. Si tout se déroule comme prévu, je passerai ici mes trois prochaines années et repartirai avec un diplôme de commerce et management.

Quel programme réjouissant…

Je secoue la tête pour chasser mes pensées : hors de question de me laisser envahir par le doute avant même d'avoir posé mes valises.

Quelques secondes après, Niels tourne dans une rue perpendiculaire et s'arrête devant un immeuble. D'une architecture néogothique typique de New York, le bâtiment n'est plus tout jeune, mais sa façade ocre a été rénovée et lui donne un aspect propre. Niels m'ouvre la porte et je m'extrais comme je peux de la voiture. L'air tiède et lourd de cette fin d'été new-yorkais m'accueille. Le quartier est calme, mais pas totalement silencieux. De la musique résonne entre les bâtiments, des rires et des éclats de voix se font entendre çà et là ; sûrement en provenance des quelques bars que nous avons dépassés. Quelques fragrances moins agréables viennent s'ajouter au tableau : cigarette, urine, ordures…

On ne peut pas tout avoir !

Malgré tout, je sens que je vais me plaire ici. D'autant plus que je n'y habiterai pas seule.

Boostée par cette pensée, je sautille jusqu'à la porte d'entrée. Ma mère soupire face à mon comportement enfantin et mon père se tourne vers moi.

– Vingt-trois dix-neuf, récite-t-il en m'indiquant le Digicode. Tape-le et retiens-le.

Je m'exécute et, d'un coup, je panique. Je suis nulle pour retenir les chiffres. Mon cerveau, champion des associations d'idées étranges, pense immédiatement aux paroles d'une chanson des Beatles et je me mets à chantonner *« Mayday ! Help ! I need somebody ! »*.

John, envoie-moi un stylo depuis le paradis.

– Jade ! hurle ma mère.

– Quoi ? répliqué-je après avoir sursauté. Pourquoi tu cries ?

– Je n'en aurais pas eu besoin si tu n'étais pas encore dans ton monde. Franchement, chérie, tu agis parfois comme…

– OK, pardon ! Qu'est-ce qu'il y a ?

Je la coupe avant qu'elle ne se lance dans un énième sermon sur mon comportement « lunaire », comme elle aime le répéter. J'estime en avoir assez subi pour toute une vie, voire deux.

– Note le numéro dans ton téléphone, soupire-t-elle.

Un ricanement idiot sort de mes lèvres.

Bon, ce sermon-là, je ne l'aurais pas volé.

Je m'exécute et ouvre ma chère application « bloc-notes », beaucoup trop remplie pour être lisible. Il va falloir que je fasse du tri.

Quand la porte s'ouvre, je constate qu'il n'y a pas d'ascenseur et nous empruntons le grand escalier en brique. Au quatrième palier, j'hésite à m'allonger pour faire une pause. La montée jusqu'au dernier étage est rude. Je plains le pauvre Niels qui nous suit avec mes deux grosses valises à coque. Il va falloir que je me muscle si je dois, en plus, me rendre à pied à la fac. Aussi, je m'excuse d'avance envers mes muscles fessiers, quadriceps et toute autre partie non graisseuse de mes jambes n'ayant pas l'habitude d'être sollicités.

Mais l'effort en vaut la peine : une fois le seuil de la porte franchi, mes fesses et moi-même en restons comme deux ronds de flan. L'appartement est sublime. Décoré avec goût, dans un mélange entre vintage et moderne, il possède une grande pièce de vie ouverte sur trois immenses fenêtres. De jour, la luminosité doit être incroyable. Les fauteuils et le canapé de style baroque aux housses fleuries, posés sur un gigantesque tapis persan, donnent du cachet à la pièce et, détail non négligeable, un pan de mur entier a été transformé en bibliothèque. J'y vois déjà mon immense collection de livres de romance. J'effleure du bout des doigts cette surface de bois brut devenue douce comme du velours. Les meubles de la cuisine semblent avoir été conçus dans la même matière, et contribuent à l'ambiance chaleureuse du lieu.

– Alors, qu'en penses-tu ?

Je me retourne vers ma mère, émue, et la serre dans mes bras. Elle se raidit légèrement puis me rend mon étreinte. Honnêtement, je pensais trouver un logement froid, rempli de mobilier aux lignes dures et à l'utilité douteuse.

– Je l'adore ! Merci beaucoup, maman.

– Je t'en prie. C'est Sofia qui s'est occupée de la décoration, dit-elle en ne retenant pas sa grimace. Mais c'est sûrement la dernière chose qu'elle fera pour cette famille…

Ah oui ! Je comprends mieux ! La fameuse ex-copine de maman s'est occupée de tout avant le scandale qu'elle a déclenché. Celle qui a travaillé de nombreuses années avec mon père et qui a tenté de tout accaparer en détruisant sa réputation. Cette histoire date de quelques mois, mais ça fait déjà des années qu'elle est en froid avec lui. Bien sûr, ma mère s'est rangée du côté de son mari. Il y a des années que je n'ai pas vu Sofia, mais je crois me rappeler qu'elle était très gentille. C'est elle qui avait refait la décoration de ma chambre quand j'avais voulu quelque chose de plus adulte. Elle était très douée et, d'après ce que je vois, elle n'a pas perdu la fibre !

Notre moment d'effusion – chose rarissime avec ma mère – est coupé par le retour de mon père. En tant qu'ancien militaire, il a sûrement dû faire un tour de périmètre pour vérifier que tout était opérationnel.

– Tout est opérationnel.

Qu'est-ce que je disais ?

D'un signe de tête, il fait comprendre à ma mère qu'elle doit nous attendre dans le couloir. D'un autre, il m'indique d'approcher. Ça a toujours été ainsi à la maison : avare du moindre mot, mon père a toujours fait passer l'efficacité avant les explications. Je m'approche à une distance acceptable et lève la tête pour lui faire face. Je sais qu'il déteste plus que tout les regards fuyants. Ça et les pleurs.

– Jade, commence-t-il en posant ses mains calleuses sur mes épaules. J'espère que tu réalises le sacrifice que nous faisons avec ta mère en t'autorisant à vivre dans un quartier si pauvre et en totale indépendance.

– Oui, couiné-je en baissant les yeux, incapable d'affronter son regard sévère.

D'une secousse, il me fait comprendre de relever la tête, ce que je fais dans l'instant.

– Bien, approuve-t-il. J'attends de toi un comportement exemplaire. Je ne veux pas qu'une quelconque fête étudiante se retrouve à la une des journaux et vienne salir mon image publique.

Pour appuyer ses propos, il exerce une pression presque douloureuse sur mes épaules. J'acquiesce et, sans plus de cérémonie, il se retourne et quitte l'appartement. Je respire de nouveau et me détends enfin. J'en profite pour faire le tour du propriétaire : deux chambres de taille convenable, dotées elles aussi de leur fenêtre, une salle d'eau dans les tons noir et blanc avec douche à l'italienne. La vue est sublime. Mes futures courbatures ne seront pas un trop grand sacrifice pour avoir la chance de me réveiller chaque matin avec un panorama sur les toits de New York et sur la végétation abondante du Morningside Park, que je traverserai pour me rendre à l'université.

Allégée d'un stress dont je n'avais même pas conscience jusqu'à maintenant, je retire ma robe trop serrée, mes chaussures – que je devrais plutôt qualifier d'instruments de torture –, et libère ma chevelure de sa coiffure rigide.

À la sortie de la douche, je m'interroge. Dois-je ranger

mes valises ou m'effondrer sur le matelas de la plus grande chambre ? Sans surprise, c'est l'option « on verra ça plus tard » qui l'emporte. Je plonge sur le lit, profitant à peine de la douceur des draps et de la bonne odeur de lessive avant de m'envoler vers le pays des rêves.

***

Mon voyage onirique se trouve vite interrompu par un tambourinement agaçant. Je plaque mon oreiller sur ma tête, mais son pouvoir de bouclier sonore est totalement nul, puisque des beuglements parviennent à mes tympans et me tirent de mon état comateux.

Merde, j'avais oublié !

Je me rue vers la porte d'entrée et ouvre à la personne à l'origine de tout ce vacarme : j'ai nommé Cathy Parks, ma meilleure – et seule – amie.

– Enfin ! s'insurge-t-elle. J'ai cru que j'allais passer la nuit sur cette moquette. Elle est trop douce, mais quand même… Putain, meuf, t'es vraiment sourde ! J'ai sonné au moins dix fois après que le beau gosse d'à côté est sorti en mode super vénère. Tu savais qu'on avait un voisin super canon ? Par contre, pas commode le bestiau. J'ai cru qu'il allait m'encastrer dans le plafond avant de faire demi-tour pour rentrer chez lui. Genre, même pas un « bonsoir » ou même « c'est quoi ce bordel ?! ».

Bon, là, elle m'a perdue.

D'après ma mine endormie – facile à deviner, il suffit de regarder l'état de mes cheveux et la trace d'oreiller probablement imprimée sur ma joue –, elle devait bien se douter qu'aucune réponse intelligible ne sortirait de ma bouche. Dans le mille ! Elle continue sa tirade :

– Sérieusement, Jadounette, c'est quoi cette idée d'éteindre son téléphone la nuit ? Tu peux m'expliquer qui fait encore ça à notre âge ?

Toujours sans attendre de réponse, elle fait le tour de notre nouveau chez-nous en faisant rouler ses valises derrière elle et s'extasie dans toutes les pièces. Cathy, c'est un sacré phénomène. Grande, mince et élégante avec une touche de sexy, elle aurait pu être la fille de ma mère. Enfin, si on fait abstraction de sa peau mate, ses cheveux frisés qu'elle porte lâchés et sa propension à dire tout ce qui lui passe par la tête. Et aussi la quantité effrayante d'injures qu'elle peut débiter. Bon, en fait, non, elle n'aurait pas pu être sa fille. Ou alors, on aurait eu le droit à quelques scènes carrément hilarantes. Tout ça pour dire que je mesure la chance que j'ai de l'avoir avec moi, surtout que les amitiés qui ont commencé au lycée ne perdurent généralement pas à la fac.

– Ohé, la Terre à la planète Jade ! m'interpelle Cathy. Une personne essaye d'entrer en communication avec vous.

– Désolée, je viens de me réveiller.

– Ça, j'avais deviné ! réplique-t-elle en ricanant. Je disais donc, cet appart, c'est une vraie tuerie ! T'es sûre que je n'aurai rien à payer ? Parce que ça pue l'arnaque, ton truc.

– Arrête d'être parano, Chacha. Je te l'ai déjà dit, mon père adore investir dans l'immobilier. Il l'a sûrement acheté cash.

Comme à chaque fois que j'utilise son surnom, elle grimace. Depuis que je l'ai trouvé à cette fameuse soirée dont il vaut mieux ne pas parler, elle le déteste et trouve qu'il ne s'accorde pas à sa personnalité de feu. Dommage pour elle, je ne compte pas m'en passer !

– La vache, il a du goût Monsieur Le-padre ! s'exclame-t-elle en tournant sur elle-même.

J'éclate de rire en imaginant mon père relooker cet appartement. Même l'idée qu'il puisse entrer dans un magasin de déco est comique.

– Ce n'est pas lui, crétine, c'est une copine de maman qui a fait la déco.

– Évidemment. Il ne faudrait pas que ton glaçon de mère raye son vernis en se donnant du mal pour sa fille.

Je ne réponds pas. J'ai appris à rester en dehors du conflit imaginaire qu'entretient Cathy avec ma mère. Elle la juge trop dépendante de mon père, à juste titre, mais ma mère se fout de son avis comme de l'an quarante.

– Sans vouloir te vexer, hein ! ajoute Cathy en voyant ma mine dépitée.

– J'ai l'habitude, soupiré-je. Pour le glaçon, ça se voit que tu n'as jamais rencontré mon paternel.

– Mouais. Enfin bref, vu qu'on est enfin indépendantes, je déclare qu'il est désormais interdit de parler de nos parents ! Compris ?

– Euh, c'est toi qui as…

– Tut, tut, tut ! me coupe-t-elle en posant un doigt sur mes lèvres.

Je n'insiste pas. De toute façon, le principe me va totalement. Et puisqu'on parle de principe, il y en a un autre, primordial pour moi : à trois heures du matin, il faut dormir !

2

MENACE N° 1 : LES TROTTINETTES ÉLECTRIQUES

Ishten
Quelques heures plus tôt

Rien à signaler. L'appartement fourni par le général est clean et les fenêtres qui l'entourent offrent un bel angle de vue sur la rue. Le logement voisin, celui de la fille Devreaux, que j'ai visité juste avant, est en tout point semblable au nôtre. Enfin, pour ce qui est de la configuration. La décoration, en revanche, ne pourrait être plus différente. Le nôtre ressemble plus à un sas de contrôle. Pas de jolis fauteuils ou de home cinéma encombrant. À la place, la dernière technologie de la surveillance : des écrans haute qualité, chacun relié à une caméra planquée à différents endroits. Le boulot a été bien fait, il y en a partout. Dans la rue, dans le hall, les escaliers de l'immeuble, et surtout dans l'appartement de la cible à protéger. Je n'en attendais pas moins de Tishé, le geek de l'équipe.

Ou plutôt Mathias. Il va falloir que je m'habitue à nos nouveaux noms d'emprunt.

Concernant le confort de l'habitation, c'est très sommaire :

un frigo d'appoint et un réchaud à gaz pour la cuisine, deux lits de camp dans chacune des chambres – nous ne dormirons jamais en même temps, sécurité oblige – et une salle de bains toute neuve et pimpante qui détonne avec le reste. Je ne m'en plains pas, loin de là. Nous avons été habitués à bien pire. Si on compare avec ma dernière planque en Irak, une grotte froide et humide où je suis resté en surveillance deux bonnes semaines, ce nouveau pied-à-terre a tout de l'hôtel cinq étoiles.

Seul point négatif : notre position au dernier étage ne m'enchante pas. Difficile de prévoir une exfiltration de la cible si les choses se corsent. Vu son dossier, je doute qu'elle soit partante pour une descente en rappel. Mais bon, aux grands maux les grands remèdes !

Satisfait, je procède à l'inventaire de nos armes. Deux fusils snipers Win94, un classique et un Scar-H PR, le nouveau petit bijou à longue portée de l'armée de terre. Ils ont pensé à tout, jusqu'aux supports muraux à chaque fenêtre. J'y place donc deux fusils et planque le dernier dans le placard, avec les Glock 17, les silencieux et armes blanches qui ne nous serviront sûrement pas. Nous sommes déjà bien équipés, et hors de question que j'échange mon Beretta. J'y fourre aussi tout le matériel informatique de Tishé et me prépare à aller courir.

Je suis capable de rester des jours à attendre dans un fossé, mais ici, je sens que la mission va être longue et pas forcément très excitante. À défaut d'avoir mon shoot d'adrénaline quotidien, l'exercice sera une bonne compensation. Je sais qu'Esher, notre sniper hyperactif – oui, c'est contradictoire, mais ce mec est une aberration de la nature – sera d'accord avec moi.

D'ailleurs, ce dernier ne devrait plus tarder à arriver. Posté en Russie depuis quelques années, il enchaîne les missions de garde du corps pour les plus grands mafieux du pays. Il a été rappelé pour se joindre à la mission. Tishé, lui, est déjà là, en train de faire l'inventaire de son matériel. Je sais qu'il ne vaut mieux pas lui parler dans ces moments-là et, ça tombe bien, je déteste le bla-bla inutile. Je peux donc aller me défouler en toute sérénité. Même si la fille Devreaux n'est pas encore arrivée, je sais que ce n'est qu'une question d'heures. À partir de maintenant, le poste de surveillance devra toujours être occupé. D'après les photos et les lettres de menaces reçues par le général, il ne faut pas prendre cette affaire à la légère.

Après seulement cinquante minutes de course, je rentre à l'appartement. Il m'aurait fallu deux heures pour me sentir apaisé, mais c'est impossible dans cette ville. Les New-Yorkais sont tous plus inconscients les uns que les autres ! Je contacte l'équipe de liaison. Marshall répond à la deuxième sonnerie :

– J'écoute.

– J'ai besoin d'un équipement sportif livré au plus vite à ma nouvelle adresse.

Un silence un peu trop long à mon goût précède sa réponse :

– C'est vraiment pressé ?

– Ce n'est pas pressé, c'est une question de sécurité nationale ! m'emporté-je. Si vous voulez éviter que j'encastre un mec sur sa trottinette ou que j'assomme un cycliste, je vous conseille d'être efficaces. Terminé.

Je raccroche, soulagé. Je sais qu'ils feront le nécessaire.

– Toujours autant sur les nerfs, chef.

C'est Tishé, notre hacker, qui a déjà le nez rivé sur ses écrans et ne m'adresse pas un regard. Je ne prends pas la peine de répondre, ce mec aime beaucoup trop les phrases rhétoriques pour son bien.

Putain !

Je suis tout sauf détendu comme je devrais l'être après avoir couru. Alors, j'enchaîne les pompes et les abdos sous l'œil blasé de Tishé – pardon, de Mathias.

Soudain, la porte d'entrée s'ouvre. En deux temps trois mouvements, je suis sur mes pieds, arme à la main. RAS. Ce n'est qu'Esher – alias Alexandre. Après un regard de reproche à Tishé qui aurait pu me prévenir, je range mon arme et me redresse.

Oui, je renonce aux noms de code, du moins dans ma tête.

– Salut la team ! s'exclame-t-il. Prêts pour votre intégration dans la vie étudiante ?

Quelle déception ! Je soupire. Même s'il a toujours sa gueule d'ange blond posée sur son corps massif – comme je disais, c'est un mec tout en contradiction –, j'aurais pensé qu'il avait un peu mûri pendant les cinq ans où nous ne nous sommes pas vus. Un recadrage s'impose.

– Premièrement, nous n'allons pas intégrer l'université, mais l'infiltrer. Ensuite, je te rappelle que notre cible est menacée et que notre mission n'est pas de prendre du bon temps, mais d'assurer sa sécurité. Et enfin, souviens-toi qu'il s'agit de la fille du général et qu'il nous a choisis personnellement pour veiller sur elle. Nous comptons donc sur toi pour faire preuve de sérieux et pour mettre de côté tes envies d'adolescent sur le tard. Compris, soldat ?

– Compris, chef, soupire Esher.

D'une démarche traînante, il pose son paquetage, s'installe sur le siège voisin de Tishé, et murmure à son attention :

– Toujours le même petit tyran que quand on était gamins…

Le geek lui répond d'un haussement d'épaules sans quitter son écran. Esher ajoute, railleur :

– Et toujours aussi bavard, toi ! Bon, vous devenez quoi depuis tout ce temps ?

Je ne réponds pas. Il n'a pas besoin de savoir que, pour ma part, j'ai continué à arpenter les terres du Moyen-Orient qu'ils ont quittées depuis des années. Ce mec est une cause perdue. Avec Tishé, nous avons compris que l'ignorer était le seul moyen pour qu'il se taise. Un bon « ferme ta grande gueule » a plutôt tendance à l'encourager.

– Pas tous en même temps ! continue-t-il en tendant le bras pour attraper l'un des fusils que j'ai accrochés. Je vais commencer : vous avez devant vous le garde du corps le plus en vue du marché ! Toutes les grandes fortunes s'arrachent mes services. Vous avez beaucoup de chance d'en bénéficier gratuitement !

– T'es toujours à la solde du général, crétin, réplique Tishé, le nez dans ses écrans.

– Et toi, mon grand, toujours à œuvrer dans l'ombre ? J'ai entendu dire que tu t'étais fait une réputation, aussi. Apparemment, tu te fais appeler « Shadow ». Pas très original, si tu veux mon avis.

Comme il ne répond pas, Esher se lève, attrape une petite caméra posée sur la table que notre geek a envahie. Évidemment, ce dernier réagit au quart de tour et reprend son bien.

– Pas touche, siffle-t-il avant de s'asseoir et de reposer le petit objet en douceur.

– T'es encore plus maniaque qu'avant, le nerd, soupire Esher en se dirigeant vers la chambre. Je sens qu'on va s'éclater.

Il n'a pas lâché le fusil ; je le vois même sortir un chiffon pour le nettoyer. Ce qui est risible, car le fusil est on ne peut plus neuf. Encore un autre qui n'a pas changé.

***

Vers minuit, la famille Devreaux débarque enfin. Nous nous postons devant les écrans pour les surveiller. Esher s'apprête à sortir pour les aider à porter les grosses valises de la fille du général. Nous sommes censés être des étudiants occupant l'appartement voisin, alors ce n'est pas contre-indiqué. Après réflexion, je l'arrête d'un geste.

– Tu restes là. D'abord l'observation, ensuite la prise de contact.

– Pfff, t'es vraiment un rabat-joie. Et puis, on parle d'une jolie étudiante, pas d'un chef terroriste.

Malgré ses geignements, il suit les ordres. Il n'est pas stupide, il sait que je n'hésiterai pas à demander un remplacement s'il ne prend pas la mission au sérieux. Peu importe que nous ayons grandi ensemble, les sentiments ne sont que des obstacles sur le chemin de la réussite.

Sur les écrans, nous pouvons surveiller la progression du général, suivi de près par sa femme et sa fille – et de loin par leur homme à tout faire, chargé comme une mule. Jade Devreaux semble différente de l'image que je m'étais faite d'elle. Sur les photos, elle apparaissait toujours débraillée, pleine de couleurs et souriante. Avec son chignon plaqué et sa robe noire, il m'a fallu un moment pour la reconnaître. Mais contrairement à Esher, cela m'importe peu de savoir si elle est jolie ou non. L'essentiel, c'est que la cible soit arrivée à bon port et qu'elle ferme bien la porte à double tour derrière elle.

Le général ne passe pas nous voir en partant pour ne pas prendre le risque d'éveiller les soupçons de Jade et sa mère, mais nous lui confirmons via la messagerie que tout est en place. Enfin, tout sauf mes appareils de musculation.

Plus tard dans la soirée, quand tout a l'air sous contrôle, nous laissons Tishé à ses écrans pour tester notre kitchenette toute neuve. Pour l'instant, nos réserves se composent presque exclusivement de rations militaires. On a connu mieux niveau goût, mais pour ce qui est des apports nutritifs, c'est optimal.

– Vraiment dégueu ! Demain, on commande thaïlandais !

Comme toujours, Esher nous inonde de ses lamentations incessantes.

– Ça fait des années qu'on mange des rations individuelles, je ne vois pas où est le problème.

– Justement, Ishten, il est là ton problème. Tu es satisfait de ce que tu as, alors qu'à 23 ans, n'importe qui aurait…

Je n'écoute déjà plus la suite. Je me lève au milieu de sa phrase pour rejoindre Tishé devant ses écrans. À deux, nous mangeons nos portions en silence, ce qui est beaucoup plus appréciable. La fille du général disparaît un moment dans la salle d'eau. Nous ne sommes pas allés jusqu'à mettre des caméras dans cette pièce. Il n'y en a même pas dans les chambres, ce qui est totalement débile, mais j'ai dû faire une concession là-dessus : l'ordre vient du général. Notre vision est donc limitée à plusieurs angles du salon et à la porte d'entrée.

La soirée se passe sans accrocs. Jade part se coucher peu de temps après. Si tous les jours se déroulent ainsi, cette mission s'annonce d'une simplicité enfantine.

***

Trois heures plus tard, alors que je prends mon tour de garde, les écrans fixés dans la rue m'informent qu'une tornade arrive au pied de l'immeuble. Au sens figuré du terme, même si j'aurais préféré gérer une catastrophe naturelle plutôt que Cathy Parks, colocataire et amie de la fille du général. Ce dernier m'a prévenu de faire attention à elle et à la mauvaise influence qu'elle peut avoir sur Jade.

Tandis qu'elle commence à sonner à toutes les portes, car elle ne connaît visiblement pas le code, je lui ouvre. Elle se précipite au dernier étage et, une fois devant chez elle, se met à frapper et à crier comme une folle furieuse.

Mais c'est pas possible, ce boucan ! Elle va fermer sa grande gueule ?!

Pas le choix : je sors sur le palier et lui lance mon regard le plus charmant. Ça a le mérite de la calmer un peu, sans que j'aie à prononcer un mot. Le détecteur de mouvement fait vibrer ma montre connectée et je devine que Jade est réveillée. Établir le contact maintenant n'est pas dans mes projets, même si c'est déjà à moitié fait. Je claque donc la porte et m'installe à nouveau devant l'écran.

Fait chier ! Je déteste les imprévus.

3

BATTUE PAR UN MARRONNIER DÉGARNI

Jade

Sept heures quarante-deux. Mon cinquième ou sixième réveil vient de sonner, il va falloir penser à se bouger. De toute façon, impossible de dormir avec le boucan que fait Cathy dans le salon. Je savais qu'elle aimait écouter de la musique pour se motiver le matin, mais je n'avais pas réalisé que ça allait devenir mon quotidien. Surtout que nos goûts musicaux sont à l'opposé. Si j'adore les vieux groupes de rock, elle vénère les sons d'aujourd'hui. Autotune, bonjour ! Quoi de mieux pour agresser les oreilles de si bon matin ?

Il faudra vraiment que je lui en parle un jour…

Après un passage à la douche vient le moment tant attendu : le petit déjeuner. J'ouvre les placards et c'est la déconvenue. Ils sont vides.

– Cathy ! Où est la nourriture ?!

– Bienvenue dans la vie d'adulte, ma grande, réplique-t-elle en se marrant.

Puis elle me jette une barre de céréales que j'attrape de justesse.

Comment peut-on bien commencer la journée avec ce truc insipide ? Où sont mes petits plaisirs sucrés ?!

Je mets sans tarder un rappel « courses » pour ce soir. Il faudra faire avec pour l'instant. J'esquisse un sourire : c'est le moment parfait pour une petite blague ! Je m'accoude au comptoir de la cuisine et lance à ma copine un regard malicieux.

– Chacha, c'est l'histoire du p'tit déj, tu la connais ?

– Non, soupire-t-elle.

– Pas de bol !

Comme d'habitude, je me marre toute seule tandis que ma meilleure amie me regarde comme si j'étais un cas désespéré.

Après avoir avalé ma barre de céréales toute fade, je file me préparer. Aujourd'hui, notre nouvelle vie d'étudiantes débute officiellement. Je manque un peu d'entrain, car les études de commerce n'étaient pas mon premier choix. Ni mon deuxième, et la liste est longue. Mais bon, comme dirait mon père, « la pâtisserie, c'est pour ceux qui n'ont pas d'ambition ou qui ont échoué au lycée ». Au moins, j'ai réussi à négocier la fac à la place de l'école de commerce. Et puis, la présence de Cathy est un critère non négligeable.

Cathy est plus qu'une amie pour moi, c'est une sœur de cœur. Mon adolescence n'a pas été facile. Au collège, il y a d'abord eu les moqueries sur ma timidité. Puis, quand des obus ont poussé à la place de mes seins, elles se sont transformées en harcèlement, surtout de la part des filles. Pour ce qui est des garçons, j'avais le droit aux yeux baladeurs et aux propositions obscènes. Je me suis donc enfermée dans une petite bulle, peuplée de dessins joyeux, de pâtisseries et de musique. C'est d'ailleurs là que j'ai commencé à vouer un culte à John Lennon. J'ai tout d'abord découvert sa chanson « Imagine », qui m'a remise d'aplomb dans un des pires moments de mon adolescence, quand on a découvert la maladie de mamie et que les persécutions se sont accentuées. J'ai alors plongé à corps perdu dans les musiques des Beatles, qui m'ont redonné le sourire. Je me souviens même du portrait de John, affiché au-dessus de mon lit, avec qui je discutais tous les soirs. Je me rends compte que c'est pathétique, mais à l'époque, c'était la bouée qui m'empêchait de couler. Mieux valait ça que les drogues ou l'alcool.

Ensuite, Cathy est arrivée en cours d'année. Telle une super-héroïne, elle est venue à mon secours à coups de répliques bien senties. Une fois, elle a même arraché une touffe de cheveux à cette peste d'Amy – une de mes harceleuses. En fait, je soupçonne John de m'avoir envoyé Cathy comme un ange chargé de ma protection.

J'enfile ma jupe parapluie rose bonbon et l'accompagne d'un de mes tee-shirts doudous. J'en ai toute une collection, au grand dam de ma mère. Amples et confortables, ils sont tous floqués d'une inscription rigolote. Pour ce grand jour, j'ai choisi « Sauvons la Terre, car c'est la seule planète où il y a du chocolat ». Pas mal, hein ? Et un excellent moyen pour entamer la discussion avec tous les amoureux des petites douceurs. J'ai bien hésité avec une de mes innombrables chemises fleuries, mais le look aurait été trop décalé pour un jour de rentrée.

Une fois ma crinière domptée et maintenue par un énorme chouchou rose, je rejoins ma copine qui est déjà prête. Avec son chemisier fluide et décolleté rentré dans un pantalon loose taille haute, elle a de l'allure. Comme d'habitude, je doute de mon apparence quand je la vois. Elle a vraiment un style mature tandis que je me fais l'impression d'une gamine. Sans parler de sa silhouette mannequin, alors que c'est à peine si je rentre dans du quarante…

– Allez, ma Jadounette, dit Chacha en me prenant les mains. Efface cet air tout triste de ton visage et fais-moi un grand sourire.

Je m'exécute, mais le résultat ne doit pas être concluant car elle grimace et lâche mes mains.

– Tu peux faire mieux que ça !

– Facile à dire pour toi, répliqué-je en croisant les bras. Tu vas t'intégrer en un rien de temps, alors que je vais sûrement me taper la honte dès la première heure.

– N'importe quoi, affirme-t-elle en entourant mes épaules. Allez, c'est parti pour notre nouvelle vie !

***

Notre salle de TD est immense. Elle doit contenir une cinquantaine de chaises. Moderne, elle ne fait pas honneur au bâtiment historique qui m'a tant émerveillée en arrivant. Entre le sol en marbre, les bustes de grands penseurs américains et les portraits d'anciens présidents ayant tous fréquenté Columbia, on se serait cru dans un musée rien qu'en entrant dans le hall de l'université. L'amphithéâtre où a eu lieu notre réunion de rentrée une heure plus tôt était tout aussi sublime, avec ses statues de philosophes, ses fauteuils rouges et moelleux et son odeur de vieux bois d'une autre époque. Ici, l'ambiance est différente. Il n'y a pas de tables, mais de petites tablettes pivotantes fixées aux chaises.

Intimidée par le nombre de personnes déjà présentes et le vacarme ambiant, je me colle à Cathy qui réussit à nous trouver deux places côte à côte. Par bonheur, nous sommes dans la même classe, elle et moi. Il faut dire que nous avons veillé à prendre les mêmes options justement dans cette optique.

Après quelques minutes d'attente, notre professeur d'économie, un vieux monsieur dégarni en chemise jaune à manches courtes – un cliché sur pattes –, pénètre dans la pièce et le silence se fait. Tous les étudiants dégainent leur ordinateur. Je me sens un peu cruche avec mon cahier à spirale, décoré de multiples petits stickers. Rien à faire, je suis de l'ancienne école. Le contact du papier et la couleur de mes stylos fantaisie me manqueraient trop.

Et puis, comment faire des dessins pour passer le temps sinon ?

Notre promotion semble docile ; encore une grande différence avec le lycée. Au bout de cinq minutes, je comprends au débit de parole de notre enseignant que je vais devoir moi aussi investir dans un clavier. Il n'y a pas à dire, on est vraiment à l'ère du numérique. Tout le monde paraît ultra-concentré et bientôt, la voix du vieil homme n'est plus accompagnée que du bruit de centaines de petites touches frappées à une vitesse hallucinante.

Après une discrète observation de notre promo, je suis rassurée de remarquer, quelques rangs derrière, deux élèves qui n'ont pas d'ordinateur non plus. D'ailleurs, ils n'ont même pas de cahier. Le premier, un grand blond à l'allure sympathique, regarde partout autour de lui avec un immense sourire. Vraiment bizarre. Mais pas autant que son voisin. Un grand – ou plutôt immense – brun vêtu entièrement de noir, qui se tient droit sur sa chaise, les bras croisés et le visage fermé. Il a le teint hâlé de ceux qui ont passé trop de temps au soleil.

Tout à coup, nos yeux se rencontrent et je sursaute, surprise par la cicatrice qui sillonne le côté gauche de son visage et tranche avec sa peau tannée. Son regard franc, orné d'épais sourcils froncés, est insoutenable, et je détourne les yeux. Pendant l'heure qui suit, j'ai la désagréable sensation d'être observée mais je n'ose plus me retourner.

Lorsque le cours se termine, je trépigne en attendant que Cathy ait rangé ses affaires.

Qu'est-ce qu'elle peut être lente parfois !

N'y tenant plus, je l'attrape avant qu'elle n'ait fermé son sac et l'entraîne dans le couloir.

– Tu as vu les deux types qui ne prenaient pas de notes ? murmuré-je.

– Waouh ! Déjà à mater les mecs au bout d'une heure de cours ? Qui êtes-vous et qu'avez-vous fait à Jade ?

– Ha ! Ha ! Sans rire, il y avait un gars flippant avec une cicatrice qui n'arrêtait pas de me regarder.

– Pourquoi tu chuchotes ? Il est derrière nous ?

Avec sa discrétion légendaire, elle se retourne et dévisage tout le monde. Je sais qu'ils n'y sont pas, car je les ai vus partir dans la direction opposée. Pourtant, je me méfie. J'ai encore cette étrange impression d'être observée.

Mon instinct de survie inexistant viendrait-il de faire sa première apparition ?

– Heureusement que non, sinon tu nous aurais grillées en deux secondes, dis-je en râlant.

– Écoute, ma belle, si ton *stalker* est un gros thon, tu n'auras qu'à lui dire que tu as déjà un mec. Ou que tu n'es pas intéressée. Ou que tu es lesbienne. Je veux bien jouer ton petit cœur d'amour, si tu veux.

Elle essaye de m'embrasser et je la repousse en pouffant.

– T'es bête ! Et puis, il n'était pas moche. Juste… étrange. Et flippant, avec une cicatrice sur le visage. Du genre à éviter, quoi.

– L'habit ne fait pas le moine, ma Jadounette, me fait-elle remarquer sur le ton du reproche.

Elle a raison. Du coup, maintenant, je culpabilise. Enfin, pas non plus au point d'aller tailler le bout de gras avec lui et son pote. On n'est jamais trop prudent !

***

Après quelques allers-retours dans les couloirs bondés, nous tombons enfin sur notre prochaine salle. Apparemment, le prochain cours qui nous attend est nommé « compétences transversales ». Pas très précis ni engageant, mais bon, quand il faut y aller, il faut y aller !

À peine prenons-nous place que les deux gars de tout à l'heure passent la porte à leur tour.

Par ma barbe à papa, je n'avais pas remarqué leur carrure quand ils étaient assis. Existe-t-il un pays de géants dont on aurait oublié de me parler ?!

S'ils sont presque aussi grands l'un que l'autre, le brun en impose tout de même plus. Sa stature est plus large et sa posture plus rigide. Sans parler de son regard noir.

Je fais signe à Cathy de se retourner en espérant qu'elle soit discrète. Évidemment, elle les mate comme deux cupcakes Louboutin au glaçage brillant. Après avoir reçu plusieurs coups de coude, elle se tourne enfin vers moi.

– Désolée, ma belle, mais tu nous as trouvé des spécimens de premier choix. Et surtout, le mec à la cicatrice, c'est notre voisin.

Je cligne des yeux le temps d'intégrer l'information.

Non, elle n'a pas dit ça. Le mec tout droit sorti de Resident Evil *qui a passé la dernière heure à me fixer ne peut pas être mon voisin. C'est trop flippant.*

– Tu peux répéter ?

– Notre V-O-I-S-I-N. Tu connais le principe ? Quelqu'un qui habite à côté de chez nous. Je t'ai parlé de lui hier soir !

Voyant mon air perdu, elle réalise que je ne garde qu'un souvenir très flou de mon réveil en fanfare.

– C'est le mec qui est sorti en colère de l'appartement alors que je réveillais tout l'immeuble, sauf toi.

J'ose à nouveau observer les deux garçons. Alors que les yeux du premier papillonnent partout avec excitation (comme à son habitude apparemment), ceux, plus sombres, du grand brun sont de nouveau fixés sur moi.

Allez, du nerf, Jade. Non ! Relève la tête et soutiens-moi ce regard. Après tout, c'est lui qui a commencé.

Tandis que je me fais violence, l'inconnu hausse un sourcil dans ma direction puis me reluque quelques secondes d'un air condescendant, comme s'il me faisait là un grand honneur. Ensuite, sans plus de cérémonie, il détourne les yeux vers la fenêtre où les trois arbres de la cour se battent en duel.

Battue par un marronnier dégarni.

N'empêche, ne devrait-il pas mater Cathy ? D'habitude, c'est vers elle que l'attention se porte. Et puis, c'est quand même celle qui l'a réveillé en pleine nuit ! À moins qu'il ne se demande ce qu'une fille comme moi fait avec un canon comme elle ? D'ailleurs, cette dernière se penche vers moi pour chuchoter beaucoup trop fort :

– La vache, ma Jadounette, je crois que t'as une touche.

Son jeu de sourcils me fait pouffer, comme à l'époque. Je ne sais pas comment elle fait pour les lever ainsi, l'un après l'autre, mais j'ai toujours trouvé ça très fort.

– Tu dois me confondre avec l'arbre dans la cour. Il s'en fout de moi. D'ailleurs, il a l'air de s'en foutre de tout.

J'aurais aimé, pour une fois, être au centre de l'attention de quelqu'un. Mais je n'ai fait que prendre mes rêves pour la réalité. Pathétique.

– Je ne parlais pas de notre voisin sur qui tu sembles faire une fixette, mais du grand gaillard à ta gauche, précise-t-elle en me le montrant d'un signe de tête.

En effet, à quelques tables de là, un mec plutôt mignon m'observe et, lorsque nos regards se croisent, me fait un grand sourire accompagné d'un clin d'œil. Je me détourne aussitôt, non sans avoir rougi comme une tomate. Néanmoins, je suis flattée. Si j'avais un genre de mec et que mes deux ex n'étaient pas diamétralement opposés, il pourrait y correspondre. Assez grand, élancé, même si je devine une carrure sportive sous son tee-shirt, cheveux châtains mi-longs et yeux verts. Autrement dit, pas mal du tout.

Cathy se penche à nouveau vers moi, prête à ajouter un énième commentaire. Heureusement, elle est interrompue par l'arrivée de la prof, physiquement plus avenante que l'enseignant précédent. Son cours, en revanche, n'en est pas moins soporifique. Je dirais même narcotique.

***

Une heure de torture plus tard, j'ai l'impression d'avoir avalé une plaquette de Xanax.

– Houla ! Toi, tu as besoin de ta dose de sucre ! remarque Cathy.

Elle me connaît bien. Trop heureuse de la suivre, je me laisse guider vers la cafétéria universitaire. La pièce est déjà bondée, mais les grandes baies vitrées annihilent la sensation d'oppression qu'on pourrait ressentir dans un tel endroit. Nous nous dirigeons vers le buffet.

Nom d'une génoise, il y en a, du choix !

Je dois bloquer un moment, car Cathy a déjà acheté sa salade – beurk – alors que je n'ai même pas pris mon plateau.

– Je vais réserver une table, me dit-elle. Prends ton temps !

C'est bien mon intention. Je suis comme une enfant dans la maison du Père Noël. Ça change des plats sous vide du lycée ! Dix minutes plus tard, mon plateau est rempli à ras bord. J'avoue, j'ai un peu abusé en prenant trois desserts. Le cours de Mme Machin – tiens, j'ai déjà oublié son nom – va me coûter cher. Autant en calories qu'en euros, mais pour le dernier point, mes parents s'en chargeront très bien.

Après tout, c'est leur faute si j'ai besoin de sucre pour tenir le choc !

Je repère Cathy dans la cohue des étudiants. Elle est occupée à discuter avec ses voisins de table. Connaissant ma meilleure amie, rien d'étonnant à ce qu'elle ait déjà sympathisé. Son teint chaud et son sourire Ultrabrite semblent attirer les gens – les mecs surtout – comme des mouches. Alors que je la rejoins, je réalise que l'un de ses nouveaux amis est celui qui m'a souri en cours. Une petite boule de stress apparaît dans mon estomac, mais je l'ignore. Je ne suis plus la Jade timide et effrayée du lycée. Je ne veux plus l'être.

Je vais faire de nouvelles rencontres et tout va bien se passer.

– B… bonjour, balbutié-je en prenant place sur la chaise à côté de Cathy.

– Les gars, je vous présente ma meilleure amie, Jade. Jade, c'est Soan et…

– Gabriel, la coupe le fameux garçon du cours avec un nouveau clin d'œil. Ravi de faire ta connaissance, jolie Jade. Dis-moi si je me trompe, mais tu es bien la fille de Paul Devreaux ? La future première dame ! Félicitations pour la campagne de ton père !

– Euh… merci.

Je me tortille, ne sachant quoi répondre, gênée qu'il m'ait

si vite reconnue alors que je n'ai jamais été sur le devant de la scène. Enfin, jusqu'à il y a quelques semaines, lorsque mon père a fait venir un photographe pour tirer le portrait de sa famille parfaite. À ce jour, la photo n'a été diffusée que dans les médias spécialisés. Il faut croire que Gabriel s'intéresse à ce genre de choses. Heureusement, Soan, le beau métis charpenté aux mirettes noisette (totalement le style de mon amie) vient à ma rescousse.

– Laisse-la tranquille avec tes ambitions politiques, mec, le rabroue-t-il d'un coup dans le dos. Et puis, la première dame, c'est la femme du président, pas la fille. Franchement, vieux, comment veux-tu faire carrière si tu ne connais pas les bases ?

Le second nouvel ami de Cathy – ou devrais-je dire futur amant vu comme ils se dévorent du regard – me regarde en soufflant d'un air dépité, comme si on partageait un secret. Je pouffe de rire et me sens tout de suite à mon aise avec lui.

Alors que nous mangeons dans une ambiance bon enfant, je me sens de nouveau observée. Je finis par trouver la cause de ma gêne. Encore le mystérieux balafré. Cette fois, il est installé à l'autre bout de la salle, mais ne lâche pas ma table du regard. Ou plutôt nos nouveaux amis, qui semblent être le sujet d'un débat entre lui et son copain.

Soudain, ils se lèvent de concert et quittent leur place, sans même débarrasser leurs plateaux.

Quels goujats !

Les voilà qui s'éloignent d'un pas militaire. Au sens littéral du terme ; avec un père qui a été général avant de se lancer dans la politique, je sais de quoi je parle. Bref, inutile de se torturer les méninges plus longtemps pour ces deux énergumènes. J'ai besoin de toutes mes capacités cérébrales pour survivre aux journées de cours qui vont suivre.

4

MENACE N° 2 : LES HEURES HEUREUSES

Ishten

Le système de sécurité de cette soi-disant grande université new-yorkaise est une aberration. Du peu que je connaisse des États-Unis, et à moins que j'aie atterri dans une dimension parallèle, le NTAS[1] est toujours en vigueur. Je compte quelques rares caméras, fixées sur le mobilier de valeur, et constate une absence totale des forces de l'ordre. Il y a bien la patrouille de sécurité du campus, mais elle ne sert à rien d'autre qu'à distribuer des sifflets anti-viols et à déposer des étudiants trop bourrés chez eux.

Affligeant.

Cette mission s'annonce plus difficile que prévu, d'autant que la zone d'action est large et que les ennemis potentiels sont nombreux. À commencer par les deux blancs-becs qui mangent à la table des filles. D'ailleurs, je demande immédiatement à Tishé de mener son enquête depuis notre

1. National Terrorism Advisory System. C'est l'équivalent américain du Plan Vigipirate.

QG. Grâce à nos caméras embarquées, il est nos yeux et nos oreilles. Sans compter qu'il a immédiatement piraté toutes les caméras présentes sur le campus, incluant de nombreux smartphones d'étudiants. J'ai toute confiance en lui pour nous sortir la biographie de ces mecs dans les minutes qui suivent.

En attendant, l'heure tourne et je n'ai pas envie de me retrouver une nouvelle fois dans la cohue des étudiants, lorsque l'heure du déjeuner prendra fin.

– On bouge.

Esher me suit jusqu'à la zone d'observation que j'ai repérée en arrivant. Postés en hauteur, nous avons une vue dégagée sur les points d'accès du restaurant. Pour ce qui est du reste de la pièce, la visibilité est pourrie. Mais tant qu'on peut avoir la cible en visuel, c'est déjà ça. Je sens que les concessions seront partie prenante de notre mission.

À peine sommes-nous positionnés que nos téléphones sonnent. Comme prévu, Tishé nous a fait parvenir un rapport complet retraçant la vie des deux zigotos depuis le berceau.

– Ils sont clean, m'informe Esher, comme si je ne savais pas lire.

– Pas convaincu à cent pour cent. Ils restent suspects.

– Franchement, Ishten, c'est juste des mecs lambda. Ils le portent sur eux, regarde-les !

– Se faire un avis à la gueule du client est une erreur de débutant, je pensais que tu le savais, répliqué-je avec un regard réprobateur. Je maintiens : ils sont louches. Leur prise de contact avec les filles est trop directe pour être désintéressée. Reste à définir leur objectif.

– Je dirais plutôt que c'est limpide, s'esclaffe-t-il. Ils veulent les pécho !

La sonnerie – qui ressemble plutôt à de la musique – marquant le début de l'intercours m'empêche de me renseigner sur le sens de ce mot. Je le ferai plus tard. Encore une de ces nouvelles expressions qu'utilisent les jeunes ici, et qu'Esher a dû apprendre dans tous les magazines occidentaux qu'il collectionnait. Ceux-là mêmes qui lui ont valu tant de punitions lorsque nous étions enfants, mais qui pourraient finalement nous être utiles, aujourd'hui – même si ça me fait mal de l'admettre.

La foule se met en mouvement et je perds ma cible de vue. Et cette mélodie horrible qui n'en finit pas ! Encore un non-sens. Y a-t-il vraiment besoin d'un tel boucan pour indiquer qu'il reste cinq minutes avant la reprise des cours ? Ici, les gens ont tous un téléphone greffé à la main et devraient donc être capables de lire l'heure. Pas étonnant que notre société soit défaillante. À infantiliser les étudiants de la sorte, ils finiront tous dépendants. Au mieux, du système. Au pire, d'un psychiatre.

***

Bien que j'aie honte de l'avouer, cette première journée a été épuisante. Je ne suis pas habitué à côtoyer autant de menaces potentielles. La vie ici est si différente de ce que je connais ! Ma came à moi, ce sont plutôt les ruines désertes où se planquent les terroristes. Avant de débarquer à New York, j'étais positionné au cœur du désert de Lybie. Ma mission était de rapporter les faits et gestes d'une escouade de djihadistes qui s'était installée dans un fort abandonné, et d'attendre le bon moment pour buter son chef. Seul au milieu du silence, avec les étoiles pour couverture et l'immensité des plaines sèches comme panorama. Je chassais mon gibier, changeais de planque tous les deux jours et me ravitaillais toutes les semaines à l'oasis. Et ça pendant trois mois. La vie de rêve, quoi. Rien à voir avec ce genre de ville surpeuplée et trop bruyante. Heureusement, la fille Devreaux est rentrée à bon port et je vais pouvoir me défouler ; on m'a enfin livré mes précieux haltères.

– Cible en mouvement. Jade et son amie sortent de leur appartement.

La voix de Tishé, qui n'a sûrement pas bougé de la journée sauf pour ses besoins primaires – séance de sport comprise –, résonne depuis le salon.

– Sérieux, mec ? râle Esher. T'aurais pas pu nous prévenir avant ?

– Et comment j'aurais pu savoir qu'elles allaient sortir ? répond-il en tournant son fauteuil.

– Quoi, tu vas me dire qu'elles ne se sont pas préparées ? Genre, elles étaient devant la télé et, d'un coup, elles ont sauté du canapé pour courir vers la porte ?

Tout occupé à m'équiper en quatrième vitesse, je n'entends pas la réponse de Tishé. Sûrement la réplique offusquée du mec qui a, d'habitude, toujours raison. Sur ce coup-là, je ne lui en veux pas. Nous n'avons pas les codes de la vie des jeunes d'aujourd'hui. Enfin, sauf Esher qui a toujours été passionné par la banalité. Je me souviens qu'il échangeait ses rations avec Tishé pour qu'il lui pirate des vidéos. Un jour, il s'est même enfui du foyer pour aller en ville récupérer des objets avant de revenir. Cette sortie lui a valu un lynchage en règle et deux semaines d'isolement. Malgré tout, aucune punition n'aurait pu l'empêcher de récolter ses trésors. Dessins animés, mangas, émissions de téléréalité, vidéos de réseaux sociaux. Toutes ces conneries qu'il considérait plus importantes que la nourriture, pourtant vitale. Difficile à comprendre pour un mec terre à terre comme moi.

À peine une minute plus tard, Esher et moi sommes

dehors. Les filles marchent si lentement que nous n'avons même pas besoin de les localiser pour les rattraper. Même si le but de cette mission est de ne jamais perdre la cible de vue, nous avons tout de même installé un tracker sur le téléphone de Jade. On n'est jamais trop prudent.

– Qu'est-ce qu'elles fabriquent, à cette heure-là ?

J'interroge Esher même si ça me fait royalement chier. C'est censé être moi, le chef, et je pensais pouvoir suivre. Enfin, jusqu'à ce que je les voie passer devant le magasin d'alimentation, où elles auraient dû s'arrêter, sans un regard. Alors merde, que peuvent-elles bien foutre à dix-huit heures dans les rues de New York ? Il est encore trop tôt pour dîner et, d'après les informations que j'ai rassemblées, c'est beaucoup plus tard que les jeunes sortent faire la fête.

– Elles sont sûrement sorties pour l'happy hour.

C'est quoi encore ça, une heure heureuse ?! Je n'y comprends rien, mais j'ai épuisé mon stock de questions pour la journée. Il ne faudrait pas gonfler l'ego d'Esher encore plus. Ma devise : ne jamais prendre la grosse tête, surtout si on veut pouvoir enfiler son casque en cas de bombardement.

Le bar devant lequel s'arrêtent les filles est surpeuplé, pour changer. Coincée entre un coiffeur et une boutique de vêtements, la façade rouge passée ne paye pas de mine et la circulation est assourdissante. Pourtant, tout le monde semble s'y être donné rendez-vous. Logique, me direz-vous, si c'est leur « heure heureuse ».

– Bon, je vais prendre un verre ! annonce mon inconscient de partenaire qui amorce un pas vers le comptoir.

Je le retiens par le bras avant qu'il ne fasse un pas de plus.

– Hors de question ! On n'est pas là pour s'amuser.

– Mais détends-toi un peu, chef ! rétorque-t-il en se

dégageant de ma prise. Tu ne crois pas qu'on aurait l'air suspect à rester dans notre coin sans parler à personne ? Je croyais que le général voulait qu'on préserve notre couverture à tout prix.

Bon, sur ce coup, il n'a pas tort.

On aurait pu faire mine de discuter entre nous, mais il m'aurait vite saoulé, alors j'abdique.

– D'accord, mais ce ne sont pas des vacances. Tu gardes la cible à l'œil.

Il me corrige en grommelant :

– Jade. C'est pas un point de mire.

– Peu importe, tu ne relâches J-A-M-A-I-S ta vigilance. Compris ?

– Affirmatif !

Il part se mêler à la foule, trop content de feindre la normalité. S'il aime faire semblant, tant mieux pour lui. Néanmoins, il sait très bien que l'engagement envers notre devoir est définitif. Nous avons tous prêté serment il y a des années et, même si mes deux camarades n'ont pas pris autant de responsabilités que moi, ils savent que seule la mort peut nous en libérer. Ce genre de vie mondaine ne sera jamais la nôtre.

Pour ma part, je me pose à une table d'angle. Ma zone de surveillance est optimale. J'ai l'ensemble du bar et les points d'entrée en visuel. Le volume de la musique électronique, les machines qui crachent de la fumée et les lumières qui oscillent sans cesse saturent mes sens. Ma concentration est malgré tout à son summum, ce qui me demande un effort inhabituel.

De temps en temps, Esher et moi communiquons sur les éléments ou les personnes qui nous semblent suspects. Nous avons un système de signes bien à nous, très discret, que nous avons appris lors de notre formation d'élite. Au début, on nous a fait utiliser les signaux de la marine. Le principe est simple : un signe est égal à une lettre. Sauf qu'en pratique, c'est bien trop long pour communiquer dans l'urgence. Du coup, on s'est rabattus sur un système amélioré du code qui servait aux prisonniers américains internés dans les camps vietnamiens. Pour ça, il suffit de savoir compter et de ne pas être trop bigleux. Pas besoin de faire compliqué quand il s'agit d'indiquer une position, une direction ou de donner des infos sur le degré de danger. Ce code nous a sauvé la mise à plusieurs reprises, lorsque toute communication verbale était trop risquée.

Soudain, une femme apparaît dans mon champ de vision périphérique, mais mon regard reste fixé sur la raison de ma mission, qui se trémousse avec insouciance sur une musique qui n'a de mélodieux que le nom.

– Salut, beau gosse, m'interpelle la serveuse. Tu bois quoi ?

– Rien.

– Vraiment ? Pourtant, il fait super chaud, ici.

Je l'ignore royalement.

Elle va me lâcher, la sangsue ?

Et puis, elle parle bizarrement, en allongeant les syllabes comme si elle chantait. Vraiment étrange. J'espère que la fille du général ne touche pas aux mêmes drogues qu'elle. Toute défoncée qu'elle semble être, elle ne doit pas comprendre mon mépris, car elle s'approche beaucoup trop près de moi. Envahir mon espace vital n'est jamais une bonne idée.

– Si tu veux prendre ton pied, susurre-t-elle, je finis à minuit.

C'était donc ça. Dommage pour elle, je suis très strict en ce qui concerne ma vie sexuelle. Aucun abus : une fois par mois maximum, même si je me suis déjà abstenu plus longtemps sans problème. Et surtout, je me renseigne TOUJOURS en amont sur l'identité de ma partenaire, allant jusqu'à me procurer son dossier médical. Vu qu'elle ne semble pas capter que je ne suis pas intéressé, je l'attrape par le poignet et me lève pour la repousser.

– Dégage, la junkie, grondé-je en la fixant de mon regard le plus meurtrier. Tu pollues mon espace.

Elle obtempère et s'enfuit presque en courant. Son air choqué me fait marrer, c'est déjà ça !

***

Cela fait des heures que je ne quitte pas la cible des yeux. Les deux imbéciles heureux qui veulent les « pécho » sont là aussi. Entre-temps, je me suis renseigné sur ce mot en le cherchant sur le Net. Le sens premier (attraper) m'a inquiété. Puis, j'ai compris qu'Esher parlait du sens figuré (séduire). D'après lui, Gabriel Mills et Soan Marquez envisageraient de pratiquer un coït avec Jade et Cathy. Il vaudrait mieux que la fille du général attende qu'on ait localisé la menace avant d'aller chez qui que ce soit. Sa copine, elle, fait bien ce qu'elle veut.

D'ailleurs, il semblerait que l'affaire soit déjà conclue. Les deux métis, Cathy et Soan, sortent du bar ensemble après avoir salué Jade. Cette dernière enfile son manteau et se dirige vers le comptoir pour payer la note. Gabriel Mills débarque près d'elle avant qu'elle n'ait eu le temps de sortir sa carte et déclare haut et fort :

– Laisse, trésor. C'est moi qui invite.

Comme l'affirmait le rapport psychologique fourni par notre hacker, le garçon semble très imbu de lui-même et fier de la fortune de son père qui possède un empire dans l'immobilier. Je m'approche discrètement afin d'entendre la réponse de Jade, beaucoup plus discrète.

– Merci, Gab. C'est gentil, mais ce n'est pas la peine, tu sais.

– J'insiste, ma belle, dit-il après avoir tendu sa carte au barman.

Puis, il se retourne vers elle, lui agrippe la taille et se rapproche de son visage. Beaucoup trop près ; mes sens sont aux aguets et mes muscles contractés, prêts à intervenir. Je n'entends pas ce qu'il lui chuchote à l'oreille mais cela fait rire Jade. Néanmoins, elle le repousse, secoue la tête et s'éloigne, non sans lui adresser un sourire penaud.

Avant de sortir à mon tour, je fais signe à Esher de suivre Cathy. On ne sait jamais. Les détracteurs du général pourraient passer par la meilleure amie s'ils n'arrivent pas à atteindre sa fille.

Vingt et une heures, il fait déjà nuit. J'emboîte le pas à la fille Devreaux dans ce quartier à première vue tranquille. Des boutiques chics dont les stores sont fermés, quelques passants qui discutent et d'autres qui râlent car le dernier bus n'est pas passé. Rien de bien dangereux, en somme. Alors, je prends mes distances, préférant observer les déplacements de Jade sur mon application de tracking afin d'assurer ma couverture. C'est Tishé qui l'a mise au point. Elle est tellement précise que je peux voir à quelle vitesse marche l'individu surveillé. En ce moment même, l'individu en question s'est arrêté. J'accélère pour voir ce qu'il se passe dans la rue où Jade a tourné et la retrouve postée devant un SDF endormi.

Mais qu'est-ce qu'elle fout ?!

Soudain, elle sort son portefeuille et pose devant le SDF un billet de vingt. Sérieusement ? Même moi qui ne suis pas habitué au mode de vie occidental, je sais qu'on n'offre pas autant d'argent à un sans-abri. Surtout quand un groupe de cinq mecs bien alcoolisés vu leur démarche sont campés non loin et lorgnent ledit portefeuille.

Gagné ! Les cinq gars s'approchent et commencent à l'aborder. J'hésite à la laisser se débrouiller, vu que les types n'ont sûrement rien à voir avec la menace que nous traquons. Dans la mesure du raisonnable, bien sûr.

Ça lui mettra peut-être du plomb dans la cervelle…

À peine quelques secondes plus tard, l'un d'eux tire sur son sac et elle lâche un cri de détresse. C'est le moment d'entrer en action.

5

AH NON ! C'EST PAS UN MUSCLE, ÇA !

Jade

Combien donner à un SDF ?

Je ne suis pas vraiment calée dans ce domaine. Il est rare de croiser une personne sans domicile dans les quartiers chics de Washington où j'ai grandi. Je pourrais demander à Cathy. Elle vivait dans la banlieue de Chicago avant d'être relogée dans une famille d'accueil proche de chez moi. Il doit y en avoir des tas, là-bas. J'ai remarqué que les New-Yorkais leur jettent parfois des pièces, à défaut d'un regard. Toute à mon envie d'intégration, je me suis mis en tête de faire pareil, sauf que je n'ai que des billets.

Cinquante, c'est beaucoup ? Et dix, ça fait radine, non ? Bon, allez, va pour le billet de vingt.

Je le dépose dans la casquette du pauvre homme endormi et reprends ma route d'un pas léger.

– Excusez-moi, mademoiselle ! m'interpelle une voix masculine.

Quand je me retourne, je me retrouve non pas face à une, mais à quatre personnes. Tous des mecs à l'allure douteuse, dans la cinquantaine, maigres et dégarnis. Un mauvais pressentiment m'envahit, et je tente de poursuivre mon chemin. Ma fuite n'aura pas été longue, car je me cogne sur le torse du cinquième gars que je n'avais pas vu.

– Pas si vite, ma belle, ricane-t-il. T'veux pas discuter un peu ?

L'haleine du type sent l'alcool à plein nez. Il attrape mon bras quand j'essaye de m'éloigner. Sa poigne me fait grimacer tandis que les autres forment un cercle autour de moi. Ma respiration s'accélère et je regarde de tous les côtés à la recherche d'une issue. Dans ce genre de situation, je suis censée demander ce qu'ils me veulent. Ou leur filer de l'argent, peut-être. Problème : mon corps tétanisé refuse de suivre les directives de mon cerveau.

Dieu, Bouddha, John Lennon, quelqu'un, aidez-moi ! Je suis dans la merde.

– On fait quoi ? lance un premier. On lui prend son sac et on se tire ?

– J'sais pas, répond un autre. Elle est plutôt mignonne. T'as vu cette paire de seins !

Un couinement de souris est tout ce qui veut bien sortir de ma bouche.

Non ! Je ne suis pas mignonne, je suis moche et grosse. Laissez-moi tranquille !

Soudain, je sens qu'on tire sur mon sac. Comme une bécasse, je m'y accroche alors que je devrais le leur céder et partir en courant. Le type qui n'a toujours pas lâché mon poignet resserre sa prise, me rappelant que toute fuite est impossible. Un sanglot m'échappe, les battements de mon cœur deviennent assourdissants, remplaçant les rires gras de mes agresseurs. Je ferme les yeux, m'attendant au pire.

Tout à coup, celui qui me tenait me lâche. Lorsque j'ouvre de nouveau les yeux, un large dos me fait face. Un corps trop massif pour qu'il appartienne à l'un de mes agresseurs décharnés.

John Lennon m'a entendue et m'a envoyé un sauveur !

– Dégagez, gronde-t-il. Premier et dernier avertissement.

Sa voix grave et son ton glacial me donnent le frisson. Mais la peur et l'adrénaline qu'il déclenche en moi n'atteignent pas mes cinq agresseurs.

– Si c'est pas mimi, ça ! Un prince charmant qui vient au secours de la demoiselle en détresse.

Les autres se marrent à la réplique de leur pote. Galvanisés par l'effet de groupe, ils s'approchent du géant et le bousculent. Bien mal leur en prend, car l'inconnu réagit au quart de tour. En une fraction de seconde, il passe de l'immobilité au mouvement avec une agilité déconcertante. Dès que les deux premiers arrivent à sa hauteur, il les attrape par la nuque et cogne leurs crânes l'un contre l'autre. D'après ses muscles, qu'on peut voir se contracter même sous son tee-shirt, ainsi que l'horrible craquement qui résonne, le choc a dû être brutal. Les deux gars tombent au sol, inconscients.

Enfin, je crois...

– Enculé ! On va te défoncer ta race !

Motivés à nouveau par ce beau discours, les trois autres se précipitent sur lui dans un mouvement synchrone. L'homme se baisse pour éviter les coups qui semblent tous viser son visage. Son mouvement est si rapide que les imbéciles se cognent entre eux. Il ne leur laisse pas le temps de s'en remettre et fauche le premier d'une balayette avant de lui asséner un coup de genou dans l'œil. Les deux restants s'élancent à nouveau vers lui dans un même mouvement, n'ayant manifestement pas appris de leur erreur. L'un d'eux est stoppé d'une main sur le visage, comme s'il ne pesait pas plus qu'une poupée de chiffon, tandis que l'autre est accueilli d'un coup de coude à la tempe qui le met immédiatement K.-O. Toujours maintenu par l'immense paluche de mon sauveur, le dernier type encore debout se débat comme un petit animal piégé en poussant des geignements. Je pourrais en rire si je n'étais pas si effrayée. Je peux voir les veines se gonfler sur les mains puissantes de l'inconnu alors qu'il se penche pour chuchoter quelque chose à l'oreille de sa victime, lui arrachant un cri effrayé. Une fois relâché, le poivrot s'enfuit à toutes jambes sans demander son reste. Un ricanement de fierté toute masculine échappe à mon héros tandis qu'il regarde sa proie se sauver.

Le mec n'a même pas l'air essoufflé !

– Merci, couiné-je de ma voix de souris.

D'un geste lent, il se retourne et s'avance d'un pas pour me surplomber. Je découvre enfin son visage.

Mince, alors ! C'est lui !

Le grand brun qui m'a fixée toute la journée, à la fac.

– Tu me remercieras en arrêtant d'agir comme une imbécile heureuse. La prudence, tu connais ?

Non, mais cette voix...

J'en ai des frissons. Puis je réalise ce qu'il vient de me dire.

Attendez ? Quoi ? Il est sérieux, là ?! Je viens de me faire agresser et il en remet une couche, le con ! Alors là, il va m'entendre !

Il continue à m'observer, attendant une quelconque réaction de ma part.

Sauf que, non, il n'entend rien, là ! Pour ça, il faudrait que tu parles, Jade !

Je n'y peux rien, l'intensité du regard empli de reproches qu'il pose sur moi me rappelle celui de mon père et me rend muette. De toute façon, je n'ai jamais été quelqu'un de très courageux, et le contrecoup de mon agression m'empêche de chercher en moi la moindre étincelle de rébellion. Mon corps commence à trembler. J'ai tout à coup si froid que mes dents se mettent à claquer sans que je puisse les contrôler.

En plus d'être un grand et ténébreux ninja, le mec doit être télépathe, car il enlève sa veste pour la poser sur mes épaules. Non sans pousser un soupir ennuyé, comme si l'action lui avait coûté.

Je ne lui ai rien demandé, moi !

– Viens, ordonne-t-il. Je te raccompagne.

Sans m'attendre, il démarre au pas de course. Je trottine derrière lui et en profite pour admirer ses bras.

Que de muscles bien fermes avons-nous là ! Tous ces triceps, ces biceps, ces forceps… Ah non ! C'est pas un muscle, ça !

Un rire nerveux m'envahit. Nerveux et incontrôlable. Ça a toujours été comme ça. Enfant, quand je me faisais engueuler, je souriais. Quand je me faisais prendre en mauvaise posture, je ricanais. Impossible de m'en empêcher. Pourtant, j'étais loin d'être amusée. C'est sans doute un effet du stress.

– Pardon, m'excusé-je entre deux hoquets.

Mon sauveur me regarde comme si j'étais folle, ce qui est sûrement le cas. Il soupire – encore ! – et continue son chemin. Ma crise d'hilarité dure tout le trajet retour. Lorsque nous arrivons devant mon immeuble, mes rires se sont mués en pleurs. Vu les reniflements audibles que j'émets, je sais que mon prince pas du tout charmant l'a remarqué. Mais visiblement, il s'en fout. En bas de chez moi, je m'attends à ce qu'il reparte sans un mot, fidèle à ce qu'il m'a montré jusque-là. Au lieu de ça, il tape le code et entre dans l'immeuble.

– Tu connais le code ?!

– J'habite là.

Clair et concis. En même temps, je le savais, Cathy m'a prévenue. À ma décharge, je viens de vivre un moment traumatisant. Il va me falloir faire un énorme travail pour oublier ce qu'il vient de se passer ce soir.

Et des gâteaux en pagaille. Peut-être un gros cheese-cake coulis framboise.

Après avoir énuméré mentalement toutes mes pâtisseries préférées, je me sens mieux. N'empêche, heureusement que mon voisin passait par là. D'ailleurs, je ne connais même pas son nom.

– Au fait, comment tu…

Bah mince alors !

J'ai vraiment dû réfléchir longtemps à mon orgie de sucre parce que j'aperçois sa silhouette qui s'éloigne déjà en haut du grand escalier en colimaçon. Tant pis pour les présentations, on y reviendra plus tard. Il y a plus grave que ça : on a oublié de faire les courses !

***

Voilà une dizaine de fois que je change de position dans mon lit, sans jamais en trouver une qui me convienne. Le moindre bruit dans la rue me fait sursauter, la lumière des phares qui filtre à travers les rideaux projette sur les murs des monstres qui n'existent pas. Rien à faire : le sommeil me fuit.

D'un geste rageur, je repousse les draps de mon lit et rejoins le salon, où les lampes sont déjà toutes allumées. Je connecte mon téléphone à l'enceinte et lance une playlist des Beatles en mode aléatoire. Je sors mon carton de loisirs créatifs que j'avais rangé sur une des étagères de la bibliothèque. Impossible de choisir entre tout ce patchwork de tissus, ces gouaches multicolores et ces paillettes brillantes, alors je renverse le tout sur la table et commence mon scrapbooking.

D'habitude, j'arrive à ne penser à rien, mais pas ce soir. Impossible de ne pas ressasser la soirée. La peur que j'ai ressentie pendant mon agression, le soulagement lorsque mon voisin est intervenu, même si j'aurais préféré qu'il n'ait pas à le faire si ça l'embêtait à ce point.

J'aurais dû accepter la proposition de Gabriel de me ramener, ou bien répondre à Cathy que si, ça me dérangeait qu'elle ne rentre pas avec moi. Elle m'a demandé plusieurs fois car elle me connaît et sait que je n'aime pas rester seule, mais, comme une idiote, j'ai cru avoir passé un cap. Être devenue une adulte courageuse, et pas cette petite fille effrayée qui enchaînait les terreurs nocturnes à chacun des départs en mission de papa. Et encore, je n'étais jamais seule ; j'avais toujours les bras de ma grand-mère pour m'y réfugier. Depuis que nous avons emménagé ici, je me sens tellement bien que je me suis crue capable de rester seule. Il est temps de travailler sur mon indépendance et de ne plus me cacher derrière ma meilleure amie. Et puis je ne voulais pas l'empêcher de s'amuser. Sauf que maintenant, je regrette. Et j'ai peur.

Tous ces grincements, c'est normal dans un vieux bâtiment, non ?

***

Au petit matin, le bilan est plutôt positif. J'ai survécu à la nuit et je n'ai pas fait de crise d'angoisse. Ah, et j'ai réussi à ne pas débarquer en larmes chez mon voisin, qui se serait immanquablement foutu de moi. Imaginer sa réaction m'a empêchée de passer à l'action un nombre incalculable de fois. Et puis, même si j'aurais aimé me suspendre à un de ses bras musclés tel un koala sur sa branche, le savoir à côté m'a quand même apaisée. En revanche, je n'ai pas dormi de la nuit. À défaut de pouvoir cuisiner, j'ai fini un cahier de scrapbooking tout neuf en écoutant les plus vieux titres des Beatles. Soudain, la porte d'entrée s'ouvre et je pousse un cri d'orfraie.

Premier constat : ouf, ce n'est que Cathy. Deuxième constat : je n'ai pas verrouillé la porte et tout le monde aurait pu entrer pendant la nuit. Troisième constat : bien sûr que tu as verrouillé la porte, Jade ! Tu as vérifié au moins dix fois. C'est juste que Cathy a ses clés, maintenant. Dernier constat : il faut vraiment que je dorme, là…

Voyant ma mine de zombie, ma copine se précipite vers moi.

– Qu'est-ce qui s'est passé, ma puce ? Tu as de la colle et des paillettes partout.

Si je voulais rester forte, c'est raté. Je me mets à pleurer comme une madeleine et lui raconte tous mes malheurs d'hier. La poigne de l'un des agresseurs que je sens encore autour de mon poignet. Le regard pervers qui parcourt mon corps et qui me fait encore frissonner d'horreur. L'intervention de notre voisin, ma peur sous-jacente depuis son départ. Je finis par m'endormir dans ses bras, éreintée par toutes ces émotions.

6

LE SILENCE EST LE MEILLEUR DES MÉPRIS

Jade

Après un mois de cours, je trouve que je ne m'en sors pas trop mal. Je ne m'endors pas en cours et j'ai même investi dans un petit ordinateur portable sur lequel j'arrive à prendre en note plus de la moitié de ce que disent les profs. Bon, je n'en comprends pas le quart, mais il faut bien voir le verre à moitié plein !

J'ai également décidé de ne plus traîner sur les réseaux sociaux pour éviter les opposants politiques de mon père qui, depuis peu, s'attaquent directement à moi. J'adorais pourtant traîner sur Instagram à la recherche de nouveaux designs pour mes pâtisseries. Le problème, c'est que, à chaque fois que j'ouvre l'application, j'ai une dizaine de nouveaux messages haineux qui attaquent les opinions de mon père. Oui, son parti patriotique défend des opinions datant d'un autre temps, mais qu'est-ce que j'y peux, moi ? Je n'ai jamais cautionné sa vision de la femme au foyer parfaite, ni sa haine pour les étrangers. Ce n'est pas moi qui lui ai soufflé ces abominables idées dans le creux de l'oreille. Certes, je ne lui ai jamais fait part de mon avis, mais qu'est-ce que ça aurait changé, de toute façon ? Il ne l'a jamais pris au sérieux – ma mère non plus, d'ailleurs. Parfois, j'ai l'impression que mes parents et moi vivons dans deux mondes parallèles. Nous n'avons rien en commun, si ce n'est de l'ADN. Ma politique à moi est donc celle de l'autruche : je ne prends même plus connaissance des messages qui me sont adressés.

– Salut, trésor !

Je sors de mes pensées à l'approche de Gabriel, que je n'avais pas vu arriver. Comme tous les mardis, j'attends que Cathy finisse le tutorat auquel elle participe avant notre cours de finance. Cette fille est vraiment une accro au travail et saute sur la moindre occasion pour étoffer son CV. Depuis quelques semaines, Gab me rejoint à la cafèt' avec un chocolat chaud.

– Tiens, voilà ta drogue hyper sucrée.

J'accepte le gobelet qu'il me tend en rigolant. Il tire la chaise à côté de moi, la retourne pour s'y asseoir à califourchon afin de me faire face.

– Merci, Gab. T'es vraiment un amour.

– Assez pour que tu m'accompagnes au gala organisé par ma mère le week-end prochain ?

Je réprime une grimace avant de répondre :

– Je ne sais pas trop si je serai disponible. On en reparle, d'accord ?

– Wow ! Cache ta joie. Je ne savais pas que j'étais de si mauvaise compagnie.

Il fait la moue et se tourne vers la porte d'où Cathy devrait sortir d'une minute à l'autre. Mince, je l'ai vexé. Et puis, c'est tout le contraire. Gabriel est vraiment gentil avec moi. Et pour ne rien gâcher, je le trouve de plus en plus mignon. Surtout aujourd'hui, avec sa chemise noire très classe et ses cheveux mi-longs attachés en bun. Je le rassure en posant une main sur l'avant-bras qu'il s'apprêtait à retirer du dossier de sa chaise :

– Ce n'est pas ça. C'est juste que j'ai eu ma dose de galas avec mes parents, tu comprends ?

L'air dubitatif qu'il me lance prouve que non, bien qu'il me réponde :

– D'accord, on pourra faire autre chose.

Je n'ai pas le temps de répliquer que Cathy déboule en trombe et nous attrape chacun par un bras.

– Allez, les tourtereaux. On a trois minutes chrono pour être à l'autre bout du bâtiment.

Nous savons qu'elle déteste être en retard, alors nous suivons comme de bons petits soldats. Je termine ma course en nage, le regard rivé sur mes pieds pour les forcer à avancer quand, soudain, je me prends un mur. Un mur avec des pecs d'acier, moulés dans un tee-shirt blanc scandaleusement transparent. Avec des bras qui me rattrapent, puis me lâchent comme si j'étais porteuse de je ne sais quelle maladie contagieuse. Sans oublier un caractère de m… car il se détourne aussitôt pour entrer en classe.

Tous les jours, je le croise. Mon mystérieux voisin. Tout ce que j'ai appris sur lui – en dehors du fait qu'il soit un ninja à ses heures perdues –, c'est qu'il s'appelle Adriàn et son copain, Alexandre. Ce n'est même pas lui qui m'a donné leurs prénoms. Pour ça, il aurait fallu qu'il daigne m'adresser la parole.

Ce n'est pas faute d'avoir essayé. Même mes bonjours restent sans réponse. Cathy aussi s'est heurtée à un mur quand elle a voulu entamer la conversation. Alexandre a répondu, comme tout être humain normalement constitué, mais d'après ce qu'elle m'a raconté, son pote l'a fait taire d'un regard autoritaire. Bizarre, quand même.

Peut-être qu'ils sont ensemble et qu'ils ont un genre de relation dominant-soumis ?

En tout cas, j'ai abandonné l'idée d'entendre sa belle voix à nouveau. Ce qui me rassure, c'est qu'il est antipathique avec tout le monde, et pas seulement avec moi. Le peu de fois où un enseignant a osé l'interroger, il a écopé d'une œillade incisive accompagnée d'un silence mortel. Tous étaient tellement mal à l'aise qu'ils n'ont pas réitéré. Secouer la tête, jeter des regards – soit blasés, soit meurtriers – ou même hausser les épaules : voilà comment il communique.

En ce moment, il est assis sur sa chaise, droit comme un piquet, sans accorder la moindre attention au cours qu'il est censé écouter. Ses coudes sont posés sur la table, qui semble avoir rétréci derrière sa carrure gigantesque, et il regarde par la fenêtre de la salle de classe avec ennui. Cet homme est une contradiction ambulante. Il a l'air d'être toujours à l'affût, prêt à affronter une horde de yakuzas venus semer la terreur et, en même temps, son visage exprime tout le désintérêt qu'il nous porte. Je devrais peut-être essayer de parler avec lui à coups de haussement d'épaules et de lever de sourcils…

Aïe !

Quand je suis dans la lune, Cathy me donne parfois un coup dans les côtes.

– Désolée, chuchote-t-elle. La communication avec le cockpit semblait endommagée. De retour parmi nous ?

Avec son physique de working girl et ses références de geek, elle pourrait rivaliser avec Adriàn dans un concours de contradictions. Niveau geek, je suis mal placée pour parler vu mes antécédents sur *WOW*[1], mais moi, j'ai le physique au moins !

1. *World of Warcraft*.

– C'est bon, je suis là… Qu'est-ce qui se passe ?

Quand elle me désigne la prof du doigt, je capte enfin. Toute la classe me dévisage, attendant que je réponde à je ne sais quelle question.

Mais zut, elle n'aurait pas pu me le dire plus tôt au lieu de me sortir une de ses phrases à la Star Wars ?

– Il se passe, mademoiselle Devreaux, que nous attendons tous que vous nous accordiez votre attention, s'impatiente la prof.

– Dé… désolée, monsieur, je n'ai pas étendu.

Mes camarades se bidonnent. Je viens de faire une fois de plus la démonstration de ma maladresse légendaire, en faisant un mélange entre « entendu » et « écouté ». C'est vrai qu'entre ça et mon visage écarlate, la scène doit être super drôle vue de l'extérieur. Sans compter le fait que j'ai appelé la prof « monsieur ». Pour ma défense, nous avons tous eu un doute, la première fois qu'elle est apparue, avec sa coupe courte, ses vêtements androgynes et sa mâchoire virile.

– Il s'agit de la valeur ajoutée, madame, intervient Gabriel.

Du regard, je le remercie pour son geste. C'est vraiment un amour, et c'est une tête en économie. Je crois que je vais accepter sa proposition de rencard. La prof me jette un dernier regard d'avertissement avant de continuer son cours.

– Psst !

Je fais comme si je n'avais rien entendu. La traîtresse assise à mes côtés n'existe plus.

– Allez, Jadounette, tu ne vas pas me faire la gueule pour ça ! Avoue que c'était drôle.

– Oui, hilarant ! chuchoté-je, mon attention rivée au

tableau. J'en ai encore les larmes aux yeux. À cause de toi, Mme Reyes ne va plus me lâcher.

– En fait, c'est Mme Yang, mais bon, Reyes t'a aussi dans le collimateur. Bref, c'est ta faute, à la base. Si tu ne passais pas ton temps à mater Monsieur Grand-ténébreux en mâchouillant tes stylos, tu serais plus concentrée. Enfin… autant que tu puisses l'être !

Aucune réponse de ma part. Le silence est le meilleur des mépris. Surtout quand votre interlocuteur a raison et que vous ne voulez pas l'admettre.

– Il faut avouer que ce mec est un régal pour les yeux, je compatis. Surtout dans son tee-shirt blanc. T'as remarqué qu'on voyait une partie de son tatouage par transparence ?

Pitié, pourquoi en parle-t-elle alors que j'essaye de passer à autre chose ?! Comment manquer les ombres noires qui semblent parcourir tout son dos à travers ce tee-shirt blanc ridiculement serré ?

J'ai toujours eu un faible pour les tatouages. Évidemment, il fallait que Grincheux en ait un.

***

Le TD se termine enfin et mes yeux me brûlent d'avoir fixé le tableau tout en luttant pour ne pas dévier vers la droite. Cette pause est la bienvenue ! Nous nous installons au self pour prendre un café bien chaud. Et des beignets pour moi. L'ambiance est animée, pour ne pas dire survoltée. La soirée d'Halloween qui s'annonce n'y est pas pour rien. Et l'université n'a pas fait les choses à moitié, surtout au sein du restaurant où des dizaines de décorations ont été installées. Des plus basiques guirlandes de papier crépon orange et noir à l'automate de sorcière qui ricane méchamment, rien n'a été oublié. Ils ont même disposé des toiles d'araignées sur les vitrines séparant la nourriture. Je trouve que c'est un scandale.

Ces choses sont des nids à microbes et ont sûrement servi les années précédentes !

Néanmoins, je refuse de passer pour une rabat-joie et garde mon avis pour moi. Alors que je prends place à la table à l'écart que nous avons choisie, un groupe entre dans la cafétéria.

– Tiens, regarde : Soan est là-bas avec l'équipe de rugby.

Je m'apprête à leur faire signe mais Cathy m'attrape le bras pour le plaquer sur la table avec bien plus de violence que nécessaire.

– Qu'est-ce qu'il te prend, Jadounette ?! Depuis quand tu veux sociabiliser, toi ?

– Bah… Je le trouve sympa leur groupe, pour une fois que je ne suis pas trop mal à l'aise parmi une bande de gars, répliqué-je en observant le joyeux groupe qui s'est installé à l'autre bout de la salle. Et puis, j'aurais pensé que tu voudrais passer un peu plus de temps avec Soan.

– Avoue plutôt que tu as envie de voir Gabichou, réplique Cathy sans me regarder, tout en sirotant sa boisson.

– Je vois déjà Gab tous les jours, mais je ne ressens pas l'étincelle.

– L'étincelle ? demande Cathy en haussant un sourcil.

– Bah tu sais, les papillons. L'alchimie. Le senti…

– Ah, ça ! me coupe-t-elle. Tu veux dire les conneries que tu trouves dans les romances que tu lis. Si tu veux mon avis…

– Non merci ! la coupé-je à mon tour. Change pas de sujet, Chacha, on parle de toi et Soan, là.

L'utilisation de son surnom et mon regard direct lui font

comprendre que je suis sérieuse : il faut vraiment qu'on ait cette discussion.

– D'accord, soupire-t-elle en reposant son café. On n'est pas vraiment ensemble, avec Soan. On s'amuse, c'est tout. Je lui ai dit, au départ, j'te jure. Mais il devient tout collant et tout mielleux, ça m'fait flipper.

– Je vois pas où est le problème. C'est vraiment un mec sympa et c'est carrément ton type. Un jour, tu vas bien devoir te mettre en couple, non ?

– Et toi, un jour, tu vas faire une crise de foie avec tout le sucre que tu ingurgites, continue-t-elle tandis que je prends une bouchée de beignet. Heureusement que c'est moi qui décide ce qu'on mange pour le dîner.

Quand elle est déterminée à changer de sujet, pas la peine d'insister. J'ai déjà eu de la chance qu'elle se confie un peu. Alors, je prends une seconde pour déguster ma pâtisserie et réfléchir à ma réplique, puis je lui fais face et je rétorque :

– Un jour, tu vas faire une dépression avec toute la salade que tu manges. Heureusement que je nous prépare plein de petites douceurs !

– Bien lancé ! s'esclaffe Cathy en me faisant un *high five*. Tu t'es grave améliorée en punchlines, j'adore !

Toute fière, je croque à nouveau dans mon beignet avant de répondre :

– J'ai eu la meilleure des profs ! Et puis, il faudrait que t'arrêtes de dire que tu t'occupes du dîner alors que tout ce que tu fais, c'est passer commande sur Uber Eats. En plus, c'est même pas toi qui vas le chercher !

– Et toi, il faudrait que t'arrêtes de parler la bouche pleine, réplique-t-elle en enfonçant un doigt dans ma joue. C'est pas de ma faute si le beau Viking d'à côté s'est proposé ! En tout bien tout honneur, bien sûr !

– J'imagine bien, puisqu'il est en couple avec le grand brun, assuré-je avant de reprendre une bouchée.

– Ça m'étonnerait, affirme-t-elle sur le ton de la confidence. Je l'ai vu sortir avec une grande brune de notre cours d'économie.

Je ne fais aucun commentaire sur son ton amer et lui offre un regard dubitatif. À mon avis, elle se trompe, mais comme il faut toujours qu'elle ait le dernier mot, je me tais. Nous finissons donc nos collations en profitant de l'animation. Avec Cathy, nous avons atteint le stade du silence non gênant, celui que vous ne ressentez pas le besoin de combler. Elle a été la première – et la seule – personne de mon âge avec qui j'ai pu partager ce moment de symbiose. Je crois que c'est ça qui permet de distinguer les copains des vrais amis.

– Arrête de me regarder comme ça ou je vais finir par vomir des arcs-en-ciel, me gronde-t-elle.

Alors que j'allais me lancer dans une énième déclaration d'amour à ma sœur de cœur, un grognement retentit sur ma droite.

Un zombie !

Je pousse un hurlement à réveiller les morts – mais bon, apparemment, c'est déjà fait – et me jette sous la table. Les yeux fermés, j'attends d'être dévorée par l'horrible créature. Mais rien ne vient, mis à part un concert de bruits diffus : cris, protestations, raclements de chaises, plateaux qui tombent… J'ose un coup d'œil et la scène que je découvre est insolite : Adriàn est en train de plaquer le pauvre zombie contre le sol. Il maintient son bras qui semble désarticulé tout en lui retirant son masque.

– Aïe ! Mais putain, aïe ! crie le mort-vivant dont je reconnais la voix.

Gabriel ?

En même temps, avec tous les décors d'Halloween qui jonchent la cafétéria et la large promotion faite pour cette soirée épouvante, j'aurais dû me douter qu'il s'agissait d'un déguisement.

Comme pour renforcer la stupidité de ma réaction, ma copine (qui, elle, n'a pas bougé de sa chaise) me glisse :

– Faut vraiment que t'arrêtes de regarder *The Walking Dead*.

– J'y peux rien, l'épisode d'hier était trop flippant, chuchoté-je.

– Allez, sors de là-dessous, dit-elle en me tendant la main pour m'aider à me relever.

J'observe à nouveau la scène incongrue, comme tous les étudiants présents. Adriàn maintient toujours Gabriel dans une posture qui semble douloureuse. Je m'approche, hésitant à intervenir car personne ne bouge et Gab gémit de plus en plus fort, mais son tourmenteur finit par le lâcher et l'aide à se relever en soupirant. Ah oui, j'ai oublié de mentionner aussi les soupirs dans la liste de ses modes de communication. Plus surprenant : il me reluque de haut en bas. Son regard est lourd de sens, même si j'ignore lequel, et cette attention me rend toute chose. S'il ne s'agissait pas d'un mec insensible, j'aurais pu croire qu'il s'inquiétait pour moi.

– Mais t'es complètement malade ! s'emporte Gabriel, détournant l'attention d'Adriàn, à mon grand regret.

Bien évidemment, l'intéressé répond d'un haussement d'épaules et s'éloigne. Outré, le zombie en colère le poursuit et se met à crier en faisant de grands gestes frénétiques :

– T'es sourd en plus d'être taré ! Reviens là, connard !

En deux temps trois mouvements, Adriàn fait volte-face, attrape son col d'une main et le soulève. Pas totalement, mais assez pour que Gabriel se tienne sur la pointe des pieds, telle une ballerine, et qu'il doive s'accrocher à l'avant-bras du grand brun.

La vache, la force du gars !

Une fois que leurs yeux sont au même niveau, il prend – enfin – la parole :

– Répète.

Un seul mot. Des milliers de frissons. Je me demandais si je n'avais pas enjolivé le souvenir de sa voix rauque, mais non, pas du tout. J'ai toujours eu un faible pour ce genre de timbre, c'est plus fort que moi.

Soan apparaît de nulle part et se précipite vers les deux garçons.

– C'est bon, lâche-le.

Ce qu'Adriàn fait. Un peu trop brutalement, car Gabriel n'a pas le temps d'amortir sa chute et s'effondre au sol dans un gémissement. Soan l'aide à se relever.

– Je crois qu'il m'a déboîté le bras, geint le pauvre zombie tandis qu'Adriàn s'éloigne déjà.

Alors que le regard du grand métis passe de son ami à Adriàn, je peux presque voir l'ampoule s'allumer au-dessus de sa tête.

– C'est quoi son nom ? me demande-t-il.

– Euh, Adriàn, pourq…

– Adriàn, attends ! l'interpelle-t-il en lui courant après. J'ai un truc à te proposer.

L'intéressé continue à marcher sans répondre. J'en profite pour suivre le mouvement, trop curieuse de ce qui va suivre. Nous nous retrouvons donc tous les trois dans le couloir désert qui mène au restaurant lorsque Soan poursuit, une fois à la hauteur d'Adriàn :

– Vu que tu as mis notre pilier gauche hors jeu, ça serait sympa de ta part de le remplacer le temps qu'il se remette.

Soudain, Adriàn s'arrête pour faire face au grand métis. Il me jette un œil, mais ma présence n'a pas l'air de le surprendre, alors je m'appuie au mur, impatiente de voir sa réaction. Puis il répond à Soan :

– J'ai l'air sympa ?

– D'accord… Disons plutôt que ce serait fair-play.

Un haussement d'épaules désintéressé nous fait comprendre qu'il n'est pas non plus fair-play.

– Pas le temps, lâche-t-il en se retournant.

– Alors je suppose que tu n'auras pas non plus le temps d'aller donner ta version des faits au commissariat quand Gabriel aura porté plainte ?

– C'est une menace ? gronde Adriàn qui a déjà amorcé un demi-tour pour faire face à Soan.

Plus grand que lui, il le surplombe et le fusille du regard, mais Soan ne semble pas impressionné et réplique :

– Pas une menace, mon pote. Plutôt un avertissement. Je connais Gabriel, il est légèrement procédurier.

Incroyable : Adriàn semble réfléchir à sa proposition. Je suis si subjuguée par cette conversation que je me décolle du mur pour m'avancer d'un pas. Je veux une vue directe sur son visage pour ne rien manquer des expressions dont il ne semble finalement pas dépourvu. J'ai l'impression d'assister à une grande avancée pour l'humanité. Du genre premier pas sur la Lune ou, encore plus important selon moi, invention de l'obélias[2]. J'en profite pour admirer ses traits. Si je le trouve toujours flippant, il est sans conteste magnifique. Sa cicatrice, qui me rebutait au début, m'apparaît maintenant comme le reflet de sa personnalité énigmatique et dangereuse. Ses cheveux bruns, qui étaient coupés ras il

2. Premier nom donné à un gâteau dans la Grèce antique.

y a un mois, ne semblent pas avoir vu de ciseaux depuis et sont désormais en pétard. Cette nouvelle coupe, associée au chaume de barbe qui recouvre sa mâchoire carrée, adoucit son allure austère et lui donne un charme fou. Soudain, il braque ses yeux sur moi. Peut-être veut-il mon point de vue ?

Bien sûr, Jade ! Ensuite, vous irez faire les boutiques ensemble et parlerez de vos séries préférées !

– Négatif, lâche-t-il avant de poursuivre son chemin.

Un ricanement résonne derrière nous et nous fait sursauter. Tiens, son petit ami Alexandre était planqué là.

– Laisse tomber, mon vieux, lâche-t-il à Soan. Pour la santé physique et mentale de votre équipe, il vaut mieux qu'il n'en fasse pas partie !

Je ne peux qu'être d'accord avec lui. Ce n'est pas l'esprit d'équipe qui semble étouffer Adriàn.

– Et toi, proposé-je à Alexandre, pourquoi tu ne le remplaces pas ?

– Désolé, ma belle, mais je n'ai pas le temps non plus. On a des choses plus importantes à faire.

Après m'avoir lancé un regard complice, comme si on avait élevé des cochons ensemble et que j'étais au courant de leurs petits secrets, il retrouve sa décontraction habituelle et m'entraîne à sa suite, d'une main posée sur le bas de mon dos.

– Allez, le cours d'anglais a déjà commencé, je suis sûr que ta copine va s'impatienter.

Je me laisse traîner jusqu'à notre salle, trop surprise pour rétorquer.

Des choses plus importantes ?

OK, définitivement, ces deux-là cachent quelque chose. Et je suis bien déterminée à découvrir de quoi il s'agit.

7

MENACE N° 3 : UBER EATS

Ishten

Depuis deux semaines, nous avons intercepté un nombre croissant de lettres de menaces en tous genres à l'attention de Jade. La plupart étant dématérialisées, Tishé s'en est chargé avant même qu'elles n'atteignent son compte Instagram. Le pauvre n'arrête pas de râler car, selon lui, il n'y a aucun challenge. Quant aux missives papier qu'on a récupérées, elles avaient toutes comme destination la boîte aux lettres de Jade. Beaucoup de ces messages lui enjoignent de prendre la parole publiquement pour dénoncer les actes de son père et faire éclater la vérité à son sujet. Aucune foutue idée de quoi il s'agit. Même elle n'a pas l'air au courant.

Ces abrutis s'imaginent-ils qu'un militaire confie ses secrets à sa famille ? Pas malin…

Plus ça va, plus les messages se font nombreux et virulents. Jusque-là, rien de trop inquiétant : rien ne peut passer le filtre du logiciel espion que Tishé a installé sur tous les appareils de Jade. Mais depuis deux jours, ses harceleurs semblent être passés à l'offensive : nous avons remarqué qu'une voiture semblait la suivre après les cours. Suspectant un hasard, surtout au vu du nombre d'automobilistes new-yorkais, nous n'avons pas agi le premier jour. Le lendemain, le véhicule était de nouveau présent à un horaire différent. Les types ont l'air informés sur son emploi du temps ; Tishé m'a confirmé qu'ils arrivent quelques minutes avant notre sortie. Nous n'avons pas pu intercepter la menace, car nous étions trop loin. Cette stratégie de la discrétion commence donc à poser problème. Rester à l'écart pour ne pas éveiller les soupçons de Jade pourrait jouer en notre défaveur en cas de kidnapping.

Notre hacker a suivi la bagnole grâce aux nombreuses caméras postées dans la Grosse Pomme. Malheureusement, il l'a perdue dans le Bronx, pas assez touristique pour investir dans un système de surveillance digne de ce nom. La plaque d'immatriculation nous a menés dans une impasse. La voiture appartiendrait à une octogénaire morte depuis deux ans. Je convoque donc Esher et Tishé pour une réunion de crise. Façon de parler, car nous faisons un point tous les soirs.

– Il faut se rapprocher d'elles, propose Esher. On ne sert à rien si on doit se tenir à cinquante mètres sur le trottoir opposé.

J'acquiesce et m'adosse à ma chaise avant de croiser les bras, menton baissé. Cette position m'a toujours aidé à faire le point dans mes pensées. Un enlèvement peut prendre quelques secondes seulement, s'il est bien préparé. De plus, nous n'avons pas de véhicule. Je relève la tête et lance mes instructions :

– Tishé, prends contact avec l'équipe de liaison et demande-lui de nous fournir une voiture et une moto.

Il approuve d'un signe de tête, portable déjà en main. Ses yeux sont cachés par la touffe de cheveux bruns qui ressort de son sweat noir trop grand et ses doigts pianotent à toute vitesse. Ce genre de procédure est très chiante et peut prendre un certain temps. Avec notre petit génie, je sais que cela sera fait avant la fin de cette discussion.

Il ne reste plus qu'un détail à régler. Coudes posés sur la table et doigts entrelacés, je me tourne vers notre joyeux luron et le regarde droit dans les yeux. Ma posture est ni trop ouverte, ni trop fermée. Parfaite pour la conversation qu'il faut que j'aie avec mon agent un peu trop dissipé.

– Esher, si j'ai bien compris ta stratégie, tu veux nouer un lien d'amitié du jour au lendemain alors qu'on est en surveillance éloignée depuis un mois ?

Un ange passe. J'appuie ce silence en fixant Esher jusqu'à ce qu'il se tortille sur sa chaise et passe une main dans ses cheveux blonds. Je poursuis donc :

– Tu ne crois pas qu'elles risquent de se douter de quelque chose ? Peut-être pas Jade qui vit dans son monde, mais Cathy trouverait cela étrange.

– Pas sympa de dire ça. Je suis sûr que Jade est plus maligne que tu ne le penses !

– J'ai une proposition, intervient Tishé.

Nous échangeons un regard surpris avant de nous tourner simultanément vers le hacker du groupe. Alors là, nous sommes tout ouïe. Il est rare qu'il prenne des initiatives, et elles sont en général couronnées de succès. Lorsqu'il est certain d'avoir notre entière attention, Tishé ouvre le plus petit de ses ordinateurs portables avant de tourner l'écran vers nous. J'ai l'impression que celui-ci est son préféré : il le manipule avec encore plus de soin que les autres et le regarde comme s'il s'agissait d'un bébé chat. Si tant est qu'on puisse trouver un bébé chat attachant, et pas foutrement inutile et fragile.

– Nous devrions demander l'autorisation de mettre la cible au courant. Les menaces se multiplient et pourraient apparaître sous une forme inconnue.

Il sort une souris sans fil du tiroir du bureau et clique sur un fichier. Un tableau à double entrée rempli de chiffres apparaît. Esher et moi échangeons un regard perdu ; pour une fois, lui et moi sommes sur la même longueur d'onde. Tishé se racle la gorge, remonte ses manches sur ses avant-bras secs et noueux puis continue :

– Voici un calcul détaillé de chaque probabilité qu'une situation a de mal tourner. Tous les calculs ont été faits à l'aide d'une intelligence artificielle avant-gardiste, dével-oppée pour analyser et comprendre le comportement social. Vous pouvez donc être assurés de leur véracité.

Il remonte ses lunettes, darde ses yeux bleu marine dans les nôtres, comme pour attendre notre approbation. L'air d'incompréhension totale d'Esher doit le satisfaire, car il enchaîne :

– Première situation : si Jade était seule et qu'un individu mal intentionné lui demandait de l'aide, elle le suivrait. Affirmation vérifiée à 78,9 %. Autre simulation : si l'individu de la voiture interpellait les filles pour demander son chemin, elles s'approcheraient et seraient des cibles faciles. Affirmation vérifiée à 99 %. Les 1 % restants couvrent les cas où l'individu aurait une allure menaçante et ce serait idiot de leur part de s'approcher. Je vous ai déjà envoyé le tableau sur la messagerie sécurisée. En résumé, vous verrez que, dans tous les cas où les victimes ne sont pas au courant, la fin est tragique.

– Noté, dis-je. Je ferai parvenir une demande au général. Autre chose ?

– Oui ! intervient Esher en se redressant. En fait, je discute depuis un moment avec une fille de la fac et j'aimerais bien l'inviter à aller boire un…

– Refusé, le coupé-je.

– Quoi ?! s'insurge-t-il en tapant du poing sur la table. Mais on a bien le droit à une pause ! Ça fait plus d'un mois que je dois me taper vos sales tronches et cette fille me plaît bien.

– Où as-tu trouvé le temps de discuter pendant ta garde ? Tu négliges ta mission ?

Pour ne pas paraître trop suspects, nous surveillons Jade à tour de rôle. Bien sûr, l'autre se tient non loin, prêt à réagir. Nous sommes toujours opérationnels. Enfin, je croyais. Esher cille, se lève et recule d'un pas. On dirait que j'ai touché un point sensible. Il réplique, encore plus fort :

– Mais n'importe quoi ! Qu'est-ce que tu t'imagines ! Je suis à fond dans la mission, comme toujours. On discute sur les réseaux, c'est tout.

– Pardon ? Tu es sur les réseaux sociaux ?! C'est le mot « identité » ou le mot « secrète » que tu n'as pas compris ?

– Détends-toi, Ishten ! Je te rappelle qu'on est des étudiants. C'est plutôt de ne pas être sur les réseaux qui semblerait suspect.

Là, il marque un point. Putain, je déteste quand Esher a raison. Ce qui arrive beaucoup trop souvent en ce moment.

– Il vient de grogner, là ? s'étonne Esher.

– Affirmatif, approuve Tishé.

Bon, la conversation est close. Il est temps de faire un peu de sport pour évacuer toute cette tension. Alors que je tourne les talons, Esher m'arrête :

– Attends ! Et pour ma demande ? Je sortirai en soirée, les filles seront chez elles, et je resterai joignable.

– Accordé. Maintenant, fous-moi la paix.

L'imbécile saute de joie. Ça me gave de l'autoriser à sortir alors que nous sommes en mission de surveillance vingt-quatre heures sur vingt-quatre, mais s'il faut en passer par là pour qu'il me lâche… En plus, je dois bien reconnaître qu'il a été irréprochable jusqu'à maintenant. Je m'attelle donc à écrire un message au général.

Demande l'autorisation de mettre J. D. au courant. Augmentation des messages de menaces depuis quarante-huit heures. Réduction du danger garantie par T. Sollicitation excessive des agents pour filtrer les messages, au détriment de la sécurité de J. D. Imprudence de J. D. et de C. P. si non-connaissance des risques. Demande appuyée par les trois agents. Terminé.

Clair et concis. Je ne doute pas qu'il prendra la meilleure décision.

***

Après une petite heure d'entraînement et une bonne douche froide, je décide de raser cette barbe qui commençait à devenir trop longue. Tishé m'a conseillé de la garder, car elle camoufle ma cicatrice, qui a tendance à effrayer.

Franchement, qu'est-ce que j'en ai à foutre ?

La fraîcheur de l'eau sur ma peau me remet les idées en place, et l'odeur musquée de ma mousse à raser, seul luxe cosmétique que je me permets, me rappelle la personne qui me l'a offerte. C'était il y a presque dix ans, et soudain tout me revient comme si c'était hier.

***

– Plus que dix minutes, bandes de p'tits merdeux, hurle le caporal à travers la porte des douches communes.

Les petits de la section Gamma pleurnichent en entendant cette voix. Bientôt, ils se seront endurcis ; ils ne sont là que depuis quelques semaines. Ceux qui n'y parviennent pas n'ont rien à faire ici, de toute façon. Ils apprendront aussi à être plus rapides, comme la section Bêta, dont certains membres sont déjà secs et habillés. Nous, les Alpha, attendons depuis un moment sur le banc. Sauf Esher qui essaye de discuter avec un pleurnicheur. Sûrement en quête de nouvelles du dehors, comme toujours. Nous avons vite compris que ceux qui sortent les premiers sont récompensés aux dépens des derniers. Une fois, on nous a demandé de voler les vêtements de ceux qui se douchaient et de les planquer un peu partout sur le parcours du combattant. Quand les gamins étaient sortis, nus comme des vers, nous avions dû les bombarder avec des balles à blanc. Nos instructeurs ne sont jamais à court de châtiments pour nous endurcir. Alors, la solidarité s'impose.

– Ishten, viens là, m'interpelle Sina depuis les lavabos.

J'obéis sans réfléchir. J'ai peut-être gagné le rôle de leader, mais Sina reste le plus grand et, surtout, notre confident et notre soutien à tous. Celui qui est là depuis le début. Le tout premier à avoir été sauvé, comme ils nous ont raconté. Je le rejoins devant le lavabo et il me tend un rasoir et une petite bouteille en métal.

– Tiens, me dit-il avec un sourire affectueux. Tu es un homme maintenant, il faut couper tout ça avant que ça pousse n'importe comment.

***

Je me souviens qu'ensuite il s'est rasé et j'ai suivi le moindre de ses gestes. Je suis reparti avec la mousse à raser qu'il m'a offerte, et n'en ai plus jamais changé.

Je reviens au présent, avec cette sensation de ne pas être vraiment là. La chaleur du jet sur ma peau abîmée me rappelle celle du foyer, et l'odeur familière du cadeau de Sina amplifie l'effet. Cela me permet de me remémorer quotidiennement la promesse que je me suis faite. Celle que je leur ai faite sur leur tombe.

Je m'habille tout en noir sans prendre la peine de me regarder dans le miroir, puis je me pose devant les écrans à la place de Tishé. Cette tâche est devenue mon rituel. Je sais que les filles sont en sécurité dans leur appartement et qu'il ne sert à rien de les garder toujours à l'œil, mais, étrangement, cela m'apaise d'observer Jade. Je commence à connaître sa routine du soir par cœur. En général, quand vient mon tour de garde, elle sort d'une longue douche. Ses pyjamas sont tous plus excentriques les uns que les autres. Aujourd'hui, elle porte un ensemble une pièce qui ressemble à un déguisement de licorne. Après, elle enchaîne sur une heure de collage/découpage, ou quel que soit le nom que porte cette activité saugrenue. Au début, je croyais qu'elle étudiait, mais son attitude enjouée ne collait pas à l'allure dépitée qu'elle nous offre en journée. Sans parler des paillettes et autres trucs de fille qu'elle utilise.

Ensuite, elle cuisine durant une bonne heure, mais seulement du sucré. Du coup, elles n'ont rien à se mettre sous la dent pour le repas et se font livrer tous les soirs. Une difficulté dont nous nous serions bien passés. Impossible de vérifier l'identité de chaque nouveau livreur à l'avance ni de contrôler les plats. Nous ne craignons pas l'empoisonnement, mais plutôt qu'un message soit glissé dans la commande. J'ai bien essayé de jeter un œil à la livraison, au début. En plus, je suis resté plutôt cordial avec le livreur. Je lui ai sorti un simple : « Montre-moi le contenu de ton paquet. Immédiatement. » Pas de quoi se barrer en courant comme il l'a fait. Je n'ai même pas sorti mon *gun*. Depuis, il a été convenu qu'Esher s'occuperait de cette partie. En plus, il semble avoir développé un attachement idiot envers Cathy et se fait un plaisir de monter les livraisons à la place du livreur.

Les soirées sont calmes, pour la plupart. Le seul élément remarquable de ce soir est le hurlement qu'a émis Jade depuis sa chambre. Néanmoins, nous sommes habitués à ses innombrables maladresses et ne nous sommes pas alarmés.

– Dix balles qu'elle s'est encore cogné l'orteil contre un meuble, lance Esher depuis son poste d'observation à la fenêtre.

– Tenu, répliqué-je au milieu d'une série de pompes. Mais je parie pour la colle dans l'œil.

– J'aurais parié pour trop de paillettes sur son dernier dessin, marmonne Tishé devant son écran.

Puis il double-clique pour changer de caméra et rend son verdict :

– Raté, les gars, elle s'est cogné la tête sur son dressing.

– Comment ça, raté ? s'insurge Esher en se tournant vers nous. Vous me devez dix balles, bande de tricheurs !

– L'orteil et la tête, c'est pas la même chose, soupire Tishé.

Le mauvais joueur prend un air indigné et se retourne vers la fenêtre, vexé comme un pou. Parfait ! On va avoir la paix pour le reste de la soirée.

Aux alentours de minuit, les filles éteignent la télé ainsi que les lumières. Nous en faisons de même. Le détecteur de mouvement se charge du reste et, de toute façon, je ne dors toujours qu'à moitié.

***

Le lendemain, nous sommes sur le point de partir lorsque mon téléphone annonce la réception d'un SMS du général, qu'on reconnaît à une sonnerie personnalisée.

Autorisation de prévenir Jade accordée. Je compte sur toi pour qu'elle reste assidue dans ses études.

Franchement, j'ai une tronche de baby-sitter ?

De toute façon, elle passe son temps à regarder par la fenêtre ou à dessiner avec ses stylos à paillettes. Il lui arrive même de sursauter quand le prof s'adresse à elle, comme si elle avait oublié sa présence. Pas besoin d'être un génie pour deviner qu'elle n'en a déjà rien à foutre, et je doute que l'informer de la menace y change quelque chose.

– C'est bon, autorisation accordée, informé-je mon équipe. Rattrapons Jade pour lui annoncer.

– Attendez ! s'écrie Tishé. Prenez le dossier contenant les lettres avec vous, sinon elle ne vous croira pas.

– Bien vu. Où est-il ?

– Dans le coffre-fort. J'y vais.

Fait chier, le timing est juste.

Les filles sont déjà en train de descendre l'escalier. J'hésite à partir sans les lettres, mais j'opte pour suivre le conseil de Tishé. Il a dû calculer tous les risques, comme d'habitude. En revanche, il prend vraiment trop de temps, là. Pas étonnant, il ne bouge jamais de devant son écran sauf pour sa dose d'exercices quotidiens – on ne refait pas un soldat. N'en pouvant plus de patienter, je finis par aller moi-même récupérer cette foutue pochette et je trouve Tishé là, son attention portée sur son écran, la pochette avec les lettres nonchalamment posée sur son bureau. Je l'attrape et me précipite vers la sortie, non sans lancer à Tishé un regard lourd de promesses. Si son inefficacité met en péril la vie de Jade, on en reparlera.

Lorsque nous descendons enfin l'escalier, Jade est déjà sortie de l'immeuble et j'ai un mauvais pressentiment.

– On l'annonce aussi à Cathy ? s'enquiert Esher alors que nous descendons l'escalier au pas de course.

– Rien n'est spécifié dans le message, donc négatif.

– Si tu veux mon avis, ça va être chaud !

– Comment ça ? Rien de plus facile. On prend Jade à part et on ne le dit pas à Cathy.

– Mon pauvre. Tu ne comprends vraiment rien aux filles.

Je m'apprête à lui répondre que je sais tout ce que j'ai besoin de savoir, sauf que là, il y a urgence. Nous atteignons enfin la sortie et, comme l'a prédit Tishé, Cathy et Jade se sont approchées du véhicule suspect repéré depuis plusieurs jours. La fenêtre du conducteur est ouverte, mais notre vue est obstruée. Un échange de regards nous suffit pour déterminer la marche à suivre : s'approcher à pas de loup afin d'apercevoir le visage du conducteur. Malgré notre discrétion, le mec semble avoir un sixième sens puisqu'il se barre avant qu'on ait pu voir quoi que ce soit, à part le cul d'une berline d'occasion roulant beaucoup trop vite pour ces artères blindées de piétons.

– Putain ! grondé-je.

Ma voix fait sursauter Jade et Cathy, qui se retournent maintenant vers moi.

L'heure des révélations a sonné…

8

AH MINCE ! IL ME PARLE, LÀ ?

Jade

La rencontre entre ma tête et le coin du dressing a dû être plus violente que je ne l'imaginais, hier soir. C'est la seule explication que je trouve au fait qu'Adriàn me dévisage avec une telle expression de détermination. Happée par l'intensité de ses yeux, je n'arrive pas à m'en détourner. On dirait qu'il vient de découvrir mon existence et que je suis désormais la seule qui compte à ses yeux. Ou alors, je suis en plein fantasme.

Beaucoup plus crédible.

– C'était qui ? intervient Alexandre.

Tiens, il est là, lui aussi. Pas étonnant qu'ils aient déjà emménagé ensemble ces deux-là, vu comme ils sont toujours collés l'un à l'autre. Trop surprise de l'attention que m'accorde enfin Monsieur Ténébreux, je ne l'avais pas remarqué.

– Visiblement pas un ami de son père, répond Cathy en regardant la destination qu'a prise le conducteur.

C'est vrai qu'il était étrange cet homme. Si je ne l'avais jamais vu auparavant, lui semblait bien me connaître. Encore un des opposants politiques de mon père. Jusqu'à maintenant, ils n'avaient jamais poussé le vice jusqu'à m'attendre devant chez moi. À ce constat, un poids tombe au creux de mon ventre et ma gorge s'assèche. Je vais vraiment devoir en parler à papa.

– Qu'est-ce qu'il vous a dit ? tonne Adriàn en s'avançant, imposant dans son ensemble noir et sa veste en cuir renforcée.

– Eh, mollo mon gars. Si tu veux des infos, il va falloir changer de ton ! s'exclame Cathy, doigt pointé vers lui telle une institutrice mécontente.

Alexandre s'interpose entre les deux.

– Désolé, ma douce, mon pote est un vrai grognon le matin. Et l'après-midi. Et un peu le soir aussi. Viens, je t'accompagne, ces deux-là doivent avoir une discussion.

Euh… pardon ? Il parle de moi, là ? Adriàn veut me parler ? À MOI ?

Ma respiration se coupe, puis s'accélère lorsque je vois le sosie de Thor entourer les épaules de ma meilleure amie pour l'inciter à poursuivre le chemin en sa compagnie.

Je ne peux pas me retrouver seule avec ce fantasme sur pattes. Un fantasme doit rester un fantasme, c'est justement tout l'intérêt !

Heureusement, ma meilleure amie remarque mon expression paniquée, freine des quatre fers et se tourne vers moi.

– Jade ?

Je secoue la tête. Pas moyen qu'elle me laisse seule avec Grincheux, surtout s'il est aussi avenant que d'habitude. Je ne me fais pas confiance pour agir normalement devant un mec aussi canon. À tous les coups, je vais rougir comme une tomate et bégayer, telle l'idiote incapable de sortir une phrase correcte que je suis. Cathy se dégage de la prise du grand blond pour venir me rejoindre.

– Jade, intervient Adriàn, il faut que je te parle d'une chose importante. S… s'il te plaît.

Waouh, les derniers mots ont eu du mal à sortir.

Mon prénom, prononcé avec cette voix grave, ainsi que la formule de politesse me font céder. Comment résister? Et puis, il m'a sauvée d'une mauvaise passe, je lui dois bien ça. Tant pis si je suis mal à l'aise et que je me tape la honte du siècle, je vais prendre sur moi. Je me retourne vers ma meilleure amie qui s'est approchée et lui souris pour la rassurer.

– C'est bon, Cathy, je te rejoins.

Elle me regarde quelques secondes avant d'acquiescer puis jette un regard d'avertissement au grand brun. Il répond par un haussement de sourcils amusé assorti d'un sourire en coin, ce qui réveille une sensation pétillante dans mon estomac. Ce mec me fait vraiment trop d'effet pour mon propre bien. Cathy s'adresse finalement à moi :

– D'accord, mais tu m'appelles si besoin.

Elle s'en va et je me retrouve seule avec Adriàn. Quand j'ose enfin me tourner vers lui, il me fait signe d'avancer. Le retour de la communication non verbale. Je ne sais pas comment il compte me parler de sa « chose importante » ainsi. Dans ce silence oppressant, j'ai le temps d'émettre moult suppositions.

Il a eu le coup de foudre pour moi et va finalement m'avouer son amour? Peu probable.

Il veut que je lui arrange une sortie avec Cathy? Déjà plus plausible. Bien que je n'aie pas l'impression qu'il soit du genre à passer par un intermédiaire. Et surtout, il a déjà un mec.

Alors que l'université est au bout de la rue et que je n'y comprends plus rien, il prend à gauche et pénètre dans le Morningside Park. Celui qu'on aperçoit de chez nous et qui borde tout le quartier de Harlem. Le timide soleil du mois d'octobre a attiré les New-Yorkais qui profitent de ce petit espace de nature niché au cœur de la ville. L'automne est déjà installé et des feuilles de couleur rouge, orange, jaune et marron tapissent le sol. Quelques oiseaux retardataires gazouillent pour la dernière fois entre les branches avant de partir vers des régions plus chaudes, loin des températures glaciales qui ne vont pas tarder à nous tomber dessus. Pour me distraire, je m'amuse à marcher sur les feuilles qui craquent le plus sous mes pas. Au bout d'un moment, je n'y tiens plus et je demande, d'une voix que j'aurais aimée plus assurée :

– On ne va pas en cours ?

Il ne me jette même pas un coup d'œil et continue à fixer l'horizon lorsqu'il me répond :

– Ce que j'ai à te dire est plus important. Et tu devrais t'asseoir avant.

Le temps que l'on trouve un banc libre, ce qui n'est pas une mince affaire, de nouvelles théories encore plus improbables naissent dans mon esprit.

Il veut des conseils de couple, car il y a de l'eau dans le gaz avec Alexandre ?

C'est un roi Faë perdu dans notre monde, à la recherche d'un portail bidimensionnel ?

Peut-être que c'est le fils caché de mon père. Ça, c'est tout à fait possible.

– Dégagez !

Je sursaute et me retourne pour finalement constater qu'il ne s'adresse pas à moi, mais à un papy qui prenait tranquillement le soleil. Le pauvre décampe de sa place aussi vite que son déambulateur le lui permet. Adriàn s'y pose sans une once de remords. Son regard sévère m'invite à le rejoindre. J'hésite à lui faire remarquer l'impolitesse de son geste, mais je me dégonfle et m'exécute. J'essaye de m'asseoir à bonne distance, ce qui s'avère compliqué vu qu'il prend la moitié du banc. Ses coudes sont posés sur ses jambes écartées et il pivote la tête dans ma direction, dans l'attente que je le questionne. Je note qu'il s'est rasé, car son visage a retrouvé la dureté que je lui connaissais. Ses mâchoires sont contractées, comme s'il redoutait le moment. Ou peut-être craint-il ma réaction.

Pour ça, il faudrait qu'il en ait quelque chose à faire de toi !

– Vas-y, je t'écoute, dis-je en ignorant mon petit démon intérieur.

– Tu es en danger. Des menaces de mort sont régulièrement émises à ton encontre, et nous avons été réquisitionnés par ton père pour assurer ta sécurité.

Ah oui, quand même. On fait un concours d'idées improbables ? Parce que j'en ai un bon stock et que je suis sûre de gagner, là.

En réponse à mon haussement de sourcils et mon manque de réaction, il soupire et sort un bout de papier de sa veste. Un texte y est rédigé avec des lettres qui semblent avoir été découpées dans un magazine.

DÉVOILE LA VÉRITÉ SUR TON PÈRE, OU TU ES MORTE.

– C'est une mauvaise blague, c'est ça ? C'est quoi ton problème ?

J'aimerais l'envoyer bouler et me précipiter en cours. Mais une pensée m'en empêche : cette lettre fait écho à celles que j'ai reçues via mes comptes Instagram et TikTok. Bien qu'il n'ait jamais été question de menaces de mort.

Enfin, je crois. Je ne les ai même pas toutes lues.

– Je savais que tu ne me croirais pas, dit-il en sortant une pochette de son sac. Voilà les autres. Elles sont toutes authentiques et ont été postées dans ta boîte aux lettres, pour la plupart. Il y a aussi un bon nombre de messages qu'on a interceptés sur les réseaux.

Je l'ouvre et j'ai du mal à y croire. Il y a peut-être une vingtaine de courriers, composés de lettres découpées comme le premier ou de majuscules agressives. Certains contiennent des mots comme « assassin », « menteur », d'autres des phrases telles que « ton père est un meurtrier », « vous êtes complice », « rendez les enfants à leurs familles ». On tente de m'intimider pour que je dévoile la vérité.

Mais quelle vérité ?!

Tout ce que je sais, c'est que mon père a eu quelques démêlés avec la justice. De sordides histoires autour d'un hypothétique trafic d'êtres humains… Pourtant, on l'a proclamé innocent. Alors, si l'affaire est réglée, pourquoi un tel acharnement ? Il n'a jamais voulu me donner de détails et ces fausses accusations ont été étouffées avant d'arriver aux oreilles des journalistes. Comme dit mon père, moins j'en sais, mieux je me porte. C'est comme ça que j'ai grandi : dans une cage dorée, ou rien de trop inquiétant ne pouvait parvenir jusqu'à moi. Alors, quand je parcours ces lettres et que j'arrive au dernier message, c'en est trop pour moi.

– Oh, mon Dieu !

Cette fois, j'ai la preuve qu'il ne s'agit pas d'une blague. Je reconnais ces mots…

Ma vue se brouille et mes mains ne me répondent plus, envahies de picotements. Je n'entends plus qu'une chose : le bruit de mes battements de cœur assourdissants. Je les ressens de partout. Ils résonnent dans ma tête, de plus en plus fort, et me donnent le tournis.

– Calme-toi, Jade. Je suis là, je ne les laisserai pas te faire de mal.

Je me focalise de toutes mes forces sur le timbre grave, vibrant et rassurant de la voix d'Adriàn. Peu à peu, la nausée s'éloigne et les tremblements se calment assez pour que je prenne conscience de la situation.

Ça va aller…

Adriàn s'est tellement approché de moi que je peux sentir son souffle sur ma joue. Je prends une grande inspiration pour m'enivrer de son parfum musqué. Étrange. Lui qui m'impressionnait et me mettait mal à l'aise il y a encore quelques minutes m'inspire à présent un sentiment de sérénité. Je pourrais rester longtemps à fixer ses yeux pour m'empêcher de céder à la panique. Soudain, un mouvement dans ma vision périphérique attire mon attention. Ce sont ses lèvres qui bougent.

Ah mince ! Il me parle, là ?

– Pardon ?

– Pourquoi la dernière lettre t'a fait perdre ton sang-froid ? répète-t-il.

C'est vrai. Les messages. Les menaces de mort. Cette dernière lettre. L'homme en bas de chez moi. Mon père.

– Jade ! tonne Adriàn qui agrippe mes épaules pour me secouer. Reste avec moi !

J'essaye de refaire surface, de me plonger à nouveau dans ses yeux sombres, de m'accrocher à sa voix ou de me focaliser sur les rugosités qui entourent sa cicatrice, mais rien n'y fait. Ma respiration est trop rapide et les tremblements de mes mains envahissent peu à peu tout mon corps. La prise qui me maintient se resserre sur mes épaules. Je m'oblige à ouvrir la bouche et tente d'articuler une phrase compréhensible :

– C'est… coupable… il a dit… dans la voiture…

– Calme-toi et raconte-moi immédiatement ! ordonne-t-il.

C'en est trop, je craque. Les sanglots contenus jaillissent

en torrents. Des mots sortent de ma bouche, mais je ne sais même plus lesquels. Soudain, je ne touche plus terre. Je comprends qu'Adriàn me porte jusqu'à la sortie du parc.

Je devrais protester, lui dire que je suis trop lourde ou que je peux me débrouiller, mais je n'en fais rien. Au contraire, je profite du sentiment de sécurité qu'il me procure pour tenter d'apaiser ma respiration tremblante et les battements erratiques de mon cœur. Plus facile à dire qu'à faire. Quand tout commence à tourner autour de moi, je ferme les yeux, agrippe la veste d'Adriàn et enfouis mon cou dans son col. Au bout d'un moment qui me semble interminable, je retrouve un peu de contenance et ouvre à nouveau les yeux. Nous sommes sortis du parc par une entrée que je n'avais jamais empruntée et qui débouche sur une rue à la circulation très dense. La vitesse des voitures, les gaz des pots d'échappement et l'ensemble bruyant me font de nouveau tourner la tête et je ferme les yeux.

J'entends Adriàn héler un taxi puis, quelques secondes plus tard, il nous fait monter dedans. J'ignore où nous allons et je m'en fiche. Lorsqu'il me lâche, les tremblements reviennent et je me place sur le siège du milieu pour me coller à lui, à la recherche de l'apaisement. Il ne dit rien, mais son grognement agacé parle pour lui. Ne voulant pas le contrarier, j'amorce un mouvement de recul, mais il me retient par le poignet. Je le regarde avec espoir.

Y aurait-il un peu d'humanité derrière ce visage impassible ? Et un cœur caché derrière cette carapace de muscles durs comme de la pierre ?

– Faudrait pas que tu nous tapes une nouvelle crise d'hystérie et que je doive te porter jusque chez toi, grogne-t-il en regardant par la fenêtre.

Au temps pour moi. Il n'y en a pas…

9

C'EST UN PRÉNOM, ÇA ?

Jade

Enfin chez moi !

Le réconfort que cela m'apporte est cependant de courte durée. Au revoir fantasmes de longue douche chaude suivie d'un visionnage de sitcom pas très intelligent. Adriàn ne me laissera apparemment aucune chance de faire comme si cette histoire de menaces n'avait jamais existé, puisqu'il envahit mon espace personnel comme s'il y était déjà venu des dizaines de fois. Voilà maintenant que le malotru empoigne la petite table en céramique trônant fièrement sous notre fenêtre et la déplace quelques mètres plus loin. Après être revenu chercher les deux chaises, il prend position, droit comme un I, et me fait signe de m'installer. Comme il ne se gêne pas, moi non plus. Je passe par la cuisine et attrape un tupperware de cookies tout juste cuits de ce matin. Je sens qu'il va me falloir du carburant sucré pour affronter cette discussion.

Je m'arrête sur la vision que m'offre mon supposé… garde du corps, si je comprends bien. Il n'a pas l'air à sa place dans notre cocon. Le colosse tout de noir vêtu et à la mine austère détonne devant notre tapisserie florale aux couleurs pastel. Sans parler de notre bibliothèque, submergée de petites figurines toutes mimi de science-fiction.

Non coupable.

L'autre moitié est remplie de livres de romance, cahiers de scrapbooking et bouquins de cuisine.

Coupable.

J'ai l'impression de passer un entretien d'embauche mais l'incongruité de cette scène arrive à diminuer mon stress.

– Pourquoi as-tu déplacé la table ? m'enquiers-je tandis que je me pose sur la chaise qui lui fait face.

– Elle était dans la ligne de mire d'un potentiel tireur.

– Un tireur ?! paniqué-je en me levant, renversant la boîte de cookies que je venais de poser sur la table. Tu veux dire qu'on pourrait me tuer ?

– C'est une possibilité à ne pas négliger, même si elle est faible. Maintenant, rassieds-toi.

Visiblement, la peur suintant de tout mon être ne lui a pas mis la puce à l'oreille. Dans ce genre de situation, il devrait me rassurer un minimum. Ou du moins, ne pas se montrer aussi cash.

Ce mec est vraiment un handicapé des relations sociales.

Je ramasse les cookies qui sont tombés avant de m'asseoir à nouveau pour lui faire face. Il me regarde droit dans les yeux. Direct. Pas de faux-semblants. Néanmoins, j'arrive pour une fois à soutenir son regard sans avoir peur de rougir ou de bégayer.

– Maintenant que ce point est clarifié, dis-moi ce qui t'a mis dans cet état en lisant la dernière lettre.

– L'homme dans la voiture… Il… il m'a dit la même chose. C… ce qui était marqué dans la lettre, je veux dire. Mot pour mot.

Il reprend le courrier et le porte à sa hauteur. Sachant dans quel état cela m'a mise, il ne va pas le relire à voix haute. Évidemment, il me contredit dans la seconde et commence sa lecture :

– *Jade, connais-tu vraiment ton père ? Il cache d'horribles secrets et a brisé de nombreuses familles. Arrange-toi pour trouver les preuves et nous les fournir, ou tu resteras sa complice ignorante.*

– Voilà, confirmé-je d'une voix tremblante. Mot pour mot, sauf pour la demande de preuves.

Nouvel échange de regards suivi d'un silence pesant. Il repose ensuite la lettre sur la table et la fait glisser vers moi, comme si j'allais la prendre. Je fixe cet objet de malheur, m'attendant presque à voir la main du conducteur de ce matin en sortir et m'attraper. Des frissons m'envahissent. J'entends le bruit des klaxons à travers la fenêtre entrouverte. Une dispute semble avoir éclaté dans la rue, mais tout cela me semble si loin. Comme si j'étais dans une bulle, privée de vision et d'odorat, et que seuls des bruits étouffés pouvaient parvenir jusqu'à moi.

– Jade ?

La voix d'Adriàn me fait sursauter et reprendre pied. Je lui lance un regard perdu et il soupire, pose un coude sur la table et lisse ses épais sourcils plusieurs fois. Sa main noueuse cache ses yeux. J'ai l'impression qu'il s'en sert pour reprendre contenance. Un geste si humain, comme un aveu de faiblesse pour lui qui a toujours l'air d'avoir le contrôle. Enfin, il croise à nouveau mon regard. Le sien semble s'être adouci lorsqu'il continue :

– As-tu une idée des secrets dont il parle ?

– Aucune ! Je sais seulement que mon père est un ancien militaire, aujourd'hui secrétaire d'État aux finances, et qu'il fait campagne pour les prochaines présidentielles. Il ne me dit rien sur son travail. Ni sur le fait de m'affubler d'un garde du corps, apparemment. D'ailleurs, je ne sais toujours pas qui tu es. Et je ne comprends rien à toute cette putain de situation !

Wow ! Cette diatribe ne me ressemble pas. La situation me fait vraiment sortir de mes gonds.

En plus, j'ai dit un gros mot. Cathy serait fière !

– Tu sais déjà qui je suis.

– Non, je sais que tu as été embauché comme garde du corps, mais je n'ai aucune idée de qui tu es *vraiment*.

Un ange passe. Mon interlocuteur fronce les sourcils, visiblement en pleine réflexion. J'attrape un cookie pour m'occuper les doigts et, avant que je n'aie pu le goûter, il fait sa première révélation.

– Je ne m'appelle pas Adriàn Gomez, mais Ishten.

J'en lâche mon cookie et le regarde avec des yeux ronds. Si je m'attendais à ça.

– C'est un prénom, ça ? Ça me rappelle un jeu auquel je jouais. Je crois que ça signifie…

– Si tu veux en apprendre plus, arrête de me couper la parole. C'est mon général qui m'a donné ce prénom quand il m'a recueilli après que le camp de base de mes parents a été attaqué. Je peux continuer ou tu as une autre remarque inutile ?

J'acquiesce piteusement et me tais. La nervosité me fait parler plus que de mesure, mais il se fiche de mon état comme de sa première chemise.

Vraiment pas sympa, le mec. Il a de la chance d'être beau.

J'en profite pour croquer un bon morceau de gâteau. Au moins, ça m'empêchera de l'ouvrir. Au passage, je dégaine mon application bloc-notes pour inscrire ce qu'il ne m'a pas laissé le temps de dire et que je ne voudrais pas oublier. J'ai l'intuition que cette information est importante, il serait dommage de la garder pour moi.

– Qu'est-ce que tu fais ? m'admoneste Ishten, outré.

Je range mon téléphone en quatrième vitesse. Comme mon père, il semble monter sur ses grands chevaux dès qu'un smartphone pointe le bout de sa coque en pleine conversation.

Je maintiens que la théorie du fils caché est plus que crédible.

– Bien. Je disais donc : je suis un soldat d'élite formé aux situations les plus extrêmes. J'ai grandi sur les terres les plus dangereuses de notre planète et même le plus dur des mercenaires chouine comme un bébé si on me le laisse pendant une heure. Voilà pourquoi mon équipe et moi avons été chargés de ta surveillance. Le mot d'ordre de cette mission est ta protection. Nous gardons un œil sur toi à chaque instant, alors pas de quoi en faire un drame.

– À chaque instant ? répété-je, la bouche pleine. Tu oublies les soirées et les nuits où je suis chez moi.

– À chaque instant, insiste-t-il en se penchant vers moi, son regard direct me faisant rougir encore une fois. Nous avons posé des caméras.

Il jette un œil vers le plafond et je me retourne d'un bond. J'ai beau fixer tous les angles et chaque recoin de chaque mur, je n'en vois aucune. Je décide de remettre ma fouille à plus tard et me tourne à nouveau vers lui.

– Tu m'espionnes chez moi ?! C'est trop bizarre !

Il me fixe intensément, comme pour me mettre au défi de critiquer son choix. Le regard meurtrier est de retour. Lorsqu'il se penche encore plus vers moi, faisant presque disparaître la minuscule table sous sa carrure, et que je vois ses avant-bras musclés se contracter sur cette dernière, un frémissement parcourt mon corps de la base de mon cou jusqu'au bout de mes doigts. De peur, j'imagine.

À moins que ce ne soit autre chose ?

– Elles sont positionnées en direction du salon, de la porte d'entrée et des fenêtres. Il y en a quelques-unes dans la rue, mais aucune dans les chambres ou la salle de bains.

J'acquiesce, car il continue de me scruter et je sens que les battements erratiques de mon cœur renforcent le rouge pivoine de mes joues. Satisfait, il s'adosse de nouveau à la toute petite chaise, qui proteste sous son poids. J'attrape le bout d'une de mes boucles que je commence à tortiller, incapable de finir mon cookie. Mon cerveau tourne à plein régime, partagé entre l'horrible pensée qu'il m'ait vue en pyjama licorne et celle qu'il sache tout de ma vie privée. Il a beau dire que ce n'est pas important, ça l'est pour moi. L'image que je renvoie aux autres a toujours été un de mes grands sujets de préoccupation, mais je me doute bien qu'un mec comme lui ne peut pas le comprendre. J'ai déjà eu du mal à me sentir à l'aise avec Cathy, mais savoir que mon voisin garde un œil sur moi nuit et jour, c'est trop. Beaucoup trop pour moi qui n'ai jamais pu gérer le stress. Je sens que je vais dire ou faire une bêtise. Si j'éclate de rire, il va me prendre pour une barge, comme le soir de mon agression.

– D'autres questions ?

Je secoue la tête et il reprend :

– D'accord… Bon, maintenant que tu es au courant, tu adopteras une ligne de conduite en adéquation avec ta situation périlleuse.

Un ricanement nerveux m'échappe. Je n'y peux rien, ses tournures de phrase sont vraiment alambiquées. N'aurait-il pas pu dire « tu devras faire attention » ? Je me frotte les tempes, sentant une migraine arriver.

Papa, dans quelle position m'as-tu placée ?

Moi qui pensais que prendre de la distance avec lui m'éloignerait définitivement de tous les litiges politiques qui n'allaient pas manquer à l'approche de sa campagne présidentielle, je me suis bien leurrée, pour le coup.

– De plus, tu n'en parleras à personne. Pas même à Parks.

Je relève la tête d'un coup et le fixe, pour voir s'il est sérieux. Imperturbable, menton levé, bras croisés sur son torse faisant ressortir ses muscles sous son tee-shirt, il semble fermé à toute argumentation.

– C'est Cathy. Et bien sûr que je lui en parlerai !

– Négatif. Aucune mention à ton amie. C'est un ordre.

– Euh… désolée, Adri… Ishten. Mais je ne suis pas sous ton commandement. Je lui dis toujours tout et là, j'ai vraiment besoin de me décharger. C'est non négociable.

Ses sourcils s'arquent et sa bouche s'entrouvre, mais rien n'en sort. Je ne sais pas s'il est surpris de me voir si déterminée ou juste outré qu'on lui désobéisse. Dans le doute, je préfère m'abstenir d'ajouter que c'est plutôt lui qui est sous mes ordres, en l'occurrence.

– Si c'est tout, j'aimerais bien aller me reposer un peu, s'il te plaît.

– Pas encore, dit-il en se levant. Tu dois faire le portrait-robot du type de ce matin. Suis-moi.

Quand il sort de l'appartement sans se retourner, je réalise que je suis peu encline à me retrouver toute seule et je le suis. Alors que je pense devoir marcher jusqu'au commissariat le plus proche, je le trouve en train de m'attendre devant chez lui.

Curieuse, je le suis et découvre un logement digne des

plus grands films d'espionnage. Aucune décoration, mais des tonnes d'écrans partout. Même pas de canapé, seulement des chaises à l'allure inconfortable entourant une table tout aussi sommaire placées au centre de la pièce à vivre. À part les appareils de musculation qui sont entassés dans un coin, aucune affaire personnelle en vue. En effet, il ne rigole pas sur la surveillance.

Du coin de l'œil, j'aperçois une longue silhouette qui émerge du couloir sombre. C'est un homme d'une vingtaine d'années, à première vue. D'une allure élancée, mais athlétique, il a tout de même le look du nerd parfait : lunettes, pantalon de jogging et sweat large à l'effigie d'un jeu que je ne connais pas. Sans oublier les grosses poches noires sous ses yeux, accessoire indispensable de tout geek qui se respecte. Je suppose que c'est lui, « l'équipe » qu'a mentionnée Ishten. Il s'arrête face à nous, me jette à peine un regard, en fait de même pour Ad… Ishten, avant de fixer ses écrans, comme pour contrôler que je n'en avais pas caché un sous ma jupe au passage. Ishten se racle la gorge pour attirer à nouveau son attention vers nous.

– Jade, je te présente Tishé. En public, tu l'appelleras Mathias, même si je doute que tu le croises en dehors d'ici. Il s'occupe de surveiller et d'anticiper le danger dans tous les endroits par lesquels tu passes. Nous avons grandi ensemble et je lui confierais ma vie, tu peux donc en faire de même.

– Bonjour Tishé ! Je suis Jade. Enchantée.

Faisant fi du soupir agacé de mon garde du corps, je lui offre un sourire avenant et lui tends une main qu'il regarde comme si elle était contagieuse.

– Bonjour, grommelle-t-il avant de poursuivre son chemin.

Wow ! Si on m'avait dit qu'Adriàn – enfin, Ishten – serait le plus agréable de la bande…

C'est donc avec le très enjoué Tishé – dont j'ai également noté le nom sur mon appli bloc-notes – que je tente de trouver la meilleure combinaison yeux/nez/bouche pour reproduire le type de ce matin, et cela s'avère plus compliqué que prévu. Ce logiciel propose un nombre infini de formes de visage, de couleurs de cheveux, de différentes carnations et même d'oreilles.

Ces maudites oreilles sont encore plus nombreuses que les parfums de glace !

Après deux heures en leur compagnie, je constate que ces deux-là sont des machines. Pas un seul moment de pause, même pas une réplique légère pour atténuer l'ambiance lourde qui pèse devant cet écran. Franchement, je plains Alexandre. Ça ne doit pas être tous les jours évident de sortir avec un cyborg. Je me suis d'ailleurs demandé s'il ne faisait pas partie de l'équipe, lui aussi. Mais Ishten me l'aurait précisé, s'il y avait un autre membre. Je suppose donc que le fou reste par amour, et qu'il n'a rien à voir avec cette histoire, le pauvre.

– Bon, j'en peux plus, dis-je en m'affalant contre mon siège alors qu'un portrait plutôt fidèle au type de ce matin me fait face. Si ça ne vous dérange pas, j'aimerais rentrer me reposer.

– Accordé, répond Ishten en se levant d'un bond.

Puis, sans rien ajouter, il part s'enfermer dans une pièce adjacente. Comme ça, sans prévenir. Pas de « merci pour ton travail, Jade, désolé de t'en avoir tant demandé après tous ces bouleversements ». Voyant que j'observe son ami avec des yeux ronds, Tishé se racle la gorge pour attirer mon attention.

– Il part toujours aussi brusquement, ne t'inquiète pas. Sinon, pour ta sécurité, il faut que je sache exactement de quoi tu es au courant à propos des affaires de ton père.

Derrière ses lunettes, il me fixe comme si j'allais lui sortir la liste du siècle. Ses doigts tapotent en rythme sur la souris, et j'ai bien l'impression qu'il se retient d'ouvrir un traitement de texte pour noter mon témoignage. Il peut rêver ! J'en ai fini de cette torture pour ce soir. Ils n'obtiendront plus rien de moi tant que je n'aurai pas dormi au moins huit heures.

– Désolée, réponds-je en grinçant des dents, mais je vais rentrer, je suis crevée. Une autre fois !

Sur ce, je me lève et m'enfuis sans demander mon reste. Ça ne tourne pas rond chez ces deux-là. Mais je crois que je commence à comprendre comment ils fonctionnent. Oui, je ne les connais pas depuis longtemps, mais avec eux, c'est facile ! Selon moi, deux types de questions s'affichent dans leur cerveau lorsqu'une nouvelle variable entre dans leur vie. Utile ou inutile ? Fiable ou dangereux ? Simple, donc.

Le comportement d'Ad… Ishten me semble tout à coup plus compréhensible : sa mission l'emporte sur tout le reste. Malgré tout, je campe sur mes positions : s'intégrer ne lui fera pas de mal. D'après ce que j'ai pu observer de lui à la fac, fidèle reflet du comportement de son asocial de coéquipier, il n'a pas l'air d'être habitué aux codes de notre société. Si on ajoute les infos que j'ai glanées aujourd'hui, j'en déduis qu'ils n'ont pas grandi aux États-Unis mais dans un milieu militaire. Et il y a de grandes chances pour que ça ne soit pas dans un pays en paix. Cela doit demander une période d'adaptation, mais ce n'est rien qu'un peu d'aide ne saura arranger. C'est donc dotée d'un nouveau but que je rentre chez moi, déterminée à aider ces soldats dans leur quête de normalité.

10

MENACE N° 4 : LA PURÉE DE LA CANTINE

Ishten

Une heure après le départ de Jade, je termine ma dernière série de tractions, en sueur mais de nouveau serein. J'attrape la serviette que j'avais posée sur la machine de développé couché tout en me faisant la réflexion que la matinée a été plus éprouvante que prévu. Une fatigue différente de celle à laquelle je suis habitué, ce qui rend la chose très désagréable.

Esher déboule dans l'appartement au moment où je sors de la pièce qui nous sert de débarras, stock d'armes, salle de musculation et chambre d'appoint.

– Alors, elle l'a bien pris ? demande-t-il en sautillant presque sur place.

S'il est de retour, cela signifie que Cathy aussi. Je m'empresse de rejoindre les écrans sans répondre à sa question tandis qu'il me suit à la trace comme un petit toutou en quête d'une friandise.

Désespérant.

La vérité, c'est que je n'ai pas envie de répondre à cette question. Malgré ses crises de panique et sa frayeur visible,

Jade a surmonté le tout comme une cheffe et s'est montrée plus forte que je ne l'avais imaginé. C'est plutôt ma réaction qui me laisse perplexe : je me suis trouvé déstabilisé devant sa détresse. Moi, l'insensible chef d'escouade ! Déconfit, je ne savais pas quelle était la meilleure manière d'agir.

Jamais Esher ne doit apprendre ça !

Pourtant, j'en ai vu des pleurs. Mais jamais cela ne m'avait atteint avant. Bon, en général, ce sont les crises des complices de terroristes ou de petites fiottes de militaires n'ayant rien dans leur froc. Mais les pleurs de Jade m'ont fait quelque chose. J'ai été déstabilisé d'abord, puis énervé ensuite. Contre elle, pour m'avoir montré sa fragilité, m'avoir fait confiance pour la protéger, s'être laissée aller dans mes bras. Mais surtout contre ces mystérieux ennemis qui l'effraient autant. Et aussi contre moi. Moi qui n'ai eu aucun tact. J'aurais aimé m'être montré plus délicat avec elle mais, en même temps, je devrais n'en avoir rien à foutre tant que sa sécurité n'est pas compromise.

Putain, je suis paumé.

Je reviens au présent et observe Cathy entrer dans l'appartement. J'aimerais que Jade suive mes conseils, mais je sais qu'elle n'en fera rien et qu'elle va tout révéler à sa copine. Toutefois, je remarque à l'écran qu'elle s'installe dans une des chambres. Elle marque un point. Finalement, elle n'est pas aussi à l'ouest que je le pensais : elle a écouté les informations délivrées.

Quelques minutes plus tard, j'abandonne les filles à leur discussion. Elles ne sont toujours pas ressorties de la chambre et j'ai la certitude que Jade a tout déballé. Je tourne en rond et je suis émotionnellement épuisé ; ça ne m'était pas arrivé depuis des années. Il faut que je transpire de nouveau pour évacuer cette tension. À défaut de devoir traquer un fugitif, trouver une source d'eau dans le désert ou suivre quelques charognards pour repérer un cadavre, je retourne à ma salle de sport improvisée. Cette mission s'annonce encore plus difficile que prévu. Les barrières que j'ai mises en place il y a des années pourraient bien en être fragilisées. Et ça, c'est hors de question. Ma survie en dépend.

***

Cette nouvelle semaine de cours est synonyme de changement. Jade et Cathy nous attendent désormais avant de franchir la porte, puis nous effectuons le trajet ensemble, ce qui semble apaiser Jade qui se colle presque à moi. Je valide totalement : assurer sa sécurité n'en sera que facilité. D'autant plus que le brouhaha ambiant de New York et son air pollué encombrent mes sens et réduisent ma concentration. Cathy, elle, semble agacée et répète qu'elles peuvent se débrouiller toutes seules. Peut-être que lire les lettres de menaces lui déclencherait à elle aussi une crise de panique ? Je me le note pour plus tard.

Nous prenons place côte à côte dans le petit amphithéâtre tandis que Jade me lance un regard réprobateur. Je me tourne vers elle, coude posé sur la table pour être plus proche d'elle et pour que notre conversation reste discrète. Je note au passage qu'elle n'a plus ce mouvement de recul inconscient qu'elle avait à chaque fois que je passais près d'elle.

– Qu'est-ce qu'il y a ?

– Tu pourrais dire bonjour aux profs, me reproche-t-elle en croisant les bras.

– Pas envie.

Je retiens avec peine le sourire en coin qui me démange. Elle ne s'attendait pas à ma réplique, visiblement. Ses bras retombent le long de son corps et ses yeux sont si écarquillés qu'ils ont l'air presque trop grands pour être vrais.

Magnifiques.

– Mais… ce sont des choses qui se font ! insiste-t-elle alors que son petit nez se fronce, faisant ressortir ses taches de rousseur.

Mon bras se tend, involontairement, comme attiré par la douceur de sa peau. À la dernière minute, je dévie mon geste et attrape une de ses boucles pour tirer dessus.

– Et je ne comprends pas pourquoi, expliqué-je en jouant machinalement avec ses cheveux. Dire bonjour est idiot. Ça ne changera pas une mauvaise journée. Et puis, ça me fait chier.

Je sais que je lui ai coupé le sifflet, car elle reste bouche bée après ma réplique et, cette fois-ci, je ne peux retenir mon sourire. Heureusement, le prof commence son cours aussitôt et Jade n'insiste plus.

Qu'est-ce qui lui arrive, à vouloir que je sois poli ?

Déjà, sur le trajet, elle m'a poussé vers un mec qui ne parvenait pas à soulever un énorme carton. Hors de question que j'intervienne et la perde de vue, même une minute. J'ai lancé à l'homme – qui me regardait déjà avec espoir – qu'il devait se démerder et que la prochaine fois, il penserait à louer une machine adaptée. Je commence à regretter l'époque où je faisais peur à Jade et qu'elle ne me parlait pas.

Évidemment, elle continue sur sa lancée lorsque je récupère mon plateau à la cafétéria en ignorant royalement la vieille peau qui vient de me le tendre avec un sourire mielleux.

Dégoûtant.

– Tu aurais pu lui dire merci, elle t'a souhaité une bonne journée, quand même.

Je me pince l'arête du nez et expire lentement pour me calmer.

Qu'est-ce qu'elle est longue à la détente !

– Qu'est-ce que je t'ai dit sur les « bonjours » il n'y a pas deux heures ? articulé-je en me plaçant sur son chemin, manquant de lui faire renverser son plateau. Je ne dis PAS bonjour, je ne dis PAS au revoir, et je dis merci seulement dans deux situations : si on me rend un service que je ne peux pas retourner ou si on me sauve d'une mort atroce. C'est clair ? Maintenant tu fermes ta jolie petite bouche comme tu en avais l'habitude, et tout ira pour le mieux !

– C'est bon, j'ai compris, acquiesce-t-elle, les lèvres tremblantes et les yeux baissés.

Un profond soupir m'échappe. Je la suis vers la table où Esher et Cathy sont déjà assis et, quand elle s'aperçoit de ma présence derrière elle, elle presse le pas et rentre la tête dans les épaules. Merde. Maintenant je m'en veux de l'avoir engueulée. J'ai bien remarqué qu'elle ne supportait pas qu'on la houspille, mais je n'y peux rien. Courber l'échine n'a et ne fera jamais partie de mon caractère, elle devra faire avec. Au moins, le message est passé. Je prends place à côté de mon collègue, face à Jade qui a choisi de se coller à Cathy, comme toujours. Soan nous rejoint, et pour une fois, son pote Gabriel n'est pas de la partie.

Pas si courageux que ça, le type…

D'ailleurs, lorsque Soan mentionne la blessure que j'ai infligée à son faiblard de copain, Jade me lance un regard plein d'espoir, mais n'insiste pas, heureusement. Cependant, je sais qu'Esher s'apprête à faire une connerie, si j'en crois le regard pétillant qu'il me lance. Posture penchée vers l'avant, mâchoire tressautant d'impatience, aucun doute, je le connais, il va ouvrir sa grande gueule. Avant qu'il ne puisse le faire, je le chope par l'épaule et lui chuchote à l'oreille :

– T'as pas intérêt à l'ouvrir. Aucun de nous ne rejoindra leur équipe, compris ?

Il pince les lèvres et acquiesce, non sans lâcher un soupir résigné. Bien.

Comme si j'allais changer d'avis !

– Vous allez bien trouver quelqu'un pour le remplacer, rajoute Jade à l'intention de Soan, tout en nous lançant un regard, à moi et à Esher.

Elle continue de nous regarder, perdue dans ses pensées, un petit sourire aux lèvres. La voilà encore partie sur sa planète.

– J'en suis pas si sûr, répond Soan à une Jade qui ne l'écoute plus du tout. Le rugby, c'est pas un sport populaire aux États-Unis. Tout le monde ne parle que de football, ici.

Il se prend la tête entre les mains, émet une plainte digne d'un grand acteur avant de poursuivre :

– On a réussi à compléter l'équipe avec l'engouement qu'il y a eu pour la coupe du monde, l'année dernière, mais les bons éléments sont si rares…

Il me lance un regard appuyé en disant ça. Je hausse les épaules, pas concerné, et entame mon repas, un œil sur le flot des étudiants.

– Sinon, tout le monde est chaud patate pour la soirée d'Halloween ? s'excite Cathy alors que Soan est toujours en train de me fixer.

Il pense peut-être qu'il va réussir à me mettre mal à l'aise et que je vais accepter pour avoir la paix. S'il savait. J'ai dû affronter bien pire comme regard déterminé. Le dernier exemple qui me vient en tête, c'est cette fois, en Irak, où un taré d'islamiste me fixait avec une lueur perverse alors que j'étais ligoté à une chaise et qu'il m'enfonçait doucement une lame sous l'ongle. Un interrogatoire qui s'est terminé par un bain de sang, une fois que l'équipe de soutien m'a retrouvé. C'est d'ailleurs là-bas que j'ai rencontré Marshall, qui dirige notre équipe de liaison pour cette mission.

– Carrément, mon cœur, finit par répondre Soan en passant un bras autour des épaules de Cathy. On pourrait peut-être se déguiser en Joker et Harley Quinn, t'en penses quoi ?

Cathy a un mouvement de recul puis dévisage Soan, les yeux écarquillés.

– Euh… C'est… gentil ! Mais on a déjà prévu un déguisement de couple avec Jade !

– Mais n… Aïe !

Jade, qui vient manifestement de recevoir un coup de coude de la part de Cathy, échange un regard en biais avec sa meilleure amie. Cette dernière pince les lèvres en lui faisant les gros yeux. Étrange manière de communiquer.

– Ah oui… c'est vrai, on a prévu de se déguiser en Mario et… Aïe !

Après ce deuxième coup, visiblement plus violent que le précédent, Jade se retourne vers sa meilleure amie, outrée. Cathy la gratifie d'un clin d'œil avant de continuer la conversation.

– Voilà ! Surprise, donc. Les déguisements de couple entre copines, rien de mieux.

– Et vous ? demande Jade en se tournant vers moi, puis vers Esher. Vous allez assortir vos costumes, les amoureux ?

Je la regarde sans comprendre. Elle m'a perdu. Pourtant, j'ai bien l'impression qu'elle s'adresse à Esher et moi.

– Pourquoi on ferait ça ? s'étonne mon coéquipier.

– Eh bien, ce sont des choses qui se font quand on est

en couple, explique-t-elle avec un sourire bienveillant à son attention.

Je m'étouffe avec la bouillie dégueulasse qui nous sert de nourriture. Pire que les rations militaires.

– C'est un moment de cohésion et de partage, continue Jade, le doigt levé telle une maîtresse d'école qui apprendrait la vie à deux enfants. Ça permet de déclarer votre flamme aux yeux du monde entier, d'assumer votre relation.

Aucune réplique ne peut sortir de ma bouche, vu que j'essaye toujours de ne pas mourir étouffé par une purée fadasse. De toute façon, que répondre à ça ? Esher éclate de rire. Il y en a au moins un que la situation amuse.

Putain, elle a cru qu'on était ensemble ? Mais elle n'a rien écouté à mes explications ou quoi ?

Remarque, je ne lui ai pas présenté Esher comme membre officiel de l'équipe, mais elle aurait dû s'en douter sachant qu'elle nous a vus sortir du même appartement. Cette fille vit vraiment sur une autre planète.

– On n'est pas ensemble, hoquette Esher. Merde, comment t'as pu croire ça ? Si j'étais gay, jamais je ne sortirais avec un tyran comme Ish… Adriàn ! Et je suis tout ce qu'il y a de plus hétéro.

En disant ça, il se tourne vers Cathy et lui fait un clin d'œil. Une chose est certaine, il aura droit à un sermon dans les règles pour avoir failli prononcer mon nom.

Il se relâche un peu trop à mon goût…

En tout cas, Jade ne sait plus où se mettre, c'est plutôt drôle. Elle n'ose pas regarder dans notre direction et bafouille des excuses. Il faut réellement qu'elle arrête de rougir de la sorte ou sa carnation claire risque de prendre une teinte rouge définitive. Même si ce côté femme-enfant est, je dois bien le reconnaître, assez troublant.

– T'en rates vraiment pas une, s'exclame Cathy en se marrant.

C'est dans cette ambiance joyeuse que nous terminons le repas. Enfin, pour les autres. Moi, je suis surtout épuisé par toutes ces interactions sociales. Et je n'arrête pas de me demander ce qui a pu faire croire à Jade que j'étais homosexuel.

***

Les filles profitent du trajet vers la salle de classe pour se disputer à propos de leur costume. Je dois avouer que je trouve leur relation divertissante. Elles sont toutes les deux si différentes et, pourtant, elles s'entendent à merveille. Je soupçonne cependant Jade de s'effacer pour ne pas vexer son amie.

– Franchement, t'es sûre de toi ? Ça fait quand même pas trop Halloween, comme déguisement.

– Plus personne ne se déguise en fantôme ou en sorcière, ma Jadounette. Aujourd'hui, il faut du sexy ! S-E-X-Y ! claironne Cathy haut et fort dans les couloirs.

Jade rougit en jetant un regard aux quelques étudiants qui se sont retournés sur notre passage, tandis qu'Esher en rajoute une couche. Il passe son bras, entoure les épaules de Cathy et chuchote si fort que tout le monde peut l'entendre.

– Vas-y, ma belle, épelle encore le mot « sexy », ça m'ex…

Un glapissement remplace la fin de sa phrase et Cathy, sourire aux lèvres, attrape Jade par le bras pour continuer sa route. Vu la tête d'Esher, elle a dû frapper fort. On ne fait pas de douillets dans notre unité.

– Bon, c'est décidé, s'écrie Cathy lorsque tout le monde

s'arrête devant la salle. Demain, journée au Macy's[1]. Les garçons, soyez prêts à neuf heures si vous voulez nous accompagner.

C'est pas possible…

Pourquoi s'est-on tanné à les mettre au courant si elles continuent à se faire des sorties dans les endroits les plus bondés de la ville ?

Avant qu'elle n'entre dans la pièce, j'attrape Jade par le bras et la tire dans le couloir, en retrait de la foule. Je l'adosse au mur, lâche son bras et croise les miens pour qu'elle comprenne que je serai intraitable. Une mise au point s'impose.

– Tu n'iras pas à cette fête. C'est trop dangereux. N'importe qui pourrait se cacher derrière un masque et t'enlever. N'importe quel accessoire pourrait en fait être une arme bien réelle. Tu réalises le danger ?

Encore une fois, mon rappel à l'ordre lui fait rentrer la tête dans les épaules et son regard devient fuyant. C'était l'effet escompté, cette fois. Contre toute attente, elle se redresse, gagnée par un élan de détermination venu de je ne sais où.

– J'irai à cette fête, que ça te plaise ou non. Je suis venue à New York dans l'espoir de m'amuser et de m'émanciper de la pression de mes parents. Apparemment, mon père a toujours un œil sur moi, vu que tu es là. Alors je ne compte pas me terrer chez moi et patienter.

C'est la deuxième fois que je suis témoin d'un de ses coups de gueule. La première fois m'avait déjà surpris, mais je venais de lui révéler que sa vie était menacée et elle avait besoin d'en savoir plus, alors ce n'était pas si surprenant

1. Grande chaîne de magasins iconique aux États-Unis.

qu'elle me crie dessus. Néanmoins, l'image d'elle, dans son petit salon, les joues rouges et les cheveux ébouriffés, me revient en mémoire avec une précision étonnante. Et ses yeux bleus, plus brillants que jamais, envahis de la même détermination qui l'habite en cet instant. La voir se rebiffer, droite et fière, déclenche soudain un sentiment inconnu dans mes entrailles.

La purée devait être périmée.

Tout à coup, la colère disparaît de son visage pour laisser place à la douceur. D'un geste doux, elle m'effleure le bras et me regarde avec reconnaissance.

– Et puis, tu seras là pour me protéger, dit-elle en souriant. Je ne risque rien.

Sur ces mots, elle fait demi-tour et rejoint nos camarades.

Merde, la sensation empire. Cette purée était empoisonnée ou quoi ? Note à moi-même : en référer au médecin lors de mon prochain contrôle médical.

Tandis que je la talonne, elle se retourne et me bloque le chemin. Un signe de tête vers l'enseignant me fait comprendre ce qu'elle veut.

Elle ne compte donc pas me lâcher avec ça…

Je lance un « bonjour » quelque peu agressif au prof qui sursaute et fait tomber son stylo. Je ne m'y attarde pas, trop soucieux de ce qui s'annonce. Je sens que la mission va se compliquer. Une balade dans le plus grand magasin de la ville ? Fort potentiel de risque. Une fête dans une maison en banlieue avec un tas de gens bourrés et déguisés ? Problèmes assurés.

11

LA PARLOTTE, C'EST POUR LES MOUS DU BULBE

Jade

Enfin, nous sommes jeudi. La veille du jour des morts. Ce soir marque un tournant dans ma vie. Une étape à franchir. Une case à cocher dans la to-do list de mon dernier *Bullet Journal*. J'ai nommé : ma première soirée étudiante. Dieu et John Lennon savent que j'en ai bien besoin, avec ces menaces qui pèsent sur ma personne.

Ce matin, j'ai décidé d'en parler à mon père. Je me suis dit que ça m'aiderait peut-être à ne plus flipper à chaque fois que je croise le regard d'un inconnu dans la rue et que, pour une fois, il pourrait essayer de me rassurer. Après tout, c'est sa faute si des gens, qui semblent connaître ma vie sur le bout des doigts, s'amusent à m'envoyer des messages menaçants. Il faut croire que j'avais placé trop d'espoir en lui. Je suis tombée sur sa messagerie, comme d'habitude. Je sais qu'il écoute chacun de ses messages, alors je lui en ai laissé un. Très court, mais pas moins percutant.

« Papa, je suis au courant pour les menaces. J'ai très peur. Est-ce qu'on peut en discuter, s'il te plaît ? »

Les trémolos dans ma voix étaient audibles et allaient forcément l'attendrir, comme n'importe quel père. Je me suis voilé la face. Il m'a répondu par un SMS tout ce qu'il y a de plus froid et légèrement sur la défensive :

> Il n'y a rien à discuter. Contente-toi d'obéir à tes gardes du corps et tout ira bien.

S'il voulait éviter que je me pose des questions, c'est raté.

– Tu es magnifique, ma puce, me dit Cathy en me ramenant au moment présent.

Dans le grand miroir du salon, celui collé à la bibliothèque, elle me regarde avec émotion, telle une mère qui s'apprête à assister au mariage de sa fille. Il y a quelques semaines, si on m'avait dit que j'enfilerais ce genre de tenue, j'en aurais ri aux larmes. Mais Cathy m'a travaillée au corps.

– C'était vraiment obligé, la combi rouge ultra-moulante ? On voit tous mes défauts, là.

– Correction : on voit toutes tes qualités ! Tu portes cette tenue mieux que personne, Jadounette, une vraie bombe !

Lorsqu'elle m'a parlé de *Money-Shot*, sa bande dessinée de science-fiction préférée, j'ai accepté sans même me renseigner. Une combinaison de Jedi ou une armure de Sandtrooper ? Pas de problème. Le truc que j'ai appris bien trop tard, c'est que toutes les œuvres de science-fiction ne se ressemblent pas. *Money-Shot* est en fait une BD qui allie science-fiction et érotisme, en racontant l'histoire d'une bande de « sexplorateurs » débridés. Me voilà donc affublée de l'une de leurs tenues excentriques et bien trop décolletées. Après réflexion, ma meilleure amie a raison, je ne m'en sors pas si mal. La combinaison met en valeur mes fesses rondes et ma poitrine plantureuse, tout en accentuant ma taille fine. Mes boucles noires, lâchées et sculptées par Cathy, ressortent grâce à la couleur rouge écarlate de ma tenue. Ma copine n'est pas en reste : c'est un canon, mais ça ne change pas de d'habitude !

– Tiens, plus que les lunettes pour ressembler comme deux gouttes d'eau à Christine !

C'est vrai, mes lunettes, mes cheveux bouclés et ma tenue sont assez fidèles, si on a la référence. Ce sont bien les seuls points communs que j'aurai avec cette scientifique de génie.

– Et toi, tu es qui ? demandé-je à Cathy qui passe une dernière fois le peigne dans sa coupe afro.

– Je suis Bree. Il faut suivre, cocotte ! Je croyais que tu avais lu le premier tome ?

– J'avoue que j'étais plus concentrée sur les scènes de cul que sur les prénoms !

– Coquine, dit-elle en riant. Bon, on est prêtes. Plus qu'à attendre nos cavaliers !

Ishten et Esher – dont j'ai appris le vrai prénom suite à ma bourde de l'avant-veille – doivent passer nous prendre à vingt heures. À cette pensée, je commence légèrement à paniquer. Avant-hier, je me suis vraiment tapé la honte, en plus de passer pour la dernière des imbéciles. Franchement, comment j'ai pu continuer à croire qu'ils étaient ensemble après toute cette histoire de garde du corps ? Avec mon esprit de romantique invétérée, j'ai interprété chaque regard et parole qu'ils ont échangés. Pour ma défense, Ishten aurait dû me parler du troisième membre de l'équipe bien plus tôt.

D'un coup, je ne me sens plus aussi bien dans ma tenue moulante. Je réalise que j'ai envie de plaire à Ishten. Qu'il me trouve jolie et qu'il me regarde plus souvent.

Mais suis-je seulement son genre ?

Qu'est-ce qu'il va penser de tous ces bourrelets ? C'est sûr qu'il va me trouver grosse. Lui n'a sûrement pas un gramme de graisse par-dessus tous ses muscles. En plus, maintenant que je sais qu'il est soldat, je réalise à quel point ma condition physique doit lui sembler déplorable. Cathy a certainement le don de lire dans les pensées car elle me donne une claque sur les fesses.

– Aïe ! Mais arrête de me frapper, zut !

– On dit « merde » dans ce cas-là ! Apprends à dire des gros mots si tu veux qu'on te prenne au sérieux ! Et j'arrêterai de te frapper quand tu arrêteras de complexer.

– Je complexe pas, répliqué-je en faisant la moue.

– Jadounette, tu mens très mal. J'ai reconnu ton regard de « je ne me trouve pas belle ». Et arrête de lancer des œillades vers la chambre en pensant à une tenue de rechange, me houspille-t-elle en claquant des doigts à deux centimètres de mon visage. Tu es sublime, meuf. Beaucoup de filles tueraient pour avoir ce cul rebondi et cette paire de seins !

– Mouais, lui accordé-je en me détournant du miroir pour aller enfiler les bottes rouges assorties à ma tenue. En tout cas, tu m'en dois une. Tu aurais pu accepter la proposition de Soan et j'aurais ressorti un vieux déguisement dans lequel je suis à l'aise.

– Désolée, ma puce, mais tu me remercieras plus tard, tu verras ! Et pour ce qui est de Soan, il était temps de lui mettre un stop. D'abord, il m'appelle « mon cœur », beurk ! Ensuite, les costumes de couple, et la prochaine étape, c'est quoi ?! Le mariage ? Le chien ou les enfants d'abord ?

– Calme-toi, Chacha, il n'a jamais été question de ça. Tu sais, Soan est super chouette ! Tous les hommes ne sont pas comme ton père…

– Ouais, et heureusement, toutes les femmes ne sont

pas comme ma mère, grommelle-t-elle en s'approchant du miroir pour mettre du mascara. Ce qui n'empêche pas que c'est une belle salope.

Je ne la reprends pas sur son langage ; je sais que sa mère n'est pas un ange. Avant la rentrée, cette dernière a fait une énième overdose. Cathy avait déjà été placée chez mes voisins, mais elle tenait quand même à prendre de ses nouvelles. Entre ça et son père en prison, on ne peut que l'admirer pour ce qu'elle est devenue.

Quand je pense aux problèmes qu'endure ma meilleure amie, je me fais un effet misérable. Ma vie a toujours été agréable. Même si je n'ai pas reçu beaucoup d'amour parental, j'avais ma grand-mère et mes parents qui comblaient leur manque d'affection par des cadeaux, tous plus chers les uns que les autres. Mes études sont financées, mon logement m'a été offert sur un plateau et je n'ai pas besoin de galérer comme certains étudiants. Le choix de mon avenir ne m'appartient peut-être pas, mais je devrais m'estimer heureuse.

Pourtant, je ne le suis pas. Déjà, je déteste les cours. Tout ce qui touche aux stratégies commerciales me rend malade. Autre problème, et pas des moindres : ma vie est menacée par un inconnu qui semble connaître mon adresse et mon emploi du temps. En plus, il a soulevé des questions sur mon père que j'avais pris soin de barricader à quatre tours dans un coin de mon esprit.

Je m'apprête à approfondir le sujet – il est si rare qu'elle ne me mette pas un stop dès que j'ai prononcé le nom proscrit de « père » ou de « mère » – mais suis interrompue par le bruit de la porte d'entrée qui s'ouvre, laissant apparaître Ishten et Esher.

– Mais ça va pas ? s'insurge ma copine. On aurait pu être à poil !

– Ferme la porte à clé si tu veux pas qu'on rentre chez toi comme dans un moulin, rétorque le grand blond en prenant place sur l'accoudoir du canapé tout en reluquant Cathy. Et on savait que vous étiez prêtes grâce aux caméras.

Je n'entends plus ma meilleure amie pester contre cette atteinte à ses droits, car Ishten me regarde. Ou plus exactement, il me déshabille du regard.

Mais peut-on vraiment dire que je suis habillée, dans cette tenue ?

Il me passe à la loupe : de haut en bas, de bas en haut, un vrai scanner. Puis, nos yeux se rencontrent et je suis happée par la noirceur de son regard brillant. J'ignorais que des yeux si sombres pouvaient dégager une telle intensité.

Qu'est-ce qu'il fait chaud ici !

Soudain, en un clignement de paupières, il met fin à notre connexion silencieuse et redevient ce bloc de glace que je côtoie au quotidien. Il a déjà pris la direction de la sortie.

– On y va ! ordonne-t-il.

Alex… non, Esher se marre et lève son pouce dans ma direction avant de suivre la marche. Avant de le suivre, Cathy s'arrête près de moi et me chuchote à l'oreille :

– Tu lui as tapé dans l'œil. Je t'avais dit que tu me remercierais pour la tenue.

Un grand sourire vient rejoindre mes joues rouge tomate, assorties à ma combinaison. Oui, je crois qu'il a aimé ce qu'il a vu. Incroyable !

***

Une demi-heure plus tard, nous sortons de la voiture que les garçons viennent de se procurer. Tous frais payés par mon père, semble-t-il. La maison où se déroule la fête est grandiose. Un manoir digne des sœurs Halliwell, dans lequel je rêvais d'habiter quand j'étais petite et fan de *Charmed*. Une architecture plutôt typique de la Californie, ce qui rend la bâtisse encore plus unique dans l'État de New York. La décoration est vieillotte, mais totalement dans le thème. Toiles d'araignées, citrouilles, squelettes accrochés aux balcons et à la balustrade. Il y a même tout un tas de bestioles qui s'animent quand on passe devant.

À l'intérieur, une fumée d'ambiance recouvre le sol de toute part. Beaucoup de visages sont recouverts d'un masque. Même les garçons en ont apporté un. Esher est devenu Hannibal Lecter, et Ishten nous a sorti une cagoule de son placard. Une odeur de transpiration et d'alcool flotte dans l'air. J'essaye de me concentrer sur la musique techno ou les tenues amusantes que j'aperçois.

Tiens, Mario et Luigi !

C'était mon idée de départ, mais Cathy a mis son veto.

Rien à faire : je n'arrive pas à me détendre. L'ambiance anxiogène me rappelle la situation délicate dans laquelle je me trouve. Nous nous dirigeons vers la cuisine pour nous servir à boire et je ne lâche pas Ishten d'une semelle. Il a raison, n'importe qui pourrait se cacher derrière ces masques. Peut-être même que le type de la voiture est présent. Venir ici était une mauvaise idée.

Soudain, un loup-garou me bloque le passage en poussant un grognement terrible. Je m'accroche au bras d'Ishten comme si ma vie en dépendait et retiens de justesse un hurlement pitoyable. Il se recule et m'informe dans un soupir blasé :

– C'est ton super copain, Gabriel.

– Comment tu le sais ? lui chuchoté-je à l'oreille.

– Prévisible.

Le loup-garou retire son masque et ricane. En effet, c'est bien lui. Il faudrait que je lui dise que le comique de répétition, ce n'est pas mon truc. Je suis plutôt du style petite blague courte et sans conséquence. D'ailleurs, comme disait mamie, « la parlotte, c'est pour les mous du bulbe. Rien de tel qu'une bonne démonstration ». Je m'en souviens comme si c'était hier, alors que je devais avoir 10 ans tout au plus. Un banal repas de famille tiré à quatre épingles où mon père menait la conversation, comme à son habitude. Ce soir-là, il se vantait de pouvoir faire couler l'entreprise de son rival d'un claquement de doigts. Je me souviens même que Sofia était là, et qu'ils avaient eu une grosse dispute à ce sujet. Lorsque mamie avait sorti cette phrase à papa, pour alléger l'ambiance, j'ai bien cru qu'il allait s'étouffer avec la bouchée qu'il était en train de mâcher. Sofia avait explosé de rire et je m'étais retenue de croiser son regard pour ne pas en faire de même. Je crois me rappeler que c'est la dernière fois que je l'ai vue. Je décide donc d'agir comme mamie l'aurait fait et m'avance vers Gabriel, un grand sourire aux lèvres.

– Salut, Gab. Tu connais l'histoire du papier qui tombe à l'eau ?

– Euh… non.

– Il crie : « Au secours ! J'ai pas pied ! », récité-je sans même pouffer de rire. Tu vois, ça, c'est une blague sympathique et pas risquée pour son public !

Cathy est morte de rire, bien que je la soupçonne d'avoir réagi à la deuxième partie de ma phrase plutôt qu'à ma boutade tordante. Gabriel rigole aussi, mais il n'a pas l'air naturel.

– Très drôle, jolie Jade, murmure-t-il alors qu'il s'approche – beaucoup trop près – pour me donner une accolade.

Et quand il me touche, je ne ressens rien d'autre qu'un sentiment de malaise et d'inconfort. Depuis que j'ai appris pour les lettres de menaces, j'ai tendance à l'éviter. J'ai d'autres chats à fouetter, comme rester en vie et donc proche de mon garde du corps. Je cherche une idée pour le repousser en douceur quand une grande main chaude vient entourer ma taille et me tirer en arrière.

– Tu permets, intervient Ishten de sa voix glaciale en se penchant vers le malotru, nous avons des verres à remplir.

Oh ! Le retour de l'intonation dangereuse et des frissons qui vont avec.

D'autorité, il me tire vers la cuisine. S'il me le demandait avec cette voix, je l'accompagnerais même dans un café philo, moi qui déteste cette matière. Bon, si je suis honnête, d'un, je ne sais même pas s'il a déjà entendu ce terme, et de deux, je ne comptais déjà pas le lâcher d'une semelle tellement j'ai la trouille.

Tu ne vas pas passer toute la soirée collée à lui, Jade… Où sont parties tes bonnes résolutions ? Ce n'est pas comme ça que tu deviendras une femme forte et indépendante.

Je connais le remède idéal dans ce genre de situation : une bonne cuite ! C'est aussi sur ma to-do list. Et il m'en faudra très peu vu que je ne tiens pas du tout l'alcool. Une fois dans la cuisine, l'étreinte protectrice d'Ishten se relâche et je me sens démunie. Pour combler le vide, je bois trois énormes gorgées du verre que Cathy me tend.

– Wow, ma puce, doucement avec ça ! La dernière fois que tu as pris une biture, tu as pleurniché pendant des heures en parlant à un chat.

– Pour ma défense, maugréé-je en reposant mon verre tout en grimaçant, j'étais convaincue que c'était toi. Je te jure, vous aviez le même regard !

Esher ricane. Accoudé au comptoir, il semble passionné par notre conversation. Ishten, au contraire, nous tourne le dos et ne semble pas nous accorder la moindre attention. Bras croisés, il scrute chaque personne présente à la soirée. Je détourne le regard. Le fait qu'il soit sur ses gardes ne m'aide en rien à me détendre. L'alcool, en revanche… Si je me fie à la seule nuit d'ivresse de ma vie, je suis une buveuse triste. Mais il ne faut jamais perdre espoir. Peut-être qu'aujourd'hui, ça sera différent.

– Mouais, si tu le dis, marmonne Cathy. Au moins, j'y ai gagné un surnom tout mimi.

Je souris, amusée par cette anecdote. Je ne me souviens plus grand-chose de cette soirée, mais le petit surnom de « Chacha » est resté, lui.

– Les filles, intervient Esher, on peut aller jouer au bière-pong ? S'il vous plaît, je voudrais tester !

– Refusé, répond une voix blasée.

Tiens, il écoutait finalement !

– Ce n'est pas à toi que je parle, Hitler, mais à Cathy et Jade. Après tout, on est censés vous coller au train, alors si vous faites une partie, je pourrais peut-être essayer, moi aussi !

– Sérieux, t'as jamais joué au bière-pong ? s'étonne Cathy.

– Jamais !

– Comment c'est possible ? ajouté-je, ahurie. Même moi, j'y ai déjà joué !

– On a eu une enfance particulière, répond-il après un moment.

– Raconte, exige Cathy qui s'accoude dans la même position qu'Esher.

Il jette un regard à Cathy, se mord la lèvre, puis regarde Ishten qui secoue la tête.

– Désolé, soupire le grand blond en s'éloignant de ma copine. Cette histoire devra attendre. Par contre, si tu veux te prendre une raclée au bière-pong, je suis ton homme.

Il fait un genre de révérence très caricaturale qui nous fait pouffer de rire. Je pourrais le trouver mimi tout plein s'il ne portait pas un masque de psychopathe cannibale, même relevé sur son crâne. Cathy saute de sa chaise et attrape la main qu'il lui tend.

– OK, allons-y, on va tous les défoncer ! cède Cathy.

Je souris en les regardant rejoindre la salle de jeux, puis jette un œil vers Ishten. À ma grande surprise, nos regards se croisent et s'accrochent. Je plonge dans ses yeux sombres, attirée comme un aimant, et le monde autour de nous n'existe plus. Il se retourne le premier et part rejoindre nos amis d'un pas pressé.

***

Une heure et cinq – ou dix ? – verres plus tard, le constat est évident : nous nous sommes fait rétamer. Il n'y a pas de quoi s'étonner. Nous avons suivi le règlement de la maison – les filles contre les garçons – en oubliant que nos garçons à nous sont des militaires entraînés pour ne jamais rater leur cible.

Je ne sais pas comment, je me retrouve ensuite sur la piste de danse dans les bras de Gabriel. J'aperçois néanmoins Ishten, adossé contre un mur, qui ne me quitte pas du regard. Rassurée quant à ma sécurité, je me concentre sur mes pas, ce qui n'est pas chose facile. Ma tête tourne… Ou bien est-ce seulement parce que nous bougeons ? Je n'entends rien de ce que me dit mon partenaire : je suis bien trop concentrée à ne pas lui vomir dessus. Le problème, c'est que soudain, son visage envahit mon champ de vision. Et se rapproche beaucoup trop près du mien, pour la deuxième fois de la soirée. Je remarque des notes dorées dans son regard émeraude. Il a vraiment de beaux yeux. Et de belles lèvres aussi. Je devrais l'embrasser. Kaïs – mon ex et le dernier garçon avec qui j'ai partagé un baiser – ne m'a pas laissé un très bon souvenir. Mon nouveau credo n'est-il pas justement de me créer de bons souvenirs ? Ou alors, c'est d'être indépendante ? Je ne sais plus, j'ai trop bu.

Ma décision est prise : je vais le faire !

12

ÇA PROMET !

Jade

Au petit matin, la fête est terminée, pourtant elle a élu domicile dans mon crâne – tout comme la migraine. La nausée n'est pas loin, elle non plus. Comme disait mamie, « quand on ne sait pas boire, on se drogue ». C'était une femme très sage.

– Chacha, gémis-je, la tête dans mon oreiller.

Pas de réponse. Je réitère mon appel à l'aide au moins trois fois avant que ma meilleure copine ne se pointe dans ma chambre. À travers la seule de mes paupières qui daigne coopérer, je la vois débarquer, toute pimpante. Pas une boucle de travers, des habits impeccables et sûrement une haleine fraîche. Personne ne pourrait soupçonner qu'elle a fait la fête avec moi une bonne partie de la nuit. Cette fille n'est pas humaine. On ne peut pas en dire autant de moi. Quand vous arrivez à sentir votre propre odeur buccale, c'est qu'il y a urgence.

– Le réveil est dur pour la reine de la fête ?

Je devine à son ton moqueur et à son sourire à peine dissimulé qu'elle va avoir des choses à me raconter. Mais avant…

– Cookies, réclamé-je.

Dans l'état où je suis, la dernière chose dont j'ai envie est d'un petit déjeuner, mais je sens qu'il me faut quelque chose de solide dans l'estomac. Histoire d'éponger tout l'alcool que j'ai ingurgité hier.

– Alors déjà, ça marcherait mieux avec le mot magique. Ensuite, tu as surtout besoin d'un grand verre d'eau et d'un Doliprane.

– Cookies !

Face à son manque de réaction et à son regard intraitable, je m'avoue vaincue. Le moindre mot étant un supplice, elle le paiera au centuple. Plus tard.

– S'te plaît, Chacha.

Un profond soupir et la voilà partie. Pas pour longtemps, car elle revient avec les cookies que j'ai préparés hier, un verre de lait et une boîte de médicaments. Cette fille est un amour, quand elle veut. Quelques minutes après, je me sens un peu mieux. Je m'imprègne de la douceur des draps avant de me redresser. Je m'adosse aux coussins et dévisage Cathy qui fait défiler les images de son téléphone sans vraiment les regarder.

L'heure des révélations a sonné.

– Bon, vas-y, raconte !

En entendant mon ton déterminé, elle se décide à poser son portable et imite ma position en tailleur.

– Déjà, tu te souviens de quoi ?

Je me concentre sur la soirée d'hier et tente de mettre mes idées au clair quand soudain, une image s'impose à moi.

Oh, merde ! Retour en arrière, réapparition du filtre flou, je ne veux plus savoir !

– Je n'ai pas embrassé Gabriel ? Dis-moi que je n'ai pas embrassé Gabriel ! Enfin, non, dis-moi surtout que je ne lui ai pas vomi dessus…

– Ni l'un ni l'autre. Pour le vomi, c'est arrivé plus tard. Pour le baiser, ton garde du corps personnel ne t'en a pas laissé le temps.

– Pardon ?! Mais continue ! Tu ne peux pas t'arrêter là sans m'en dire plus !

– Je fais durer le suspense, se moque-t-elle. Bon, je disais donc, vous dansiez le coincé-serré avec Gabriel quand…

– C'est quoi encore, le coincé-serré ?

– La danse que vous avez inventée. Il était serré contre toi et tu avais l'air coincée. Bref, ça se voyait que tu ne kiffais pas le moment. En tout cas, ton corps avait capté, mais pas ton cerveau d'alcoolique. Et ça n'a vraiment pas plu à Monsieur Ténébreux ! La vache, meuf, c'était chaud. Je sais que je prône l'indépendance des femmes, mais ça ne m'aurait pas déplu qu'un morceau comme Ishten vienne défendre mon honneur.

– Cathy Parks, arrête tout de suite de fantasmer sur MON garde du corps et raconte-moi la suite.

– Ah ! C'est TON garde du corps alors ? Je croyais qu'il était « flippant » et « du genre à éviter ».

Je lui sors mon regard noir le plus effrayant. Je l'ai beaucoup travaillé devant la glace, celui-là. Sans rire, cette fille a une mémoire digne d'un génie et elle s'en sert pour me ressortir mes vieilles répliques. Quel gâchis !

Elle abdique :

– OK, OK ! Ne me tue pas à coups de paillettes et de sucrerie ! Donc, Adriàn ou Ishten, comme tu veux, est arrivé au moment où vous alliez vous rouler une pelle. Il t'a tirée vers lui et s'est mis à engueuler Gabriel. J'étais trop loin pour entendre ce qu'il disait, mais il avait l'air vénère et Gabichou est devenu tout pâle, le pauvre.

Je me souviens de ce moment, maintenant. Disons

plutôt que j'ai le souvenir du parfum d'Isthen – un mélange de cuir teinté d'une légère note de transpiration musquée – lorsque je me suis retrouvée plaquée contre lui. Oui, ma mémoire est très sélective. La sensation de bien-être et de sécurité me revient également. Quand j'y repense, j'ai l'impression d'y être de nouveau.

– Je t'ai perdue, là, ma puce, m'interpelle Cathy en agitant une main devant mon visage. Tu te souviens de ce qui s'est passé ensuite ?

– Il y a eu autre chose ? paniqué-je en tordant une mèche de cheveux entre mes doigts, si fort que je ne suis pas loin d'en arracher une poignée.

– On est partis peu de temps après, mais Ishten t'a emmenée dehors et vous avez discuté un petit moment avant que je ne vous retrouve. Tu te souviens de ce qu'il t'a dit ?

Vaguement. Je me souviens du banc sur lequel il m'a fait m'asseoir.

Par ma barbe à papa, il m'a encore portée !

Ensuite, je crois que j'ai pleuré… Confirmation, je suis certaine d'avoir pleuré. La honte… Mais pourquoi au juste ?! En me concentrant sur l'image d'Ishten qui me caresse maladroitement le dos le temps que la crise passe, j'essaye de faire remonter notre discussion à la surface, sauf que Cathy choisit ce moment pour lancer une bombe.

– Quand je suis arrivée, tu lui as vomi dessus.

– Non ! Non, non, non, non ! m'écrié-je en bondissant du lit pour faire les cent pas.

Je maltraite mes cheveux en essayant de me rappeler la scène, mais rien à faire. J'ai dû refouler ce souvenir pour me protéger de l'humiliation suprême.

– Écoute, chérie, peu importe que tu le nies, c'est quand

même arrivé, affirme Cathy en prenant ma place sur les coussins. Ah, et Soan était là, lui aussi. Je crois que vous discutiez, tous les trois, quand tu t'es mise à dégobiller sur ton grand brun ténébreux. D'ailleurs, c'est Soan qui a pris la photo. Tu veux la voir ?

Elle me montre son écran d'un air malicieux.

– Il y a une photo ?! hurlé-je en me jetant sur le lit. Efface ça tout de suite ! Et demande à Soan de le faire aussi.

– Ouch, tu me fais de la peine, gémit-elle avec exagération en s'enfonçant dans les coussins pour s'échapper. On dirait que tu ne me connais pas vraiment. Comme si j'allais me séparer d'un dossier si précieux.

J'essaye d'attraper son téléphone, en vain. Il est toujours greffé sur elle, au cas où l'hôpital donnerait des nouvelles de sa mère. Un gémissement plaintif m'échappe et je m'effondre sur le lit.

J'ai vomi sur Ishten. Tuez-moi tout de suite, que je puisse rejoindre John Lennon au paradis !

Cathy essaye de me faire bouger pour aller en cours, mais rien à faire. Séance de torture spécial marketing et gueule de bois n'ont jamais fait bon ménage. Et puis, je n'ai surtout pas envie de revoir Ishten de sitôt.

– Allez, ma puce, c'est le dernier jour avant le week-end ! Me laisse pas tomber !

Comment lui dire non, surtout avec la mine de chien battu qu'elle me fait ? Vaincue, je me lève et enfile le plus large de mes sweats, assorti à une grosse paire de lunettes de soleil. Grâce à elle, je n'ai pas à croiser le regard de celui que j'ai tapissé de mon vomi. Pas évident quand la personne que l'on souhaite éviter est justement son garde du corps. Malheureusement, Ishten me suit partout comme mon ombre…

***

Sur le chemin de la fac, un arrêt au Starbucks s'impose si je veux tenir la journée. Une fois à la caisse, une magnifique serveuse rousse nous offre un sourire divin.

– Bonjour ! fait-elle de sa voix mélodieuse.

– Bonjour, répond une voix grave derrière moi.

Je marque un temps d'arrêt.

C'est bien Ishten qui vient de la saluer ?

Ce dernier me fixe, le menton relevé et le torse bombé. Lorsque je lève timidement un pouce pour valider son effort, il hoche la tête et va attendre au comptoir, non sans s'être fait gratifier d'un clin d'œil complice de la part d'Esher.

– Waouh ! Je n'aurais jamais cru voir ça un jour, s'étonne-t-il en le regardant s'éloigner.

Il se tourne vers moi et m'offre un sourire resplendissant. J'entends Cathy déglutir à ma droite. Je sais que le beau blond ne la laisse pas indifférente, j'ai bien vu les regards qu'elle lui lance, tout sauf discrets.

– Jade, continue-t-il, je ne sais pas ce que tu as fait à notre tyran de chef, mais je te félicite, c'est un miracle.

– Pour tout te dire, j'en ai aucune idée.

– Tu déconnes ?

– Pas du tout. Je n'ai absolument rien fait. Enfin, je crois…

– Alors continue comme ça ! s'exclame-t-il en rigolant avant de m'ébouriffer les cheveux.

Devant nous, Cathy se retourne et nous houspille :

– Eh, les gosses, c'est fini, oui ? J'ai commandé, c'est à toi, Jade. Y a la queue, je vous signale.

Joignant le geste à la parole, elle attrape Esher par le tee-shirt pour l'entraîner à la suite d'Ishten.

– Et vous, mademoiselle, qu'est-ce que je vous sers ? me demande la serveuse.

Mince ! Je sursaute en avisant la file de New-Yorkais pressés qui s'est formée derrière moi. Je n'ai toujours pas choisi. Et quand je suis prise au dépourvu, je panique.

– Un nafé coir, bredouillé-je.

– Vous voulez dire un café noir, je suppose ? répète-t-elle sans aucune trace de moquerie.

En plus d'être belle, cette fille est super gentille. De quoi vous faire complexer de bon matin. J'acquiesce, donne mon nom – sans erreur, cette fois – et me dirige, dépitée, vers la zone d'attente.

Je déteste le café noir.

En plus, il y avait une boisson que je voulais absolument tester, mais, pour ça, il aurait fallu que je me souvienne de son nom ou que j'ouvre mon application bloc-notes. Autant dire : impossible avec tous ces gens derrière moi. La jolie serveuse revient avec le breuvage amer.

– Vous voulez peut-être un peu de crème, avec ça ?

Miracle ! Il va me falloir au moins ça pour ingurgiter la mixture.

Si je ne préférais pas les cheveux bruns – et accessoirement, les hommes –, je l'épouserais. Avant que je n'aie pu acquiescer ou la demander en mariage, Ishten intervient :

– Elle vous a dit un café noir ! la houspille-t-il.

La serveuse sursaute et me tend ma commande, non sans jeter un regard prudent à mon voisin. Je soupire et attrape le gobelet.

– Pourquoi tu l'as engueulée ? ne puis-je m'empêcher de lui demander lorsque nous sortons de la boutique.

Il a l'air surpris.

– Je ne l'ai pas engueulée. Je lui ai rendu service en lui

rappelant ce que tu as commandé. Si j'avais voulu, j'aurais pu souligner son manque de compétence à prendre en compte les demandes de ses clients. Même si la tienne n'était pas très claire au début, elle l'a elle-même reformulée. Reformulation que tu as d'ailleurs validée.

Fier de ses arguments, Ishten prend les devants de la marche vers la fac. Honteuse qu'il m'ait entendue bafouiller en passant commande, j'essaye de m'éloigner. Bien mal m'en prend : mon pot de colle officiel freine des quatre fers pour venir marcher à quelques centimètres de moi. N'oublions pas la main qu'il a passée dans le bas de mon dos.

Comme si c'était possible de ne pas y penser. La zone qu'il touche est brûlante, même à travers mes vêtements.

Génial, voilà que je me retrouve avec un garde du corps qui me déclenche des frissons à chaque approche, en plus d'être un malpoli en plein apprentissage foireux. Ça promet !

13

IL EST TROP… TOUT !
ET MOI, JE SUIS TROP… MOI

Jade

Quoi de mieux que deux semaines de liberté, surtout si la météo s'y prête ? Thanksgiving approche et marque le début de la période d'examens des deuxième et troisième années. J'ai donc une dizaine de jours devant moi pour squatter à la maison. Enfin, c'est compter sans le gala de lancement de la campagne de mon père, dans une semaine. Si j'ai pu faire l'impasse sur toutes les réceptions mondaines auxquelles ils se sont rendus depuis la rentrée, ma présence à cette soirée était non négociable. L'équipe de communication de mon père a affirmé que ce serait mal vu que je ne sois pas là pour le soutenir.

En attendant, par ce temps de pluie incessante, je n'ai même pas besoin de me justifier auprès de Cathy pour jouer les casanières. Alors qu'elle ronchonne car elle ne peut pas mettre le nez dehors « sans ressembler à un caniche » – pour la citer –, je jubile. À moi les romans d'amour en série, avec un bon thé et une ribambelle de muffins. Mes lectures m'ont manqué. Je déteste devoir fractionner une histoire. Quand je commence un bouquin, je le finis dans la journée. Il m'arrive même, lorsque je suis vraiment à fond dans une romance, de ne pas pouvoir la lâcher. Alors j'écris des fanfictions. Depuis ma rencontre avec Cathy, j'écris moins. Mais à l'époque du collège, cette activité m'a été d'une grande aide pour ne pas sombrer. Tout comme le scrapbooking et la lecture, bien sûr.

Seulement, aujourd'hui, le cœur n'y est pas. Avec indifférence, je regarde les gouttes tomber en contrebas, dans la rue. J'aperçois le Morningside Park et les dizaines de flaques qui s'y sont formées. Il n'y a presque personne, à part quelques courageux qui ont sorti leurs chiens. Bientôt, les flaques seront remplacées par la neige et les enfants sortiront pour faire des batailles ou construire des bonshommes. J'adore l'hiver. Néanmoins, je ne ressens pas cette joie par anticipation qui m'envahit d'habitude, à cette période de l'année. C'est cette histoire de menaces. Elle me revient sans arrêt en tête. Je suis sur mes gardes quand je sors, j'ai toujours peur d'aller sur les réseaux ou d'ouvrir ma boîte aux lettres. Et surtout, je me pose de plus en plus de questions sur mon père. J'ai bien essayé de les enfermer à double tour dans mon coffre-fort mental, où je fourre tous mes souvenirs désagréables, mais chacune de mes tentatives s'est soldée par un échec.

Soudain, mon téléphone vibre et me signale que j'ai reçu un message. Le numéro est inconnu, mais le message est signé et je crois halluciner quand je découvre qui me l'a envoyé.

> Bonjour Jade, as-tu pu réfléchir à ma question au sujet des affaires de ton père dont parlent les lettres ? Cordialement. Tishé.

Génial, moi qui essayais d'oublier. Parfait timing.

En plus, qui signe « cordialement » à la fin d'un message ? Et comment a-t-il eu mon numéro ? Je n'en peux plus de me torturer les méninges, alors je prends une décision : faire face.

Allez, Jade, sois forte.

L'ordinateur remplace le livre sur mes genoux. Une fois devant la page d'accueil du moteur de recherche, je prends mon courage à deux mains et commence les investigations sur mon père. Malheureusement, au bout d'une heure, je n'ai rien trouvé de concluant. Les articles qui mentionnent les plaintes à son sujet restent vagues. Ils m'informent qu'il a été convoqué pour manquement à la procédure et mise en danger de la vie d'autrui. L'article le plus détaillé que j'ai pu trouver date d'il y a deux ans, et il précise seulement qu'il a été relaxé et qu'il s'agissait en fait d'une affaire de diffamation.

Aucune trace de la sordide affaire de trafic d'êtres humains dont j'avais entendu parler. Ou alors, c'est mon esprit de gamine qui avait amplifié la chose. Il faut dire que ma mère en avait fait des tonnes, persuadée que mon père serait jeté en prison et qu'on devrait s'en sortir toutes seules. Lorsque j'avais cherché à en savoir plus, on m'avait tout de suite remise à ma place – à côté des plantes vertes et des autres objets inanimés, qui rendent tellement bien dans la déco.

Tous les papiers se concluent de la même façon : il a été reconnu innocent et les affaires ont été classées. Rien de nouveau sous le soleil. Les autres pages le concernant évoquent sa campagne, ses partenariats avec de grands P.-D.G. et les réformes qu'il a mises en place depuis son mandat de secrétaire d'État.

Tout cela est d'un ennui !

Pas le choix, je vais devoir faire appel à mon plan B : ma

mère. J'aurais préféré faire du théâtre d'impro pieds nus face à tous les étudiants de l'université. Et il faut savoir que je déteste montrer mes orteils autant que de parler devant un public. Ça me donne de l'urticaire. Véridique, pour l'avoir vécu au collège. On a dû jouer une pièce qui revisitait le mythe d'Adam et Ève, le tout avec des combinaisons couleur peau. Bien sûr, les chaussettes n'étaient pas autorisées.

Jade, focus ! Prends ton téléphone et appelle ta mère !

La tonalité sonne longtemps, et j'ai espoir qu'elle soit à je ne sais quel cours de yoga ou réunion de son club sélect.

– Allô ? Jade ? répond-elle, surprise.

– C'est moi, maman. Comment vas-tu ?

Erreur. Ne jamais, au grand jamais, demander à ma mère comment elle va – sauf si vous voulez l'entendre parler des heures durant. J'apprends ainsi les derniers ragots dont je n'ai strictement rien à faire, et subis le récit détaillé de son planning chargé depuis le mois de septembre. Il faut dire qu'elle ne m'a pas appelée depuis mon emménagement. Loin de moi l'idée de m'en plaindre. J'ai compris que, tant qu'à vivre avec une mère égocentrique, autant la fréquenter le moins possible. Mais là, il y a urgence.

– Maman, la coupé-je. Il faut vraiment que je te parle d'un sujet important.

– Mais le congé maternité de ma couturière, c'est important ! Comment vais-je faire pour le mariage de…

– Stop ! Ce que j'ai à te dire l'est plus. Il s'agit de ma vie qui est en danger.

– Ah, ça… Il ne faut pas t'inquiéter, Jade. Moi aussi, j'ai reçu des lettres de menaces, mais ton père a réquisitionné des personnes compétentes pour m'accompagner dans tous mes déplacements.

Bon, elle est déjà au courant pour ma garde rapprochée.

Enfin, je suppose, vu qu'elle n'a parlé que de sa propre sécurité…

– D'accord, mais j'ai besoin d'en savoir plus. Qu'est-ce que papa aurait fait de si grave pour s'attirer autant d'ennuis ?

– Mais rien, voyons ! s'indigne-t-elle. Ce ne sont que des médisances et de la jalousie. Le seul tort de ton père, c'est d'avoir réussi sa vie.

Je soupire. De toute évidence, elle est convaincue de ce qu'elle dit. Je l'aurais moi-même été il y a quelque temps, mais aujourd'hui, je ne sais plus où j'en suis. Comme on dit, il n'y a pas de fumée sans feu. Et puis, je connais mon père. Ce n'est pas vraiment un modèle de bienveillance. C'est aussi pour cela que les lettres de menaces me troublent. En un sens, j'ai toujours su qu'il se passait des trucs louches, dans son bureau. On n'avait pas le droit de poser la moindre question et je devais me cacher dans ma chambre quand il recevait des invités de marque. Sans parler de sa réaction quand je lui ai demandé, il y a quelques jours, d'avoir une discussion au sujet des menaces.

– Bon, eh bien, merci maman. Je te laisse.

– Attends, Jade ! Comment se passe l'université ?

Surprise autant que flattée, il me faut un instant pour répondre. C'est le temps que prend ma mère pour enchaîner avec la question qui la turlupine vraiment :

– Tu t'es trouvé un petit ami ?

– Non, maman, soupiré-je en m'enfonçant un peu plus dans les coussins du canapé. Pas de petit ami.

Pourquoi diable l'image d'Ishten vient-elle de m'apparaître ? Jamais je ne pourrais le considérer comme tel. Il est bien trop… tout ! Et moi je suis trop… moi.

– Quel dommage… Mais il ne faut pas désespérer ! Sinon, je t'ai dit que la fille de Pathy avait…

– Bon, je te laisse, mon cours va commencer. Au revoir !

Oui, le mensonge, c'est moche. En plus, pas crédible vu qu'on est dimanche. Plus rapide que mon ombre, je raccroche avant qu'elle n'ait pu critiquer – une fois de plus – cette pauvre fille. Depuis son coming out, maman et ses pipelettes de copines ne parlent plus que de ça. Bienvenue dans la société bourgeoise du vingt et unième siècle.

Cet après-midi de recherches infructueuses et la discussion avec ma mère m'ont terrassée – je sens la migraine arriver. Je pense que le mieux qu'il me reste à faire est de m'offrir une petite sieste.

Une fois que je suis installée sous un plaid moelleux, les coussins du canapé m'engloutissent et je ne prête attention ni à la sonnette qui retentit, ni au soupir blasé de Cathy qui va ouvrir à l'importun.

Il n'est pas né, celui qui me fera bouger d'ici !

– Pas encore prête ? résonne une voix que je reconnaîtrais entre mille.

J'en oublie aussitôt ma sieste et ouvre les yeux pour en avoir le cœur net.

Dieu Pancake, c'est bien Ishten qui se trouve dans mon salon et qui me fixe.

Donc, c'est moi qu'il est venu chercher. Mais pourquoi ? Le regard vide que je lui lance depuis le canapé devrait le faire tilter : une petite explication serait la bienvenue !

– Je t'attends dans le hall. Tu as cinq minutes et pas une de plus. Je suis déjà bien trop conciliant d'avoir accepté ta demande insensée.

Sur ce, il tourne les talons et disparaît. Un regard à Cathy me suffit pour comprendre qu'elle n'est pas plus au courant que moi.

– Flûte ! Tu crois que ça a un rapport avec la partie oubliée de ma soirée ?!

– Arrête de dire ce mot ! Ce ne sont pas les synonymes qui manquent, pourtant : « merde », « fait chier », « putain » ! C'est pas compliqué, bordel ! crie-t-elle en se levant. Si tu continues à ne pas oser dire de grossièretés, t'apprendras jamais à remettre à sa place des pétasses comme Amy.

Elle finit sa phrase en claquant la porte de sa chambre.

D'accord… Il faut vraiment qu'elle sorte d'ici. Et que j'essaye de dire plus de gros mots, sinon elle va nous faire une syncope !

L'entendre parler de mon ancien bourreau me fait un pincement au cœur, puis me met un coup de boost. Cette vie est derrière moi. Ni une ni deux, je me précipite vers ma chambre. Un jean oversize assorti à mon pull de Noël, sans oublier mon fidèle ciré rouge, et je suis dehors. Cinq minutes chrono !

Ishten m'attend de pied ferme. Tel un fauve en cage, il piétine et regarde sa montre. Sans m'en apercevoir, mes lèvres s'étirent en un sourire béat. Cheveux en bataille, pantalon cargo, tee-shirt noir moulant à manches longues et pas de veste, pour mon plus grand plaisir. Je reviens sur ma déclaration : un seul être humain sur cette planète aurait pu me faire bouger de mon canapé. Un mec au physique digne d'une couverture de magazine, qui se trouve être mon voisin et garde du corps. Si on oublie la menace qui pèse sur ma vie, je m'estime plutôt chanceuse !

Il me fait signe de passer devant lui dans les escaliers mais, lorsque je m'apprête à sortir dans la rue, il me retient par la main. Je lui lance un regard interrogateur tandis qu'il me passe devant et se justifie d'un simple :

– Mesure de sécurité.

Une voiture est stationnée en double file et nous grimpons à l'intérieur. Esher est déjà assis à l'avant et me salue aimablement.

Ça en fait au moins un.

Comme ni l'un ni l'autre ne parle et que je n'ose pas demander où on se rend, un petit brainstorming s'impose. Indice numéro un : nous n'allons pas en cours puisque nous sommes dimanche. Indice numéro deux : de l'exercice est prévu étant donné qu'un sac de sport est posé sur le siège voisin. Un coup d'œil à l'intérieur me suffit pour confirmer qu'il n'est rempli ni d'armes, ni de billets de banque, mais bien de vêtements de rechange et de serviettes-éponges. Cela a plutôt tendance à me rassurer, mais l'éventualité que je doive participer me file trop la frousse.

– Donc, on en aura pour longtemps ?

Si jamais il découvre que je n'ai pas un traître souvenir de comment j'ai réussi à négocier une telle chose – j'ignore laquelle, mais, vu sa réaction, c'est inhabituel pour lui –, il risque de faire demi-tour. Et ça, c'est hors de question ! Après tout, c'est un miracle d'avoir réussi à obtenir une faveur – enfin, si c'en est une – de Monsieur Intraitable.

– J'en sais rien, grogne-t-il.

Eh bien, cette virée a l'air d'être un vrai plaisir pour lui ! J'interroge Esher du regard, mais je n'ai le droit qu'à un haussement d'épaules assorti d'une œillade amusée. C'est donc en silence que s'effectue le trajet.

Indice numéro trois : mon garde du corps gare maintenant la berline devant le petit stade dont j'ignore le nom. On va voir un match de foot ?

Impossible. Je déteste ce sport et je n'aurais jamais réclamé une telle faveur.

Ishten sort de la voiture et progresse de sa démarche

de soldat, que je m'efforce de suivre en trottinant. Quand nous arrivons au niveau des vestiaires, il se retourne vers moi et me jette un regard indéchiffrable.

– Tu comptes me suivre jusque dans les douches ?

Je m'empourpre. Déjà, parce que oui, j'aurais bien voulu. Est-ce que ce n'est pas le principe d'avoir un garde du corps, d'aller partout ensemble ? Et surtout à cause de l'image qui vient de s'imposer à mon esprit : Ishten nu sous la douche. J'en perds l'usage de la parole. C'est donc sans mot dire que je tourne les talons pour suivre Esher, qui me guide dans les gradins.

– Tu n'as aucune idée de la raison de notre présence ici, pas vrai ? demande-t-il, amusé, en montant les marches.

Un grognement est tout ce qu'il obtient en guise de réponse. J'ai ma fierté, tout de même, et je refuse d'admettre que j'ai des black-out après quelques verres d'alcool. L'imbécile se gausse de plus belle tandis que nous prenons enfin place sur une rangée de sièges après une ascension interminable.

Faire du sport aujourd'hui ? Check.

La vue sur l'ensemble du stade vaut le coup d'œil. Pas une âme en vue, ce qui crée une ambiance particulière pour le Yankee Stadium, habitué aux effusions de foule. Un silence pesant règne, donnant à l'ensemble un aspect fantomatique digne de mes meilleurs jeux de zombie. Même les bruits de circulation ne nous atteignent pas. C'est un peu angoissant. Je ne sais pas pourquoi, j'ai dû m'habituer à la cacophonie ambiante qui caractérise New York. Heureusement, la présence d'Esher me rassure. D'ailleurs, il met fin à mon observation en se tournant vers moi pour prendre la parole :

– Bon, tu me fais de la peine, alors je vais te rafraîchir la mémoire.

J'abandonne mon observation du stade vide pour me tourner vers Esher. Aujourd'hui, il porte une veste en cuir rouge par-dessus un genre de chemise hawaïenne. Malgré ses choix vestimentaires douteux, on ne peut nier que le grand blond est vraiment beau, avec son visage à la fois angélique et viril.

– Quand tu auras fini de me mater.

– Je n'étais pas en train de te mater, me défends-je en croisant les bras.

– Oh, que si ! Mais je t'en prie, fais-toi plaisir ! Je comprends que le package que j'offre soit un régal pour les yeux.

Ne trouvant pas de repartie adaptée, je soupire et me retourne à nouveau vers le stade. Face à mon manque d'intérêt évident, il finit par abdiquer.

– OK, c'est bon, je vais te raconter… Quand tu as failli embrasser le zombie slash loup-garou, ça a mis Ishten en pétard et tu t'es retrouvée à pleurer toutes les larmes de ton corps. Tu baragouinais un truc à propos de ton indépendance et de tes choix de m…

Je place une main sur sa bouche pour arrêter son flot de paroles continues.

– C'est bon, on a compris, j'étais bourrée, marmonné-je. Est-ce que tu peux en venir aux faits et m'expliquer quel deal j'ai conclu avec ton pote ?

– C'est pas mon pote, plutôt mon chef tyrannique, continue-t-il en attrapant mon poignet pour l'éloigner de sa bouche. Le plus drôle, c'est qu'il ne savait pas comment réagir. Je te jure, ce mec est un glaçon, je ne l'ai jamais vu désemparé par des pleurs avant ça ! Dommage que je n'aie pas de photo. Peut-être que Soan…

La tendance à s'étaler devient contagieuse. À mon avis, le patient zéro de cette épidémie est ma mère.

– Bon, et sinon, la raison de notre présence ici ?

– Tu lui as dit t'être donné comme objectif de nous aider, Ishten, Tishé et moi à nous adapter à la vie « normale » de jeunes de notre âge. Mais tu as bien vu qu'il était une cause perdue et ça t'a rendue inconsolable. Tu te traitais d'incapable, d'idiote, de bonne à rien même pas foutue de partager des connaissances basiques. Puis, tu as remis sur le tapis le sujet de l'équipe de rugby. Comme tu étais dans tous tes états, Ishten a accepté de remplacer Gabriel pour te faire plaisir et tu t'es calmée. Enfin, avant de lui vomir dessus.

– Oh, mon Dieu, gémis-je en prenant ma tête entre mes mains.

Impossible d'affronter le regard moqueur d'Esher. C'est encore pire que tout ce que j'imaginais.

– Franchement, beauté, faut pas t'en vouloir. Tu as réussi un exploit, sur ce coup.

Je n'ai rien à lui répondre. J'ai plutôt l'impression de m'être tapé la honte de ma vie plutôt que d'avoir fait quelque chose d'exceptionnel. Chacun son point de vue. J'arrête de m'apitoyer sur mon sort lorsque des rires masculins se font entendre, suivis d'un coup de sifflet. Les joueurs entrent sur le terrain. Intriguée, je cesse de faire l'autruche et les observe. Repérer Ishten ne prend que quelques secondes : c'est le plus grand et le plus massif. Les joueurs commencent à courir. Je suis essoufflée rien qu'en les scrutant, et préfère interroger Esher.

– Et donc, l'équipe universitaire s'entraîne pendant les périodes d'examens aussi ?

– Eh bien, oui. Pourquoi ?

– Je pensais qu'ils feraient une pause.

– Ils en font une, répond Esher, qui fronce les sourcils

et me regarde comme si j'avais perdu la tête. En faisant du sport.

J'oublie parfois qu'il est un cas désespéré, lui aussi. Il a l'air tellement ordinaire, comparé aux autres.

– Et toi, tu n'avais pas envie d'essayer ? lui demandé-je en désignant les joueurs d'un signe du menton.

Esher s'étire et s'adosse à son siège. Mains derrière la tête, pieds sur le siège avant, il attend d'être confortablement installé pour me répondre :

– Ça aurait pu être sympa, mais je ne connais pas les règles. Et puis, l'un de nous doit toujours être affecté à ta protection.

– Et Tishé ?

– Ha ! Ha ! Les sports d'équipe, très peu pour lui, ce mec est un asocial chronique. Et puis il enquête activement pour retrouver les types qui te harcèlent.

J'acquiesce, pensive, en observant les joueurs déjà placés sur le terrain et le ballon ovale qui s'élève dans les airs. L'équipe est divisée en deux parties : les maillots rouges et les bleus. Ishten est dans l'équipe des bleus. Lorsque son coéquipier se fait prendre la balle, Ishten le gratifie d'une petite tape sur le crâne avant de poursuivre le joueur rouge. Il ne lui faut que quelques secondes pour le rattraper et le plaquer rudement sur le sol. Alors qu'Esher se redresse et applaudit bruyamment, je lui demande :

– Ishten connaissait déjà les règles du rugby ?

– Pas du tout, s'esclaffe-t-il, un sourire en coin, tout en observant les joueurs qui semblent se faire engueuler par l'arbitre. Il les a apprises avant de venir. Notre chef ne fait jamais les choses à moitié, tu sais.

Même s'il le tourne souvent en dérision, je sens une forme de respect dans ses paroles. Ces deux-là doivent être proches. Un nouveau coup de sifflet me fait sursauter. Je ne suis pas non plus une spécialiste de ce sport, mais il me semble que le plaquage qu'Ishten vient d'effectuer était trop violent. Les cris émis par l'arbitre suivis de la sortie du pauvre homme confirment mon hypothèse. Après trois plaquages agressifs, et autant de joueurs mis K.-O., on peut voir la tension monter sur le terrain. Les coéquipiers se rassemblent autour d'Ishten qui ne semble pas réagir. Jusqu'au moment où l'un d'entre eux fait le geste de trop, et la dispute dégénère en bagarre générale. Les injonctions incessantes du pauvre entraîneur n'y changent rien.

– Reste ici, m'enjoint Esher qui s'est levé en hâte. Ne bouge surtout pas !

Il disparaît en bas des gradins avant que je ne puisse répondre. Constat du jour : il ne vaut mieux pas, pour la santé des joueurs, qu'Ishten rejoigne l'équipe. Esher nous avait pourtant prévenus.

Je me retrouve seule au milieu de tous ces sièges vides. Tout à coup, j'ai un mauvais pressentiment. La sensation de malaise qui m'a envahie lorsque nous sommes arrivés dans le stade vide me saisit à nouveau. Les battements de mon cœur s'accélèrent et mes jambes commencent à s'agiter, prises par l'envie d'aller rejoindre les garçons. Ça fait un moment que je ne me suis pas retrouvée sans garde du corps en dehors de chez moi, je dois avoir perdu l'habitude. Pour me changer les idées, j'observe la bagarre dans le but de distinguer une tête connue.

Tout à coup, une main surgit dans mon champ de vision. Elle m'agrippe avec force, me plaque contre mon siège et m'immobilise dans cette position. J'essaye de tourner la tête, mais elle est bloquée. Quelqu'un presse un chiffon contre mon nez et ma bouche. Une forte odeur d'éther s'en dégage et sature mes sens. Dans un élan d'adrénaline mêlé de panique, alors que ma tête commence à tourner, je m'agite, me débats, donne des coups dans le vide tout en essayant de retenir ma respiration et d'appeler à l'aide. Rien ne sort à part un sanglot pitoyable.

Il est trop tard.

Ma vue se trouble et je plonge dans les ténèbres.

14

MENACE N° 5 :
LA PANIQUE

Ishten

Après vingt minutes d'entraînement, ma conclusion est sans appel : cette équipe de rugby est en tout et pour tout constituée de petites natures. Ils n'ont clairement pas l'habitude de recevoir des coups, ce qui est un comble quand on sait qu'ils pratiquent un sport où le plaquage est roi. Leurs parents ont été trop tendres avec eux, c'est indéniable. Un petit tour dans le foyer où nous avons grandi avec les gars leur apprendrait la vraie vie. Je me souviens que la seule fois où j'ai rechigné pour finir un repas, mon tuteur m'a roué de coups de pied dans l'estomac avant de me mettre à l'isolement pour dix jours. Autant dire que je n'ai plus jamais laissé un aliment dans mon assiette.

En attendant, je me retrouve avec une équipe de bras cassés sur le dos. L'un d'eux me bouscule, les autres m'injurient de loin. De vrais lâches en plus d'être des mauviettes !

Le calme est de rigueur, soldat. Interdiction de casser la gueule aux potes de Jade.

Je n'ai aucun intérêt à déclencher une bagarre alors que

c'est sûrement la dernière fois que je me pointe au stade. Jade sera satisfaite : au moins, j'aurai essayé.

– Laissez mon pote tranquille, bande de têtes de gland !

Mon équipier débarque à mes côtés, prêt à défendre mon honneur.

Qu'est-ce qui lui prend, tout à coup ? Comme si j'avais besoin d'aide…

– Où est Jade ?

Lorsqu'il lève la tête vers les tribunes, je le sens mal. Mon instinct me dit que quelque chose de grave est arrivé. Je regarde également dans cette direction et, encore une fois, je ne me suis pas trompé : Jade ne se trouve plus à la place qu'elle occupait cinq minutes plus tôt.

– Merde ! Je lui avais dit de…

Je n'écoute pas la fin de sa phrase et m'élance au pas de course. Il faut la retrouver au plus vite. Il s'est passé quelque chose de grave, je le sens. Une angoisse sourde, très inhabituelle chez moi, prend possession de tout mon être.

Je ne vais pas me mettre à paniquer, quand même !

Après avoir fouillé le stade de fond en comble pendant dix minutes, deux constats amers s'imposent à moi. Premièrement, Jade a disparu. Deuxièmement, je panique bel et bien.

Esher a appelé Cathy qui n'a aucune nouvelle non plus. Tishé est sur le coup, mais le signal GPS que renvoie son téléphone semble brouillé. De rage, je shoote dans un casier, si bien que la tôle se plie sous le choc. Chaque minute qui passe réduit nos chances de la retrouver saine et sauve.

Je ne comprends pas ce qui m'arrive. Une image de Jade maltraitée m'apparaît et déclenche en moi des réactions physiques anormales. Boule à l'estomac, tremblements, transpiration excessive.

Merde, ce n'est pas le moment de tomber malade.

Il faut quadriller un périmètre plus large et ne pas imaginer le pire. Elle a peut-être été déçue de mon manque de fair-play sur le terrain et elle a décidé de rentrer chez elle. Au passage, elle aurait pu jeter son téléphone dans une poubelle. Ou même dans l'Harlem River, en signe de rébellion. Néanmoins, il ne faut pas se leurrer, cette théorie reste très peu probable. Jade n'est pas assez téméraire pour partir sur un coup de tête, tout en ayant conscience que sa vie est menacée. La théorie que ceux qui l'épient dans l'ombre soient passés à l'action reste la plus plausible.

Fait chier !

– Alexandre ! hurlé-je devant l'entrée du stade. Ramène ton cul d'incompétent tout de suite.

Au moins, tout mon sang-froid ne s'est pas fait la malle et je me suis souvenu au dernier moment d'utiliser son nom d'emprunt. Mon incapable de coéquipier arrive au pas de course et je n'attends pas une seconde supplémentaire pour lui donner mes consignes. Avant de commencer ma mission, j'ai appris la carte de New York par cœur – pas si facile pour moi, contrairement à Tishé – et mon plan d'action est déjà tout prêt.

– On élargit la zone de déploiement. Tu prends au nord avec la voiture et tu quadrilles le périmètre rue par rue jusqu'à Hamilton Bridge. Je m'occupe du sud-est jusqu'à Melrose et des deux parcs à proximité. Tishé envoie l'équipe de liaison à l'ouest et sillonner Harlem River. Marshall est déjà sur le coup.

J'attends qu'il parte fissa, mais il ne bouge pas et se contente de reprendre son souffle.

Putain, ce mec cherche vraiment les embrouilles.

Je l'attrape par le col et colle mon visage au sien, qu'il comprenne bien que je n'ai jamais été aussi sérieux.

– Tu as intérêt à la retrouver. Tout ça est arrivé à cause de toi, et je te préviens, si elle a vraiment été kidnappée et qu'on lui fait du mal, je t'arrache les tripes et je te les fais bouffer. T'as compris, enfoiré ?!

Il lève les mains en signe d'apaisement avant d'acquiescer, puis se précipite vers la sortie nord du stade pour commencer à quadriller les rues les plus proches. Avant d'en faire de même, il me faut un véhicule. Rien de plus simple : j'emprunte la sortie principale, me perche sur le muret qui sépare la zone du stade Yankee de la 161e rue et j'observe. Je cherche quelque chose de rapide et maniable, et j'aperçois justement une moto. La dernière Ninja de chez Kawasaki. Tout juste ce qu'il me faut. Je me place sur la trajectoire du motard et lui fais de grands signes pour le faire ralentir. Quand il arrive à ma hauteur, je le chope par la veste, le soulève et l'arrache de son siège pour le pousser à terre sans la moindre douceur.

– Enfoiré ! hurle le mec alors que j'enfourche son bolide. Reviens ou je vais te…

Le reste de sa phrase est noyé par le bruit puissant du moteur quand je démarre sur les chapeaux de roue. Rien à foutre des convenances. Jade pourra m'engueuler autant qu'elle voudra quand on l'aura mise en lieu sûr.

***

Deux heures plus tard, la panique qui m'a envahi fait place à d'autres sentiments, encore moins récurrents chez moi : la peur et l'abattement. Aucun signe de Jade. Fouiller au hasard dans une ville comme New York, c'est chercher une aiguille dans une botte de foin. Il ne me reste plus qu'à rentrer au QG et à espérer que Tishé ait du nouveau. Avec un peu de chance, il aura pu finalement parvenir à géolocaliser Jade. Si le GPS de son téléphone ou les traceurs que nous avons planqués dans ses affaires échouent, je sais que Tishé demandera l'autorisation pour se connecter au dernier petit joujou de l'armée : le système de géolocalisation à multi-constellations.

Quand j'arrive, tous mes espoirs s'effondrent : un silence de mort règne dans l'appartement. Cathy et Esher sont assis aux côtés de Tishé et ne quittent pas des yeux l'écran sur lequel il travaille. Dès qu'elle me voit, Cathy bondit de sa chaise pour venir à ma rencontre, les larmes aux yeux et les lèvres tremblantes.

– Alors, tu l'as retrouvée ?

Son parfum fleuri me sature les narines et sa réaction m'agace instantanément. Mon capital patience est épuisé. Alors, je lui réponds beaucoup plus vivement que nécessaire :

– Si c'était le cas, tu crois que j'aurais attendu que t'ouvres ta grande bouche pour le dire ?!

– Calme-toi, mec, tempère Esher qui se lève pour s'interposer entre nous. Elle n'y est pour rien.

De rage, je balance mon poing dans le mur. Les deux subissent des dégâts, mais ça me défoule.

– Toi, vaut mieux pas que j'entende encore le son de ta voix, à moins que ce soit pour m'apprendre que tu as repéré Jade, craché-je. Sinon, le prochain coup sera pour ta gueule.

Il baisse les yeux et acquiesce.

Pas si con que ça, finalement.

Je rejoins Tishé et le découvre en pleine contemplation d'une série de chiffres et de lettres incompréhensibles qui défilent à toute vitesse sur son écran. Il est en train de ronger ses ongles et sa jambe tressaute. Le fait qu'il soit aussi nerveux amplifie mon malaise. D'habitude, il est toujours calme, même dans les pires circonstances.

– Du nouveau ? lui demandé-je.

– Rien. Son téléphone n'émet plus de signal. Absolument aucune trace sur place ?

– Négatif. Et les caméras du stade ?

– Rien non plus. Les gars devaient connaître les emplacements. Aucune caméra ne couvre le haut des gradins.

Putain, mais quel con ! J'aurais dû ordonner à Esher de se poster sous l'une d'elles.

Même si je ne pouvais pas prévoir qu'il l'abandonnerait là, c'est mon job de chef de tout anticiper. J'attrape un plan à moitié replié qui indique l'emplacement des caméras du stade. Aussitôt, Tishé me l'arrache.

– Laisse mon plan tranquille, m'ordonne-t-il en le repliant minutieusement. Ça ne sert plus à rien maintenant. Je vais m'attaquer aux images satellites.

Je ne contrôle pas le soupir défaitiste qui m'échappe, pose mes coudes sur mes genoux et me frotte la tête. La migraine n'est pas loin.

– Le général est prévenu ?

Tishé me lance un regard en coin avant d'acquiescer.

– Oui, Marshall s'en est chargé. Il attend ton rapport.

Je lâche un grognement avant de me lever. Il est temps de prévenir mon supérieur que je n'ai pas été foutu de protéger sa fille.

– Ah, et il était furax ! ajoute Tishé alors que je quitte la pièce.

J'imagine bien. Je vais avoir droit à une bonne rouste, mais je l'ai amplement méritée. Il répond à la première sonnerie.

– Ishten, peux-tu m'expliquer comment vous avez pu

merder au point que ma fille se fasse kidnapper sous vos yeux ?

Sa voix est contenue, mais sa colère est sous-jacente, même si on ne l'entend pas très bien avec tous les bruits de discussions qui l'entourent. Il n'est pas seul, ce qui explique le calme extraordinaire dont il fait preuve étant donné les circonstances.

– Aucune excuse, mon général. Nous reconnaissons notre incompétence et accepterons les blâmes que vous jugerez adaptés.

– Bien évidemment, chuchote-t-il avec hargne. J'ai moi-même supervisé votre entraînement depuis des années, je vous considérais comme les meilleurs, alors, tu imagines ma déception en réalisant que vous n'êtes qu'une bande d'incapables !

Il laisse un silence planer avant d'enchaîner, un peu plus fort qu'auparavant :

– Nous parlerons de votre sanction plus tard. Retrouvez ma fille ou vous êtes morts.

Là-dessus, il raccroche et je n'ai aucun doute quant à la véracité de la menace. Le ton qu'il emploie me fait frissonner malgré moi. Il me rappelle tant de châtiments que nous avons subis dans notre enfance. Pas tous de sa main, mais pour la plupart ordonnés par lui.

Je retourne auprès de Tishé qui n'a pas avancé. Je ne tiens pas en place. Il est maintenant dix-neuf heures. La nuit s'annonce très longue.

***

Trente-six heures. Ça fait plus de trente-six putains d'heures que Jade a disparu sans aucune trace. Cathy a versé toutes les larmes de son corps sur le tee-shirt d'Esher. Tishé a épuisé nos réserves de café et nettoyé trois fois son clavier. Quant à moi, j'ai usé mes haltères, dégondé deux portes et brisé un nombre impressionnant d'assiettes et autres éléments de vaisselle en tous genres.

Entre-temps, nous avons lancé de nouvelles recherches sur le terrain, qui n'ont servi à rien. Avec Esher et Marshall, nous avons monté trois équipes pour diriger de nouvelles recherches dans les périmètres nord et sud autour du stade Yankee. Elles sont composées de gendarmes, tous militaires de formation, que le général a réquisitionnés. Sans résultat. On nous a même envoyé une équipe spécialisée dans les recherches sous-marines, qui a passé l'Harlem River au peigne fin. Paul Devreaux a imaginé tous les scénarios possibles, y compris ceux où sa fille n'est plus qu'un cadavre flottant à la dérive. Il ne s'est jamais montré d'une grande sensibilité avec nous, mais j'aurais pensé qu'il serait plus touché dans une telle situation.

Nous voilà donc revenus au point de départ, à attendre piteusement que les kidnappeurs donnent de leurs nouvelles. Si leur but est de pousser le général à avouer sa prétendue faute, il leur faudra forcément passer par du chantage.

– Ça y est ! Un fichier vidéo est arrivé sur la boîte mail du général, balance soudain Tishé. C'est sûrement la demande de rançon.

Nous nous précipitons tous autour de l'écran principal. Quand l'enregistrement démarre, ça me fait un choc. Pourtant habitués à pire, nous n'étions pas préparés aux images qui défilent sous nos yeux.

– Fait chier, crache Tishé, brisant un silence choqué.

Même lui, encore plus insensible que moi, semble atteint par la scène qui se déroule devant nos yeux : Jade, pieds et poings liés à une chaise en ferraille, n'est plus que l'ombre d'elle-même. Elle a le regard vide, un coquard à l'œil droit – que l'on ne distingue presque plus – et l'autre cerné de noir. Ses habits et ses cheveux ont l'air encore plus dégueulasses que la cave moisie dans laquelle elle est retenue captive. Voûtée, les lèvres fendues et tremblantes, elle semble répéter un texte machinalement.

Moi, je n'entends rien. Mes oreilles bourdonnent, mon sang bout et mon corps a tout le mal du monde à contenir la rage qui m'envahit.

Ils lui ont fait du mal.

Ces enfoirés sont morts.

15

JE VAIS MOURIR

Jade

L'obscurité m'accueille à mon réveil. Ainsi qu'un sol dur et humide. Dans un sursaut de panique, je tente de me lever, mais quelque chose retient ma cheville. Non, c'est un cauchemar, je ne vois pas d'autre explication. Je ne suis pas attachée dans une cave sombre, mais dans mon lit en train de faire un mauvais rêve. Sauf que la douleur qui vrille mon crâne, la soif qui irrite ma gorge et les températures glaciales qui engourdissent mes doigts sont tout ce qu'il y a de plus réel. Ça et ma vessie qui se rappelle brusquement à moi. Les larmes me montent aux yeux.

De l'aide. Il me faut de l'aide.

– Au secours ! Est-ce que quelqu'un m'entend ?

Je hurle autant que je pleure. Ma voix commence à se briser quand des bruits de pas résonnent au plafond et, quelques secondes plus tard, deux silhouettes surgissent, camouflées par la pénombre. Si un élan de soulagement m'a d'abord envahie, le fait que les personnes restent dans l'ombre à m'observer n'augure rien de bon. Ma gorge se noue et j'attends, sans rien dire, jusqu'à ce qu'une voix masculine prenne la parole.

– Enfin réveillée, la bourgeoise ?

Aucune réponse ne me vient. Je réalise trop tard que mon appel de détresse n'a servi qu'à attirer mes agresseurs. Mon cœur bat la chamade et ma respiration se fait chaotique.

Quelle idiote !

– Alors, princesse, intervient la seconde voix – manifestement féminine –, prête à parler de papounet chéri ?

La présence d'une femme me rassure malgré moi. Peut-être fera-t-elle preuve de plus d'empathie. Je m'avance jusqu'à attraper les barreaux et distingue sa silhouette grande et mince. Son visage, quant à lui, est recouvert d'une cagoule sombre. Elle se tient un pas en avant de son collègue, toujours adossé au mur. Je ne distingue presque rien de lui, mais je peux deviner que c'est un homme massif.

– Je vous en prie, pleurniché-je en direction de la femme. Je ne sais rien du tout, laissez-moi partir.

– Menteuse ! attaque l'homme sans bouger. On sait que ta mère est au courant.

– Je l'ai appelée pour lui demander, je me suis renseignée comme vous vouliez ! Elle ne sait rien du tout. Mon père n'a rien fait de mal. C'est un homme sévère, mais il a toujours été juste.

– Tu crois qu'elle pense ce qu'elle dit ? s'étonne la femme, en jetant un regard par-dessus son épaule.

Son collègue crache par terre, visiblement pas convaincu.

– J'crois surtout que c'est qu'une manipulatrice, comme ses parents.

– Possible, admet la femme d'un ton traînant.

Elle s'avance à quelques centimètres de ma cellule et me fixe. Ces yeux-là, il me semble les avoir déjà vus quelque part. Dans ses prunelles marron, je crois distinguer une lueur de doute. Je m'accroche à cette once d'humanité et la supplie :

– S'il vous plaît, laissez-moi partir.

Elle continue de me regarder en silence, puis finit par secouer la tête et se redresser.

– Bon, on te laisse la nuit pour réfléchir, après, on passe aux choses sérieuses, lâche-t-elle avant de faire demi-tour.

– Attendez ! crié-je en me jetant sur les barreaux pour attraper sa manche. Je meurs de soif, s'il vous plaît… Et il faut vraiment que j'aille aux toi…

Je n'ai pas le temps de finir ma phrase qu'une douleur sourde me vrille l'œil droit. Un hurlement parvient à mes oreilles. Je crois qu'il s'agit du mien, mais je suis trop concentrée sur la douleur lancinante qui se propage dans toute ma tête. De mon œil valide, je distingue l'homme, à quelques centimètres de ma cage, qui tient un genre de bâton. C'est sûrement ce qui m'a frappée.

– T'auras qu'à boire ta pisse, ricane-t-il.

À travers mes larmes, je distingue mes bourreaux qui remontent l'escalier par lequel ils sont arrivés. Lorsque la porte claque, mes sanglots jaillissent de nouveau. J'approche une main de mon œil, mais la douleur est trop vive et je n'ose pas le toucher. Mes tremblements deviennent plus puissants tandis que les battements de mon palpitant s'accélèrent au même rythme que ma respiration. Je crois que je suis en train de faire une crise de panique. J'entoure mes genoux de mes bras et me balance d'avant en arrière, cherchant le moindre réconfort. Cette fois, Ishten n'est pas là pour m'aider.

Il me cherche certainement. Il faut que je m'accroche à cette pensée.

– Il va venir me sauver. Ishten va venir me sauver. Il va venir me sauver…

Je répète cette litanie telle une prière. Les mots finissent par m'apaiser, et je retrouve un semblant de calme.

***

Des heures – ou des jours – plus tard, cette maudite porte s'ouvre à nouveau. Je ne rêve que d'une chose : sortir de ce trou à rat. Littéralement : les rats se sont baladés autour de mes chevilles toute la nuit. La douleur à mon œil droit n'a fait qu'empirer et chaque muscle de mon corps est courbaturé, bien que certaines parties commencent à être trop engourdies pour que je puisse les sentir. Ça doit être à cause du froid qui règne dans ce sous-sol. L'odeur d'urine que je dégage m'a donné la nausée pendant un moment, mais j'ai fini par ne plus y penser, tout comme celle de l'humidité ambiante. Mon esprit ne va pas mieux. Mon imagination débordante a décidé de me torturer, m'offrant un panel des pires scénarios qui m'attendent. Peut-être qu'ils vont me tuer pour mes organes, si je ne leur suis plus d'aucune utilité. Ou pire, ils pourraient me vendre, et je finirais au cœur d'un horrible trafic d'êtres humains.

Dans le brouillard de mes pensées, je distingue du mouvement dans la pénombre, puis une voix féminine.

– Sors-la d'ici, il est temps.

Entre mon œil gauche embué de larmes, l'autre inutilisable et la pénombre ambiante, je ne la distingue pas bien. Néanmoins, alors que je suis toujours allongée comme une loque, je peux percevoir deux silhouettes se rapprocher. L'une élancée et l'autre massive. Je reviens sur ma déclaration : je ne veux plus du tout sortir. Mais rien ne sort de ma bouche, hormis un glapissement pitoyable lorsque celui qui a l'air d'être un colosse m'agrippe le bras. Péniblement, j'emboîte le pas à mes agresseurs.

Peut-être qu'ils ont fait une demande de rançon et que mon père y a répondu ?

Je tente de rester positive. En pénétrant dans une nouvelle pièce, mes espoirs volent en éclats. Ce n'est ni mon père ni mon beau garde du corps qui m'attend, mais une espèce de chaise de torture. Des menottes y sont fixées au niveau des poignets et des chevilles. En voyant cela, je commence à me débattre. En vain. Maintenant que mes yeux se sont adaptés à l'obscurité, je peux distinguer mes kidnappeurs. Celui qui me tient est un ogre. Je n'ai jamais aperçu un homme aussi balèze. Un visage ingrat sur un corps de géant.

Je remarque également que deux autres individus sont attablés à une table en acier, près d'une fenêtre haute comme on peut en trouver dans les sous-sols, et discutent à voix basse. Malgré toute l'énergie que je mets pour m'y opposer, le colosse me guide vers le siège et commence à m'attacher. Comme souvent quand je cède à la panique, un rire nerveux m'échappe pour ne plus me quitter et devenir incontrôlable.

Pitié, non, pas maintenant !

Vlan ! La gifle cuisante qui vient de m'exploser la lèvre me calme d'un coup.

– Tu trouves ça marrant, princesse ? susurre la femme dont le visage est couvert par une cagoule. Alors tu risques d'apprécier la suite encore plus.

Soudain, elle tire violemment mes cheveux vers l'arrière alors que son acolyte approche un couteau de ma gorge. Mes rires se sont changés en pleurs. Je vais mourir. Je vais mourir alors que je n'ai rien fait de ma vie, à part suivre les consignes de mes parents. Je pense d'abord à Cathy, qui sera dévastée. Et puis, l'image d'Ishten me vient et me motive à nouveau.

Il va arriver. D'une minute à l'autre.

– Toujours pas décidée à nous révéler les secrets familiaux ? murmure la femme à mon oreille.

– Je ne sais rien, je vous jure, sangloté-je.

– Tu sais, j'ai travaillé avec ton père. D'ailleurs, nous nous sommes déjà vues, toi et moi. Le jour où j'ai appris que ton père enlevait des gosses pour en faire des machines de guerre, j'ai tenté de m'y opposer. J'en ai parlé à ta mère, mais cette ordure était déjà au courant et n'en avait rien à foutre. Ça a marqué la fin de ma carrière et le début de ma déchéance.

J'essaye de me rappeler où j'ai bien pu la voir. Je sais que j'ai déjà croisé ce regard, mais impossible de savoir où. Il faut dire qu'avec un couteau sous la gorge et une timbrée encagoulée qui maintient ma tête en arrière, la position n'est pas des plus idéales pour réfléchir. Soudain, je sens qu'on me lâche les cheveux. La femme me contourne pour me faire face. D'un signe de tête, elle ordonne à son molosse de me relâcher. Il se place derrière elle, protecteur. Comme si je représentais une quelconque menace.

– Je suis sûre que tu as un jour surpris une conversation autour de la création d'une armée infaillible, une armée d'élite, continue-t-elle. Ce projet vaut tout l'or du monde, pour ton père et ses copains de la haute. J'espère juste pour toi que tu es plus importante que ça à ses yeux, même si j'ai des doutes.

Un ange passe. Je n'ai aucune idée de qui peut bien être cette femme et de ce dont elle parle. J'essaye de me souvenir d'un quelconque détail, mais rien à faire.

Si seulement j'étais plus observatrice, moins dans ma bulle…

Je ne retiens que ce qui m'intéresse, et il est fort possible que j'aie déjà assisté à une telle conversation sans m'en rendre compte.

– Alors ?! crache la femme en me secouant par les épaules. Parle ! On a besoin de ton témoignage.

– Je n'en sais rien, répété-je en pleurant de plus belle.

– Dans ce cas, que fais-tu avec l'un d'eux ? me demande-t-elle en me montrant une photo.

Je n'y comprends plus rien. C'est la photo que Soan a prise lors de la soirée. Je suis assise sur un banc, la tête enfouie dans le cou d'Ishten, et son bras entoure mes épaules. Je ne réponds rien. Je regarde la photo qu'elle me montre, et tout ce que je peux faire, c'est cligner des yeux comme une idiote.

Mais pourquoi elle me montre ça ?!

– Bien. Peut-être que ça te rafraîchira la mémoire.

Là-dessus, elle me lâche et une douleur soudaine me fait voir des étoiles.

***

Je crois que j'ai perdu connaissance, car, lorsque j'ouvre à nouveau les yeux, ils ont tous reculé et pointent un téléphone sur moi. D'après la pointe de douleur aiguë qui part de mon crâne et se répand dans mon corps, je dirais qu'ils ont encore frappé à la tête. J'ai également très mal à l'estomac. Ces tordus ont dû s'en donner à cœur joie pendant que j'étais dans les vapes.

– Tout est OK.

Cette voix m'est inconnue. Lorsque ma vision redevient nette, je peux distinguer que les deux silhouettes qui étaient dans le fond de la pièce ont bougé. L'homme qui a parlé se trouve devant moi, en train de régler le trépied d'une caméra. L'autre, muni d'un énorme casque, semble placer des tentures noires pour camoufler les fenêtres hautes de la pièce.

– Pour moi aussi, répond ce dernier en rejoignant son camarade.

– Bien.

Encore la femme. Je ne distingue plus le colosse, mais je ne l'avais pas vue, elle non plus. Peut-être qu'elle était sortie de la pièce. En tout cas, maintenant, elle est de retour pour me tourmenter. Avec sa cagoule de nouveau enfilée, elle s'accroupit devant moi et pose ses mains sur mes genoux, dans un geste beaucoup trop doux.

– Maintenant, répète après moi : « Papa, je t'en supplie, fais ce qu'ils demandent ou ils vont me tuer. » C'est très simple, on s'occupe du reste. Vas-y.

Je fais ce qu'elle me demande. Une fois, puis deux, puis trois. Lorsque j'ai l'air assez pitoyable, elle acquiesce et rejoint les autres qui enclenchent la caméra.

J'aimerais être forte, comme ces héroïnes dans mes livres, prêtes à mourir pour l'honneur. Mais je ne suis rien de tel. L'homme qui me filme me fait signe d'y aller et j'obtempère. Je ne sais même pas ce que je dis – mon instinct a pris le relais. Cela a l'air de leur convenir puisqu'ils me libèrent enfin de mon siège de torture et me renvoient dans ma cellule.

En passant, je peux observer les lieux pour la première fois, composés de trois salles alignées le long d'un couloir humide. De vrais cachots moyenâgeux. Le mien est celui qui fait face à l'escalier, et mes geôliers ne tardent pas à m'y jeter, puis à me laisser seule.

J'en ai presque oublié ma soif. Finalement, c'est la déshydratation qui va se charger de m'achever. Ishten ne viendra pas. Mon père ne cédera pas au chantage. Ce n'est pas son genre.

Au moins, John Lennon m'attend au paradis.

16

MENACE N° 6 : LA PRÉCIPITATION

Ishten

Il n'aura pas fallu dix minutes à Tishé pour localiser les émetteurs de la vidéo. En l'envoyant depuis une adresse e-mail anonyme en passant par un réseau privé, ils se croyaient intouchables. C'était sous-estimer Tishé, qui peut pister à peu près n'importe quoi. Il lui a suffi de hacker leur fournisseur de VPN[1], une entreprise pas nette domiciliée en Russie, pour trouver leur adresse IP et donc, le lieu d'émission. Un bâtiment dans la périphérie de New York, visiblement abandonné si l'on en croit les images satellites. Nous n'avons pas voulu attendre l'arrivée de l'équipe de soutien pour intervenir et nous nous préparons à partir tous les trois.

Une fois sur place, armés jusqu'aux dents et cagoulés selon les consignes du général, nous enjambons les débris du chantier de démolition, discrets telles des ombres dans la nuit, avant de nous infiltrer dans l'enceinte de l'édifice.

1. Les VPN, ou réseaux privés virtuels, servent à naviguer anonymement sur des réseaux publics.

Nous pénétrons dans le hall défraîchi de ce qui semblait être un hôtel. L'odeur de moisissure est omniprésente et le moindre recoin semble couvert d'humidité. J'ai de sérieux doutes sur la solidité de la structure. Raison de plus pour faire vite. La pénombre règne aussi dans le bâtiment, mais je sais que Jade est là, quelque part. L'urgence qui a envahi mon corps envoie à mon cerveau des ordres contradictoires. D'après les fenêtres hautes camouflées par d'épaisses toiles tendues, la vidéo a visiblement été tournée dans une cave.

Sans plus attendre, je m'élance vers le sous-sol. Arrivé à l'étage inférieur, je commence à ouvrir chaque porte, sans me préoccuper de mon équipe. De plus en plus nerveux, je ne pense même pas à contrôler le périmètre. Avant que je n'aie pu défoncer une énième porte, Esher me stoppe d'une main ferme sur l'épaule.

– Qu'est-ce qui t'arrive, mec ? chuchote-t-il en me faisant face. Tu déconnes complètement, t'as jamais été aussi imprudent !

Je sais qu'il a raison. Mais je n'arrive plus à penser à rien, sauf à retrouver Jade. Du coin de l'œil, j'aperçois Tishé qui me fait signe. Il tient un genre de gros boîtier et m'indique une porte. Lorsque je vois l'écran, je comprends qu'il s'agit d'un détecteur de chaleur qu'on utilise pour localiser les êtres vivants.

Putain, pourquoi est-ce qu'il ne m'a pas prévenu plus tôt ?!

Je garde mes questions pour plus tard et suis la direction qu'il m'indique. Lorsque j'arrive devant une porte rouillée, je suis prêt à buter cette bande d'enfoirés. Comme s'il lisait dans mes pensées, Tishé me retient juste à temps en m'agrippant le bras.

– Pas de tuerie, le général les veut vivants, chuchote-t-il.

Je le repousse en grognant. Bon, de toute façon, ma priorité est de trouver Jade. Lorsque je confirme que je me suis calmé, Esher défonce la porte et nous nous jetons directement sur nos cibles. Ils sont quatre. Rien de compliqué, à première vue. Tishé se dirige tout de suite vers la seule femme qui, étrangement, n'émet aucune opposition. J'ai à peine le temps de m'interroger sur son manque de réaction qu'un poing manque de justesse de m'atteindre au visage. Le type qui se dresse face à moi est un vrai géant, mais ce n'est pas ça qui m'arrêtera. J'engage toute ma rapidité pour parer sa force, mais le mec n'est pas un débutant. Il a de la technique, et il est beaucoup trop endurant pour un homme de sa carrure. Il finit par m'atteindre d'un coup de genou dans les côtes. Alors que je suis sonné seulement quelques secondes, il effectue un tour complet sur lui-même et assène un terrible coup de coude en direction de ma trachée, qui m'aurait achevé si je ne l'avais pas paré. Je trébuche néanmoins et me retrouve sur le cul, contre un mur. Comme un débutant. Je me relève immédiatement et une fois de plus, ma réactivité me sauve puisqu'un énorme uppercut vient briser la paroi où se trouvait ma tête une seconde plus tôt. Je décide que c'en est assez. En moins de deux secondes, je sors mon Beretta de mon harnais de poitrine et lui tire dans la cuisse.

On a dit pas de morts. Personne n'a rien dit pour les blessés.

J'attrape le mastodonte par ce qui lui reste de cheveux et frappe son crâne une première fois contre le sol.

– Où est-elle ?! crié-je.

Pas de réponse. Deuxième coup, même question. Il lui en faut quatre pour qu'il m'avoue que Jade est à l'étage inférieur.

Putain, mais y a combien de sous-sols dans ce taudis ?

L'angoisse que le combat avait fait taire ressurgit. Cette émotion que j'ai trop peu ressentie dans ma vie me perturbe et m'empêche de réfléchir efficacement.

Comment va Jade ? Si elle est dans un état critique, il faut que je me bouge le cul. J'ai repéré deux portes en arrivant dans la pièce. Mais peut-être qu'aucune d'entre elles n'est la bonne. Je me dirige vers la première, l'ouvre et atterris dans un placard à balais.

– Fait chier, putain ! hurlé-je en claquant la porte.

– Ishten !

Je me retourne vers Tishé. D'une main, il maintient les poignets menottés de la femme à genoux et, de l'autre, il regarde son écran. D'un geste du menton, il me désigne une cloison. Une porte close y est dissimulée. Esher, qui vient de mettre un gars K.-O., lutte toujours contre l'autre. Je ne l'attends pas, défonce le battant de bois pourri d'un coup de pied.

En bas, la pénombre est si épaisse que je ne distingue pas le bout de mes doigts. L'odeur de la moisissure est forte et l'humidité si présente que je peux presque la sentir sous mes doigts. Je sors ma lampe tactique et découvre trois cellules. Dans l'une d'elles, le corps de Jade est affalé à même le sol.

Putain, ils l'ont enfermée dans une cave remplie de rats, sans aucune lumière.

– Jade ? appelé-je doucement en m'agenouillant près des barreaux. C'est moi, Ishten. On est venus pour toi.

Aucune réaction. Elle est recroquevillée sur elle-même et je ne peux pas voir son visage. Je commence à paniquer. J'observe les alentours et trouve un banc qui peut servir de levier. J'y mets toute ma force, mais les barreaux rouillés sont solides.

Mais quel con, j'aurais dû trouver la clé avant de descendre !

Je passe les murs au peigne fin avant de me faire une raison : il n'y a aucune clé ici, ni rien pour faire levier. Il va falloir utiliser mon arme. Je tire sur la serrure, en espérant qu'aucun débris n'atteindra Jade. Une fois la porte ouverte, je pose ma lampe sur le sol, me précipite vers Jade et la secoue doucement. Toute la tension quitte mon corps en un grand soupir lorsqu'elle ouvre les paupières. Toutefois, ses beaux yeux bleus semblent maintenant vides et enfoncés. Sa peau glacée et son absence de réaction sont sans appel : son état de déshydratation est inquiétant. Heureusement, j'ai de l'eau avec moi. Je sors mon talkie et lance un appel.

– Esher, magne ton cul, j'ai besoin de matos. Terminé.

C'est lui qui a pris la pince que nous emportons lors des libérations d'otages. En attendant qu'il me rejoigne, je fais couler quelques gouttes sur les lèvres de Jade, qu'elle s'empresse de lécher. Elle essaye d'atteindre ma poche d'eau, mais je l'en empêche.

– Doucement, je sais que tu as soif, mais il ne faut pas boire trop vite. Tu risquerais de tout vomir.

Esher déboule dans la pièce deux minutes plus tard. Tandis que mon coéquipier s'acharne sur la chaîne qui retient Jade prisonnière, je continue de l'hydrater goutte par goutte, malgré les tremblements de nervosité qui assaillent mes doigts. Ses lèvres pulpeuses regagnent un peu de cette couleur cerise que je n'avais jamais réalisé trouver si attirante. Les maillons cèdent enfin et je la porte. Je ressens un sentiment d'apaisement immédiat, comme si elle était à sa place dans mes bras. Je prends une minute pour la serrer un peu plus fort afin d'apaiser les battements de mon cœur, mais ne traîne pas. Il faut l'amener au plus vite à l'hôpital. Nous remontons les escaliers et croisons Tishé, qui maintient nos prisonniers en joue.

– Je reste là jusqu'à l'arrivée de l'équipe, dit-il d'une voix assurée. Grouillez-vous de l'emmener à l'hosto.

J'acquiesce et fonce vers l'extérieur du bâtiment. Je n'ai jamais monté des escaliers aussi vite. Une fois à l'air libre, je m'apprête à filer jusqu'à la voiture quand une balle me manque de peu.

– À couvert ! hurlé-je en retournant dans le bâtiment.

Chacun d'un côté de la grande porte, Esher et moi tentons de localiser le tireur. En vain.

– C'était quoi, ça ? résonne la voix de Tishé au talkie.

– Un connard de sniper, à mon avis, répond Esher en me regardant.

J'acquiesce, pose doucement Jade contre un mur, et attrape mon talkie.

– Est-ce que tu peux le localiser ? demandé-je à Tishé.

– La zone est trop vaste pour mon détecteur infrarouge. Je peux me connecter aux satellites mais ça va mettre un moment, surtout si je dois garder une main sur la gâchette pour maîtriser nos copains.

– Laisse tomber.

J'accroche mon talkie à ma ceinture et fais signe à Esher. Il comprend sans avoir besoin d'explications : ce mec a toujours adoré jouer les cibles vivantes. Ce n'est pas la première fois qu'il sert d'appât pour déterminer la position d'un ennemi.

Ni une ni deux, il s'élance vers la sortie, courant en zigzag. Des escaliers donnent accès à l'immeuble. Ils sont délimités par un muret derrière lequel il pourra se cacher une fois que le tireur l'aura visé. Et ça ne manque pas : une balle frôle Esher, qui change de direction au dernier moment. Une autre passe beaucoup plus près et l'atteint. Je le vois à sa crispation, mais il ne s'arrête pas. Une fois le muret atteint, il a localisé le tireur, j'en suis certain. Je sais également qu'il ne sort jamais sans son dernier joujou : un fusil de précision pliable, dernière invention de nos ingénieurs militaires. Une expérimentation ultra-dangereuse qu'il adore trimbaler. Je le vois qui déplie son arme, se concentre quelques secondes et tire. Il lui suffit d'une seule fois pour toucher sa cible. Lorsqu'il se relève pour me faire signe, je reprends Jade dans mes bras et m'élance vers la voiture.

Pour une fois, je laisse le volant à Esher, refusant de lâcher Jade. Elle essaye de parler, mais seule une toux rauque sort de ses lèvres.

– Chut, ne dis rien, tu vas te blesser. Ça ira mieux bientôt. Je te le promets. Je ne te quitte plus.

Je la serre contre moi et caresse ses cheveux pour l'apaiser. Je n'ai jamais fait cela de ma vie, mais en cet instant, cela me paraît naturel et c'est malheureusement la seule chose que je puisse faire pour l'aider. Du coin de l'œil, je vois Esher nous jeter des œillades insistantes, mais je l'ignore, trop concentré sur ma protégée. Je me rassure en me disant qu'on ne meurt de déshydratation qu'à partir de deux jours, ce qui nous laisse encore une dizaine d'heures. Je plonge mon nez dans ses cheveux et respire son odeur plusieurs fois, comme un foutu drogué qui a besoin de sa dose. Plus jamais personne ne lui fera de mal, je m'en fais la promesse.

***

Une fois aux urgences, un brancard l'emmène loin de moi et je me retrouve démuni. Immobile au milieu du hall, je regarde, hébété, la porte par laquelle elle a disparu. Esher part avec une infirmière pour nettoyer la plaie que lui a faite la balle en l'égratignant. Quand il revient, je n'ai toujours pas bougé et il me pousse en direction de la salle d'attente.

– Viens. Allons nous asseoir et prévenir tout le monde.

Il a raison. Tenir le général au courant aurait dû être ma priorité. Je m'assieds sur les chaises de la salle d'attente, souffle un bon coup et passe l'appel. Il répond au bout de deux tonalités.

– J'écoute.

– Votre fille est arrivée à l'hôpital, général. Les médecins sont en train de l'ausculter. Elle était déshy…

– Quel est le diagnostic ? me coupe-t-il de sa voix tranchante.

– Je ne sais pas, général. Les médecins ne sont pas encore revenus.

– Alors ne me fais pas perdre mon temps pour des futilités. Je suis en train de superviser le transfert des hommes responsables de ce kidnapping, et je compte bien commencer leur interrogatoire aussitôt. Crois-moi, ils regretteront de ne pas être morts comme leur collaboratrice. Rappelle-moi quand tu auras des informations dignes de ce nom. Et souviens-toi à quel point tu me fais honte, soldat. Je réfléchirai à ton cas plus tard.

Il raccroche sur cette réprimande. Si, à l'époque, cette réplique aurait pu me donner des sueurs froides, aujourd'hui, je suis seulement dégoûté qu'il n'en ait rien à foutre de l'état de sa fille. Alors que moi, je n'en mène pas large.

Esher se charge de contacter Cathy, qui doit se ronger les sangs depuis que nous sommes partis. Elle rapplique dix minutes plus tard.

– Où est-elle ?!

– Prise en charge par l'équipe médicale, répond Esher. Rien de grave, mais elle est déshydratée. Ils doivent aussi lui faire subir les contrôles d'usage. Rassure-toi, chaton.

Autrement dit, un listing des dégâts corporels suivi d'un

examen gynécologique pour vérifier si la victime a été violée. Un frisson d'effroi parcourt mon corps à cette idée. Je refuse d'y penser. J'applique la méthode de concentration qui m'a tant de fois servi à me calmer lorsque j'étais en planque : fixer mon regard sur un point – en l'occurrence un boulier pour enfant posé sur la table de la salle d'attente – et m'efforcer de faire le vide dans ma tête. Ce qui est extrêmement difficile pour un soldat entraîné à l'hypervigilance. La machine de guerre attentive à tout ce qui l'entoure laisse progressivement place à un corps vidé de ses pensées.

– Putain, explose Cathy, je vous jure que vous êtes morts si elle ne s'en remet pas. Qui lui a attribué de tels boulets pour gardes du corps ?

– Chut ! Tu veux qu'il nous tape une crise ou quoi ?!

– Pfff. Il n'a même pas l'air de réagir. C'est vrai que c'est bizarre pour un INCOMPÉTENT qui n'est pas foutu de protéger une seule personne.

– Mais t'es suicidaire, ma parole !

– Tu es là pour me défendre, bichon. Je cherchais simplement à valider ma théorie. Ton pote, il est cassé ? Parce que son manque de réaction m'inquiète, là.

– Laisse-le, il s'est verrouillé. Il faisait ça pendant les missions longues, quand c'était encore un gamin hyperactif.

Leurs paroles m'arrivent aux oreilles, mais je ne les comprends pas vraiment. Je n'essaye même pas. Ce boulier est la seule chose qui existe en ce monde.

Lorsque le médecin chargé des soins de Jade réapparaît, je me lève d'un bond et fonds sur lui. Il recule d'un pas, l'air effrayé.

– Alors ? aboyé-je.

– Tout… tout va bien, elle est hors de danger. Quelques ecchymoses au visage, une forte déshydratation qu'on traite grâce à une perfusion et une petite commotion cérébrale. On va la garder en observation pour la nuit, mais vous pouvez lui rendre visite maintenant.

Je me rue vers la direction indiquée et découvre une Jade endormie. Paisible, en apparence. Ses lèvres sont gercées à l'extrême et ses bleus ressortent sur sa peau pâle, sans parler de ses cernes. Je m'assieds à ses côtés, lui attrape la main et pose mon front dessus. J'ai besoin de concret, de la sentir contre moi, afin que mon esprit perturbé réalise que tout est enfin terminé. Esher et Cathy me rejoignent et nous veillons en silence sur notre blessée.

***

Posté devant la chambre de Jade, sans possibilité de surveiller son monitoring, je me sens terriblement inutile. Pendant plusieurs heures, aucun de nous n'a bougé, et ce malgré l'insistance des médecins concernant les heures de visite. Cette nuit dans une chaise bancale n'est même pas dans mon top cent de mes nuits les plus inconfortables. Il était hors de question pour moi d'être ailleurs.

Quand le général a débarqué avec sa femme il y a quelques minutes, je n'ai pas eu d'autre choix que de sortir pour les laisser seuls avec leur fille. Elle n'était pas encore réveillée mais, connaissant la patience de Devreaux, il a dû la secouer. Soudain, la mère de Jade sort en trombe de la pièce, le téléphone à l'oreille, manquant de me percuter de peu.

– Janice ? Tu as entendu pour Sofia ? Elle a eu ce qu'elle méritait, dit-elle en se dirigeant vers la sortie.

Je ne sais pas qui est cette Sofia, mais psalmodier à son sujet semble être plus important que de prendre des nouvelles de sa fille. Toujours est-il que, dans sa précipitation, elle a laissé la porte entrouverte. C'est plus fort que moi : je m'approche pour écouter ce que le général dit à sa fille.

– … plus rien à craindre, n'en fais pas une montagne. Si j'engage une nouvelle équipe chargée de ta sécurité, c'est seulement par précaution.

– Mais papa, proteste-t-elle d'une petite voix, je ne veux pas d'une autre équipe. Je me sens en sécurité avec eux.

– Ma pauvre, tu n'as vraiment aucune jugeote. Tu te retrouves ici par leur faute.

L'entendre me fait un pincement au cœur. Il a entièrement raison, nous avons été plus que décevants sur ce coup.

– Je ne VEUX pas d'une nouvelle équipe ! insiste Jade avec ferveur. Je suis à l'aise à leurs côtés, maintenant. S'il te plaît, papa. Si les garçons s'en vont, je n'oserai même plus sortir de chez moi. Je ne pourrai plus aller en cours. C'est ce que tu veux ?

Je suis touché qu'elle nous fasse encore confiance. Néanmoins, elle ne devrait pas. Nous avons clairement déconné, elle n'a pas les idées claires. J'entends le général prendre une grande inspiration, puis plus rien. Je connais cette respiration qui précède le silence. C'est toujours la tempête qui s'ensuit.

Je me prépare à intervenir au cas où le général perdrait son sang-froid, mais heureusement, rien ne se passe.

– Comme tu voudras, j'ai assez de choses à faire comme ça. Mais je compte sur ta présence à la soirée de ce week-end. C'est le lancement de ma campagne, il faut que notre image soit parfaite. Je compte sur toi.

J'ai tout juste le temps de reprendre ma position qu'il sort de la pièce, sans même m'accorder un regard.

***

Avachi sur la chaise de bureau de Tishé, j'observe l'écran de surveillance. Aujourd'hui, cela fait presque une semaine que nous avons réinvesti nos appartements et Jade n'est toujours pas réapparue. Elle est sortie de l'hôpital après vingt-quatre heures de soins mais, si son état physique était bon – bien meilleur que moi qui ai sûrement des côtes cassées –, sa santé mentale était inquiétante. Et cela ne s'arrange pas. Elle n'est pas allée en cours de la semaine, contrairement à ce qu'elle a dit à son père. Ce dernier ne semble pas s'en être rendu compte, sinon, je ne doute pas qu'on en aurait entendu parler.

De la femme-enfant toujours joyeuse et blagueuse ne reste plus qu'une jeune femme éteinte. On dit que le temps se charge de panser les plaies, mais cela me paraît durer une éternité et je réalise que sa petite étincelle de folie me manque.

– Allez, chef, bouge-toi, râle Esher qui débarque de notre salle de bains, frais comme un gardon. T'es resté toute la journée dans la chaise de Tishé, le pauvre va péter un câble.

Le principal intéressé est assis à même le sol, en train de bidouiller un énième circuit électrique qui marchait sûrement très bien. Il faut dire qu'il ronge son frein depuis une semaine, mais j'ai été intraitable : c'est mon tour de poser mon cul sur cette chaise. Je ne la quitte que pour mes séances de sport, de plus en plus rapprochées. Mes nerfs sont mis à rude épreuve alors que j'observe les écrans, dans l'attente d'un quelconque signe d'amélioration chez Jade.

Elle ne fait que passer sur nos écrans, quelques fois par jour, seulement pour aller de la chambre à la salle de bains. Cathy désespère, si j'en crois ses nombreux messages nous demandant d'intervenir afin de lui donner un coup de main. Et moi, je suis perdu. Les derniers jours ont été intenses et riches en émotions que je n'avais jamais ressenties. Émotions qui avaient toutes la même cause : Jade. Je ne comprends pas ce qui m'arrive. Enfin, si : je ne suis pas naïf. Je n'ai surtout pas envie de comprendre.

Je préférais quand je pouvais mettre ça sur le dos de la purée de la cantine…

D'un côté, je suis tenté d'accéder à la demande de Cathy et d'aller réconforter Jade. D'un autre, je n'ai jamais consolé personne et je n'ai aucune putain d'idée de ce que je suis censé lui dire. Enfin, si, j'en ai une, mais j'ai de grands doutes sur son efficacité. La grande métisse met fin à mes tergiversations en débarquant chez nous avec sa copine.

– Les gars, intervention d'urgence, annonce-t-elle en poussant son amie à l'intérieur. Je veux un topo détaillé de la sécurité de Jade. Il faut la requinquer pour la soirée de lancement de la campagne de son père. C'est à la fin de la semaine et elle va devoir affronter la harpie qui lui sert de mère. Alors, trouvez-moi une solution pour la booster à nouveau ! Et plus vite que ça !

Pour sûr, elle aurait fait un bon militaire. Jade s'avance timidement dans la pièce, regardant partout sauf dans notre direction. Le contraste entre les deux copines est frappant. Alors que Cathy porte un ensemble pantalon et veste rouge, Jade a enfilé un de ses énièmes pyjamas une pièce – une sorte de combinaison très large représentant un pingouin, semble-t-il. Ses boucles brunes, qui s'échappent de sa capuche, ne paraissent pas avoir vu de brosse depuis sa sortie de l'hôpital. Je remarque que son petit nez en trompette est rougi. Elle est mignonne, comme ça.

– Salut, les gars, murmure-t-elle.

Nous répondons à l'unisson puis Esher lui propose une chaise, à défaut d'avoir un canapé. Sur la table, il dispose le compte-rendu de mission et lui explique ce que nous avons mis en place pour sa protection.

– De toute façon, continue-t-il, ceux qui t'ont fait du mal sont en garde à vue, sous la responsabilité de ton père. Du coup, tout ça n'est que de la logistique parce que, en vérité, tu n'as plus rien à craindre maintenant.

Il accompagne sa phrase d'un de ses sourires de tombeur. J'ai remarqué que les filles à qui il souriait de la sorte ne pouvaient s'empêcher de réagir. Certaines le lui rendent, d'autres papillonnent des yeux, rougissent, et d'autres encore gloussent comme des oies. Mais Jade, elle, reste stoïque. À peine un sourire poli et quelques réponses monosyllabiques. On est loin de la palette d'émotions auxquelles elle nous a habitués. Quant à moi, je cogite.

Est-ce que je dois le faire ?

Je sais sans aucun doute que ça fera sourire Jade, mais j'hésite.

– Merci, Esher, finit-elle par dire d'une voix encore faible. Je suis rassurée. Bon, je vais vous laisser. Tu viens, Cathy ?

Je ne sais pas pourquoi, mais j'ai l'impression que sa sécurité n'est pas la seule chose qui la turlupine. Bon, je me lance.

– Attends, Jade, j'ai une question.

– Oui ?

Les gars vont se foutre de moi pendant longtemps, mais tant pis. Redonner le sourire à Jade reste ma priorité. Je prends une grande inspiration pour me donner du courage, et finis par demander :

– Quelle mamie fait peur aux voleurs ?

– Je ne sais pas, répond-elle, l'air surprise.

– Mamie Traillette…

Un ange passe. Tous me regardent avec des yeux ronds puis, soudain, Jade éclate de rire.

– Je ne la connaissais pas, celle-là, hoquette-t-elle.

Fier comme un paon, je bombe le torse et nargue Esher d'un haussement de sourcils. J'ai réussi à réconforter quelqu'un alors que lui, le pro des relations sociales, a lamentablement échoué.

– Tu en connais d'autres ? s'enquiert la petite brune, dont les yeux sont de nouveau pétillants.

– C'était ma seule blague, malheureusement.

Son sourire reconnaissant vaut toutes les humiliations du monde.

Enfin, à comité restreint, seulement. Il ne faut pas pousser non plus.

Et soudain se produit quelque chose que moi, le roi de l'anticipation, je n'avais pas vu venir. Alors que ma poitrine se desserre enfin et que je fanfaronne, ce qu'elle fait ensuite me laisse sans voix et crispé…

17

ZUT, IL COMMENCE À COMPTER

Jade

Le hic, c'est que j'aurais dû me douter qu'il n'était pas un adepte des gestes d'affection. Raide comme un bâton, il ne bouge pas d'un poil. J'ai l'impression de faire un câlin à un arbre. Ou à un chat grognon qui se laisse étouffer en attendant que son maître daigne le reposer au sol. Pourtant, j'aurais juré qu'il m'avait prise dans ses bras après mon enlèvement, quand nous étions en route pour l'hôpital. Cela dit, j'étais tellement dans un état second que j'ai très bien pu inventer ça…

Gênée, je m'apprête à reculer lorsqu'il réagit enfin. Ses bras m'entourent avec douceur, puis me serrent fort, comme s'il craignait que je m'en aille. Enfin, je sens son corps se relâcher dans un souffle. Il s'abaisse légèrement pour que je puisse blottir ma tête dans le creux de son cou. L'apaisement que je ressens laisse place à une autre sensation.

Oh, mon Dieu, je suis collée à Ishten !

Je peux sentir chaque relief de ses muscles d'acier contre mes rondeurs et la peau tendre de son cou contre mon nez. Comme du miel attire une abeille, son parfum masculin, mélange de cuir et d'un effluve musqué, me pousse à prendre une grande inspiration et à plaquer encore plus mon nez sur sa peau. Ce contact le fait réagir. Non, je n'ai pas rêvé, il a frissonné ! J'espère juste que ce n'était pas de dégoût. D'un mouvement léger, il baisse le visage vers moi, et je crois bien qu'il respire mon odeur, lui aussi. Ma capuche est tombée et mes cheveux sont heureusement fraîchement lavés.

– Vous le dites, si on dérange !

De concert, nous sursautons et nous nous écartons l'un de l'autre, comme pris en faute. Cathy, qui vient d'interrompre ce moment de grâce, nous observe en souriant telle une enfant dans un magasin de confiseries. Quant à Tishé et Esher, ils nous regardent à tour de rôle, les yeux exorbités et la bouche entrouverte.

– Bon, Jade et moi avons une virée shopping prévue pour cet après-midi. Je suppose que vous nous accompagnez ?

Ah, c'est nouveau ça ?

Du coin de l'œil, je vois Ishten secouer la tête. Cathy croise les bras et l'observe, le défiant de dire ce qu'il a sur le bout de la langue. Bien évidemment, le grand brun ne se fait pas prier. Il adopte la même posture que Cathy et lui répond avec calme :

– C'est trop dangereux. M. Devreaux n'a pas obtenu grand-chose des interrogatoires. D'après nos informations, on ne sait toujours pas s'ils avaient des complices encore planqués dans la nature. Je ne suis pas rassuré, surtout avec cette histoire de sniper dont on n'a pas retrouvé le corps.

Cathy pousse un soupir défaitiste et s'effondre sur la chaise la plus proche, en me jetant un regard suppliant. Alors, je prends mon courage à deux mains et me racle la gorge pour obtenir l'attention générale :

– Va pour la sortie shopping. Vous serez là pour me

protéger si jamais quelque chose tourne mal. Je vous fais confiance.

Je ponctue mon dialogue d'un regard vers chacun d'eux. Quand je plonge dans celui d'Ishten, impossible de détourner les yeux. Il me fixe avec un mélange détonnant de tendresse, de culpabilité et de fierté. C'est ma meilleure amie qui me sort de ma torpeur en me sautant dans les bras.

– Merci ma Jadounette ! J'suis trop contente que tu sois de nouveau motivée !

Je la serre dans mes bras à mon tour. J'avoue que sortir de l'appartement me démange depuis un moment. La peur qui me tiraille se fait de moins en moins vive, mais elle est toujours présente. Je devrais parvenir à la gérer en présence des garçons. Et une ombre pèse constamment sur mon esprit. Depuis des jours, les paroles de la femme tournent en boucle dans mes pensées. Les informations sont mélangées, mais j'ai l'impression qu'il ne me manque qu'à mettre les pièces du puzzle en ordre pour y voir clair. C'est très frustrant.

J'ai tenté d'aborder le sujet avec mes parents lors de leur visite expéditive à mon chevet, mais ils ont tourné mes propos en dérision et m'ont accusée de ne pas avoir les idées claires à cause de mon traumatisme. Et dire que mon père a voulu m'attribuer de nouveaux gardes du corps ! Heureusement, j'ai su le convaincre de ne pas le faire. Je ne reproche rien aux garçons, ils ne sont pas responsables de mon enlèvement. Après tout, la virée au stade était de mon fait, même si je ne m'en souviens pas vraiment.

Quand j'observe ces trois grands gaillards, je réalise que, malgré leur méconnaissance des codes sociaux – sans surprise, je parle surtout d'Ishten et de Tishé –, je me suis véritablement prise d'affection pour eux. Soudain, une photo collée sur le réfrigérateur attire mon regard. Je m'avance et effleure du doigt les visages que je crois reconnaître. En bien plus jeunes. Ils sont toute une bande et prennent la pause devant un véhicule blindé, en plein désert. En l'observant un moment, je mets le doigt sur l'élément qui me perturbe : leurs regards. Des yeux beaucoup trop durs, beaucoup trop graves pour des préadolescents. Des yeux qui en ont trop vu. N'est-on pas censé être insouciant à cet âge-là ?

– C'était notre promotion, m'explique Esher, un sourire triste aux lèvres. La promotion Alpha.

– Esher, le gronde Ishten.

– Je sais qu'on a pas le droit d'en parler, se défend Esher en levant les deux mains. Mais c'est Jade, elle est un peu dans la confidence, non ?

– Pour ce qui la concerne seulement. Mais nos années en foyers doivent rester secrètes pour toute personne extérieure. Tu ne te souviens pas de ton serment et de ce qui arrive à ceux qui ne le respectent pas ?!

Il termine sa phrase en criant, qu'il ponctue par un coup de pied dans le frigo.

– Et range-moi cette photo, putain ! C'est la dernière fois que je te le dis avant de la brûler. Elle est censée être dans les archives.

– C'est Tishé qui me l'a trouvée et imprimée !

Esher le désigne du menton. Le geek n'a pas bougé et les observe. Chose très étrange, un sourire en coin, très discret mais présent, ourle ses lèvres. Il hausse les épaules et reporte son attention sur la photo. J'en fais de même.

– Parce que tu lui as demandé ! continue Ishten. Il voulait juste que t'arrêtes de le faire chier.

Je les écoute d'une oreille, alors que mon cerveau tourne à plein régime. Soudain, je me remémore l'idée qui m'était passée par l'esprit lorsque j'ai appris le vrai prénom d'Ishten.

– Quels sont les noms de vos camarades ? demandé-je en douce à Tishé.

– Dans l'ordre, tu as Shena, Shalash, Erbe, Hamish, Shishu, Sebe et Samane.

Au collège, j'ai écrit une fanfiction sur *Le Roi Scorpion : L'Ascension de l'Akkadien*, un jeu que j'adorais. Pour m'être pas mal informée sur le sujet, je connais beaucoup de choses de l'empire d'Akkadie, que j'ai toujours trouvé fascinant. C'était le premier régime politique à réunir plusieurs clans. C'est un peu l'ancêtre de la mondialisation, il y a quatre mille ans de cela. Par conséquent, je sais ce que signifient leurs prénoms.

– Si on ajoute Ishten au début et toi et Esher à la fin, ce sont les chiffres de la numération akkadienne de un à dix. Quand vous êtes-vous rencontrés ?

Tishé me lance un regard fier, comme si j'avais réussi à hacker le site de la CIA.

– On était tous super jeunes, poursuit Esher, qui n'a rien perdu de notre conversation. En fait, je ne me souviens même pas de ma vie avant ça. On a grandi dans un orphelinat en Israël. On est tous nés dans une base occidentale sécurisée du Moyen-Orient. Puis, quand la base a été attaquée par les terroristes, des soldats nous ont sauvés d'une mort certaine avant de nous confier au foyer militaire. Apparemment, nos parents ont tous péri.

Ishten lui lance un regard et s'apprête visiblement à intervenir, mais je le prends de court et continue sur ma lancée.

– Et votre première mission, vous l'avez effectuée à quel âge ?

Tishé et Esher interrogent leur chef du regard et c'est lui qui me répond, après un soupir vaincu.

– Dans des conditions réelles, à 12 ans. Mais nous avions

déjà participé à bon nombre de simulations. C'est ce qui fait de nous des soldats d'élite.

Le mot « élite » fait tilt dans mon cerveau. Je l'ai entendu de la bouche de quelqu'un d'autre. La chaise de torture, les paroles de la femme. Tout me revient. Les pièces du puzzle commencent à s'assembler dans mon cerveau.

Par la déesse génoise, j'ai bien peur de comprendre.

L'armée dont elle parlait, c'étaient eux ! Je parle à voix basse, comme pour moi-même :

– Alors c'est ça, le secret de mon père. Il a formé de jeunes enfants à l'art de la guerre et les a envoyés sur les champs de bataille avant l'âge. Il les a modulés pour en faire de parfaits petits soldats…

– Mais c'est horrible ! s'insurge Cathy. C'est une atteinte à tous les droits humains et à la protection de l'enfance !

Je n'aurais pas dit mieux. Esher hausse les épaules, pas plus perturbé que ça, et Ishten lève un sourcil, visiblement surpris par une telle réaction. Après tout, il s'agit de leur quotidien. Ils ont toujours vécu comme ça et ne se rendent pas compte que, de notre point de vue, envoyer des gamins à la guerre est une aberration. Pour une fois, c'est la réaction de Tishé qui me surprend le moins. Son regard accroche le mien et je peux y lire tous les tourments de son enfance. C'est Cathy qui met fin à cet échange, sous prétexte que nous devons nous préparer. Néanmoins, ce regard continue à me perturber longtemps après. On aurait presque dit un appel à l'aide.

***

– Mignonne, cette petite robe. Comment tu la trouves ?

Cela fait deux heures que Cathy me traîne de boutique

en boutique mais je n'ai pas la tête à ça. Je fais une moue dubitative et observe la robe à strass dorés dans l'immense miroir des cabines.

– Mouais, elle me serre un peu trop.

– Faudrait penser à renouveler tes arguments, soupire Cathy en continuant à fouiner sur le portant des affaires reposées. C'est la troisième fois que tu me sors cette réplique.

Je me détourne de mon reflet et entre à nouveau dans la cabine pour me rhabiller.

– C'est parce que toutes ces robes sont beaucoup trop moulantes, dis-je à travers le rideau. Cette boutique n'est pas pour moi. J'avais pas ce problème à Washington. Faut croire que toutes les New-Yorkaises sont anorexiques.

– Pas de défaitisme, me répond la voix de Cathy qui s'éloigne déjà. On continue jusqu'à ce qu'on ait trouvé la tenue parfaite.

Super, Jade, te voilà repartie pour un tour de centre commercial. Ça t'apprendra à la fermer.

Je soupire en enfilant mes vêtements, sors de la cabine et observe ce commerce de luxe. J'ai toujours été habituée à ce genre de cadre : des dorures et de l'opulence pour cacher l'hypocrisie et le vide. Je me revois, enfant, jouissant de tous les cadeaux que m'offraient mes parents, et je me dis que, pendant que je vivais ma vie d'insouciance, des gamins tout aussi innocents que moi étaient instruits à la dure et apprenaient à tuer. Je n'ai pas tous les détails de cette histoire, mais je ne pense pas qu'ils aient eu le droit à une éducation bienveillante et à l'amour inconditionnel d'une grand-mère comme la mienne.

Alors que nous marchons d'un magasin à l'autre, je perds mes compagnons de vue à cause d'un mouvement de foule. Se rendre à Macy's la veille de Thanksgiving était une piètre idée. Ishten nous a prévenues, mais Cathy n'a rien voulu lâcher et, de mon côté, je m'en voulais d'avoir été une si mauvaise copine. Alors, j'ai accepté sans faire part de mon appréhension. Le moindre coin de la galerie est pris d'assaut, il y a même des groupes assis en train de manger à même le sol. Le monde, les lumières criardes, les écrans qui s'éclairent et scandent des promotions à tout bout de champ, les effluves de parfums qui se mélangent et les gens qui me frôlent… Après mes récentes mésaventures et une semaine recluse en ermite dans mon appartement sous haute surveillance, je me sens plus que jamais vulnérable et agressée par les stimuli extérieurs.

Alors même que je commence à imaginer les pires scénarios, on m'attrape par le bras pour me tirer derrière un Photomaton.

Ça y est, ils m'ont retrouvée.

Un hurlement reste coincé dans ma gorge. J'aimerais crier, me débattre. Mais la panique m'envahit. Elle me rend muette, m'aveugle et m'empêche de bouger. Et puis soudain, cette sensation d'impuissance me renvoie à la chaise, dont je ne pouvais me libérer. Elle me rappelle cette maudite cage. Celle dont je ne pouvais sortir. Celle qui aurait pu être mon tombeau. Cette pensée agit comme un électrochoc : mon corps réagit à nouveau, je panique et donne des coups dans le vide sans même regarder qui me tient. Il faut absolument que je repère Ishten. Je me retrouve plaquée au mur par la dernière personne que j'imaginais. Grande, blonde, yeux bleus, maquillage parfait et look B.C.B.G., Amy n'a pas changé : toujours accompagnée de sa bande de pétasses prêtes à s'en prendre à moi, comme à l'époque. J'ai appris qu'elles ont toutes été acceptées dans une école prestigieuse de New York, mais j'espérais que la ville soit assez grande pour qu'on ne s'y croise pas.

– Tiens, tiens, mais c'est Jade-le-porcinet ! raille-t-elle. Vous ne trouvez pas qu'elle a grossi depuis le temps ?

Ses copines ricanent derrière elle. Elles n'ont pas changé, elles non plus. Mais moi, si. Surtout après ce que j'ai vécu. Je ne ressens plus l'angoisse qui me saisissait à chaque fois que je les croisais au détour d'un couloir : j'ai traversé bien pire depuis. Je la pousse avec toute la force dont je dispose. Autant dire, quasiment rien, mais Amy pèse cinquante kilos toute mouillée. Elle perd l'équilibre et tandis que ses copines la rattrapent, je m'avance vers elles. Je suis prête à les confronter, pour la première fois de ma vie. La fuite n'est plus une option.

Les bruits d'une altercation à quelques mètres de là me font détourner le regard d'elles. Stupéfaite, j'assiste à une scène digne d'un film d'action : Ishten en train d'attraper un agent de sécurité par le col, après en avoir flanqué deux autres à terre.

Il faut que je l'arrête avant qu'il n'aille trop loin.

– Is… Adriàn ! crié-je en me rattrapant de justesse.

Je ne sais même pas pourquoi je continue à garder son identité secrète. Après tout, n'est-ce pas pour protéger ses cachotteries que mon père les a forcés à prendre une fausse identité ? Et moi, ai-je vraiment envie de faire partie de la confidence, de garder tout ça pour moi ?

Ishten se retourne vers moi, soulagé, et lâche le pauvre homme qu'il secouait. Puis son regard se fixe sur un point derrière moi et redevient noir. Tout à coup, une douleur aiguë vrille mon crâne. Mes cheveux sont tirés en arrière avec une force inouïe et j'ai l'impression d'être de retour dans cette salle de torture qui hante mes cauchemars depuis que je suis rentrée de l'hôpital.

La douleur couvre tout le reste, si bien que je ne distingue pas ce que disent les voix féminines qui me raillent. J'ai l'impression de revivre mes années collège et les sensations de l'époque refont surface. L'angoisse permanente. Celle de croiser mes harceleurs. Celle de faire un pas de travers, et de devenir le centre de l'attention. Cette boule d'angoisse dans mon ventre qui ne me quitte jamais, ce trop-plein d'émotions qui fait trembler mes doigts et m'oblige à ronger mes ongles pour la canaliser. Incapable de faire le moindre mouvement, je ferme les yeux pour ne plus avoir à vivre ça. Rapidement, la douleur laisse place à une douceur qui ne m'est pas étrangère. La pression d'un corps rassurant. J'entrouvre les paupières et réalise que je suis, pour la deuxième fois de la journée, dans les bras d'Ishten. La sensation est éphémère puisqu'il me confie à Esher qui, lui-même, me pousse gentiment vers Cathy. Heureusement, les passes s'arrêtent là et je ne finis pas dans les bras du vigile.

Malgré mon esprit confus, je vois Ishten s'avancer vers le groupe de filles. Amy lui adresse son sourire le plus charmeur, dans l'espoir certain de se le mettre dans la poche, quand il agrippe violemment son chemisier pour la tirer vers lui.

– T'es qui, toi ? Pour qui tu travailles ?

Amy balbutie une explication incompréhensible et moi, je jubile. Comme elle ne répond pas, Ishten continue d'un ton de plus en plus sec :

– Tu as cinq secondes pour répondre. Après, je t'embarque et on passe à l'interrogatoire musclé. Et crois-moi, personne n'a jamais réussi à garder ses secrets avec moi.

J'interviens ? Je n'interviens pas ?

D'un coup d'œil à Cathy, je comprends à son air satisfait qu'elle a reconnu Amy et qu'elle ne compte rien faire pour dissiper ce malentendu.

– Un.

Zut, il commence à compter. J'interviens ?

– Deux.

Bien sûr que je vais intervenir.

– Trois.

J'attends juste le moment propice.

– Quatre.

Bon, Jade, c'est maintenant qu'il faut bouger !

– Attends ! lancé-je en m'avançant vers eux.

J'attrape l'avant-bras d'Ishten pour attirer son attention. Lorsqu'il pose les yeux sur moi, son regard dur s'adoucit et me fait fondre.

– Tu peux la lâcher, je la connais.

Il desserre sa poigne, mais ne m'obéit pas pour autant.

– Alors pourquoi elle a essayé de t'arracher les cheveux ? Arrête de me mentir immédiatement, Jade. Je veux la vraie version.

Il a parlé de plus en plus fort et est manifestement très en colère. Il y a peu de temps encore, s'il m'avait crié dessus de la sorte, j'aurais réagi comme la petite souris effrayée que je suis. Désormais, je sais que c'est ainsi qu'il communique, surtout quand il s'inquiète pour moi.

– Je n'ai pas dit que c'était une amie, réponds-je d'une voix douce que j'accompagne de caresses sur son avant-bras pour lui enjoindre de lâcher sa prise. On a eu quelques différends au collège. Mais elle n'a rien à voir avec mes problèmes actuels.

Il lance un regard à Esher qui doit le convaincre, puisqu'il hausse les épaules et lâche enfin cette peste. Cathy s'apprête à répliquer, mais je l'arrête de mon regard qui tue.

On dirait qu'il est de plus en plus efficace !

C'était compter sans Amy, qui n'a jamais appris à tenir

sa langue et a toujours eu un faible pour les bad boys virils au tempérament de feu.

– Je ne sais pas qui tu as cru que j'étais, mais maintenant que les choses sont réglées, ça te plairait d'aller boire un coup avec nous ? propose-t-elle en lui offrant un regard aguicheur. J'organise une soirée chez moi ce week-end. Tu pourrais venir, il y aura toutes mes copines. Ça te changerait d'avoir à traîner avec des grosses au physique ingrat.

Elle n'en manque pas une, celle-là ! Et surtout, elle est complètement inconsciente.

Il a fallu qu'elle décide de la ramener au moment où j'ai enfin réussi à calmer la bête.

Ishten serre les poings et s'avance, mais je le retiens. Déjà que tout le monde nous regarde, pas besoin d'une autre embrouille.

– Et puis, entre nous, continue-t-elle sur le ton de la confidence, comme si je n'étais pas juste à côté, nous savons tous que Jade a un léger retard mental. Tu dois en avoir marre d'avoir l'impression de parler à une enfant.

Là, c'en est trop. Je refuse de les laisser m'humilier encore une fois. J'ai changé, aujourd'hui. J'ai pris mon indépendance, je me suis fait de nouveaux amis, j'ai même survécu à un kidnapping ! Je relève les yeux et les plante dans ceux d'Amy, qui cillent légèrement face à mon attitude.

– La seule enfant, ici, c'est celle qui a besoin de rabaisser les autres pour se sentir puissante. Tu me fais pitié, Amy.

Je lui ai coupé le sifflet. Elle est bouche bée et me regarde comme si j'étais une extraterrestre. Malheureusement, elle reprend vite contenance, fait un pas vers moi et enfonce son doigt dans mon épaule.

– Tu vas fermer ta grosse bouche d'obèse et me montrer un peu de respect !

Malgré moi, je baisse la tête. Les insultes sur mon physique me touchent toujours autant, on dirait. Hors de question de pleurer devant tout le monde, surtout devant Amy. Je ne veux pas qu'elle sache qu'elle a encore de l'emprise sur moi : ça lui donnerait trop de pouvoir. Cependant, avant même que je n'aie pu amorcer mon demi-tour, je suis retenue par la poigne ferme d'Ishten. Un bras solide entoure ma taille, et lorsque je lève la tête pour l'interroger, je croise son regard empreint de détermination.

18

MENACE N° 7 : LES DEMANDES OFFICIELLES

Ishten

– C'est de ma femme, dont tu parles. Aie plus de respect ou je plie ton petit corps d'anorexique en deux pour me curer les dents avec. Maintenant, dégage.

Pour plus de crédibilité, je baisse la tête vers Jade et pose ma bouche sur la sienne. J'avais prévu de lui donner un baiser rapide, mais la douceur de ses lèvres et notre proximité sont trop agréables. Malgré moi, je prolonge le contact et, pour mon plus grand bonheur, Jade se laisse faire. Elle entrouvre même les lèvres et pousse un petit soupir qui me met dans tous mes états.

Quand je relève la tête, toutes les filles présentes prennent un air estomaqué, Jade compris. Une fois que l'emmerdeuse et ses amies ont enfin balayé le plancher, je me retourne vers ma « femme » – c'est faux, certes, mais j'avais envie de le répéter mentalement. Elle m'observe de ses beaux yeux bleus écarquillés, et ses jolies lèvres cerise mi-closes me donnent soudain l'eau à la bouche.

– Qu'est-ce qu'il y a ?

Elle ouvre puis ferme la bouche, sans savoir quoi répondre. Apparemment, Jade non plus, car elle se colle un peu plus à moi. Ce qui me fait réaliser que je n'ai toujours pas lâché sa taille. Je me découvre une attirance particulière pour cet endroit de son corps, mis en valeur par ses hanches rondes. Le parfum sucré qui émane d'elle et que j'ai senti plus tôt me rend tout engourdi.

Sauf une partie de mon anatomie qui, elle, est loin de l'être.

Il est temps d'arrêter de me voiler la face. Jade me plaît plus que de raison. Plus qu'aucune des filles que j'ai baisées puis oubliées dans la seconde. Esher s'avance vers moi en pinçant les lèvres, comme si la situation l'amusait.

– C'est juste qu'on a été un peu surpris par ta déclaration.

– Plutôt par les mots que tu as utilisés, ajoute Cathy.

– On ne dit plus « ma femme » ? questionné-je, dubitatif.

Cathy me regarde avec le sourire attendri qu'on offrirait à un gamin. Je n'aime pas ça du tout. Je suis un homme, pas un garçon ignorant. Inconsciemment, je resserre ma prise autour de Jade.

– Ce qu'il voulait dire, explique-t-elle, c'est que, pour une relation comme la vôtre – disons hypothétique –, on dirait plutôt que Jade est ta petite amie, ou ta copine si tu préfères.

Jade émet un glapissement très mignon et cache son visage dans mon épaule. Elle a bien essayé de reculer, mais je ne lui en ai pas laissé l'occasion.

– Noté, donc Jade est ma petite amie. Ma copine.

Nouveau couinement de la concernée. Elle a dû attraper un rhume. En tout cas, ces mots me plaisent.

– Laisse partir ma copine, intervient Cathy en tirant Jade par le bras. Ça va Jadounette ? Va pas nous faire une combustion spontanée, t'es toute rouge !

Tandis que les filles rejoignent un vendeur de glaces, je fais signe à Esher et reste en retrait, camouflé par un petit bosquet de fausse végétation planté au milieu du Macy's. Cette position me permet de contrôler le périmètre, mais surtout de réfléchir. Maintenant que l'information que Jade me plaît a été assimilée par mon cerveau, il est temps de passer aux choses sérieuses. Pas de retour en arrière : quand je suis décidé, j'y mets toute ma volonté et je n'échoue jamais.

Je passe en revue les aspects sécurité et protocole, et en déduis qu'une relation de couple avec Jade ne poserait aucun problème. Pas de quiproquo, vu qu'elle est au courant de tout. Cela pourrait même être un atout, sachant que nous passerions plus de temps ensemble. De plus, je n'ai reçu aucun contrordre précisant de ne pas prendre la cible à protéger comme petite amie.

Il manque maintenant un élément, et pas des moindres. La validation de la personne concernée. D'ailleurs, la voilà qui revient, une énorme glace à la main. Lorsqu'elle atteint mon niveau, elle prend place sur le banc, à côté de sa copine et d'Esher qui se disputent à propos d'animaux de compagnie, il me semble. Elle évite de croiser mon regard et se contente de les dévisager. Bon, ce n'est pas gagné. Je m'assieds à mon tour, m'assurant de prendre toute la place qu'il reste. Je suis désormais collé à elle, et c'est une bonne chose : il va falloir qu'elle s'habitue à ma présence et qu'elle arrête de sursauter à la moindre approche. Je me prépare à lui déclarer mes intentions. Il n'y a qu'un problème : je n'ai aucune idée de comment se font ces choses. Je décide donc d'utiliser la seule méthode viable que je connaisse : la méthode militaire. Je me tourne un peu plus vers elle. D'un doigt, je récupère une goutte de glace qui s'était accrochée à ses lèvres pulpeuses. Rien qu'à ce contact, mes sens sont en émoi. Quand ses beaux yeux bleus croisent les miens, je me lance et déclare :

– Jade, à compter de maintenant, 13 décembre, 14 h 37, tu endosses officiellement le rôle de ma petite amie. Compris ?

Les filles me regardent comme si j'étais fou et Esher se marre comme une hyène du désert. Jade ouvre et ferme la bouche plusieurs fois sans qu'un son en sorte. Elle cligne des yeux à une vitesse effrayante, sans jamais les poser sur moi.

– Qu… Mais… Je… Faut que j'y aille !

Elle se lève précipitamment et se précipite vers une échoppe de chasse et de pêche. Tiens, en voilà une bonne nouvelle. Si elle aime chasser, nous avons plus de points communs que prévu. Ça me donne d'ailleurs quelques idées de sortie.

– En fait, t'as vraiment rien appris, me taquine Cathy avant de la suivre.

Esher et moi leur emboîtons le pas et j'essaye de lui demander conseil sur ce qui a foiré. Peut-être que ma requête était trop procédurière, en fin de compte. J'aurais dû mettre un genou à terre ? Non, il me semble que cette pratique est réservée aux demandes en mariage.

En attendant qu'Esher daigne calmer son fou rire et m'apporter son aide, j'observe Jade. Elle est ressortie de la boutique à la suite de sa copine, l'air hagard.

– C'est pas tout, mais on n'a toujours pas trouvé de tenue pour le gala de ton père, déclare Cathy en nous faisant signe de la suivre. On ne partira pas d'ici sans robe parfaite pour demain !

Là-dessus, elle m'offre un regard sévère et mime une fermeture Éclair sur sa bouche. Apparemment, elle me demande de la fermer. Pour une fois, je m'exécute. Je sais qu'elle ne pense qu'au bien de Jade.

Nous les suivons dans une boutique de vêtements de luxe, où le sol est recouvert d'une moquette moelleuse et où chaque recoin semble immaculé. Je préfère ce genre de boutique : beaucoup plus d'espace. Je peux à loisir observer les menaces potentielles. Et Jade. D'ailleurs, je ne m'en prive pas : maintenant que je ne la vois plus seulement comme une victime à protéger, mais que je la regarde comme la femme qu'elle est, je la trouve de plus en plus jolie. Son petit nez en trompette lui confère une allure enfantine, qu'elle incarne à merveille avec un caractère frivole que je ne pensais pas pouvoir apprécier à ce point. Mais le constat est clair : sa joie de vivre et son insouciance me font du bien.

Cathy choisit toutes sortes de tenues pour Jade. Je n'en perds pas une miette, un vrai régal pour les yeux. Elle a l'habitude de porter des vêtements larges. Je n'ai pu admirer ses formes qu'à la soirée d'Halloween, dans cette combinaison rouge qui a failli mettre à mal ma concentration légendaire. Or, les robes qu'elle essaye en ce moment laissent entrevoir bien plus. Décolleté plongeant sur sa poitrine excitante, fente dévoilant une jambe charnue que je rêve d'agripper, dos nu mettant en avant sa chute de reins et révélant une fossette prenant naissance juste au-dessus de ses fesses… Et je ne dirai rien à propos de son cul ou je risquerais d'être vulgaire. Je me force à attendre qu'elle ait accepté ma demande.

Pour l'instant, ce n'est pas gagné vu qu'elle ne m'a pas lancé un seul regard depuis la scène dans le hall. Bien. Je suis persévérant et les défis m'ont toujours motivé. Je profite du fait que les filles soient occupées pour interroger Esher. Assis à ses côtés sur les fauteuils réservés aux petits amis – j'imagine –, je m'incline vers lui pour être discret. Il ne faudrait pas que Jade s'imagine que je suis un handicapé des relations sociales.

Même si c'est sûrement ce que je suis, après tout.

– Qu'est-ce qui n'allait pas dans ma demande ? Elle était pourtant claire et concise.

Il se penche vers moi et prend le ton de la confidence.

– Voilà, tu as mis le doigt dessus ! Ça n'existe plus, les demandes claires et concises pour ce genre de choses. Mais je ne me moquerai pas de toi là-dessus. J'avoue, j'ai aussi tenté le coup avec la nana dont je t'avais parlé il y a quelques semaines. Elle m'a regardé comme si je débarquais d'un autre siècle et elle a pris ses jambes à son cou. Mais depuis, j'ai appris, MOI !

– J'ai pas réclamé que tu me racontes ta vie, mais que tu m'expliques la bonne marche à suivre.

– Toujours aussi agréable, marmonne-t-il en s'enfonçant dans son siège. Tu devrais faire des efforts là-dessus, si tu veux que la douce et gentille Jade sorte avec toi. D'ailleurs, ce que tu lui as dit était plutôt un ordre qu'une demande. N'empêche, mec, je suis scotché. Je ne t'aurais jamais imaginé du genre à kiffer les femmes comme elle. Mais en y réfléchissant bien, c'est sûrement la fille parfaite pour toi !

– Esher, grondé-je. La marche à suivre !

– Il n'y en a pas, soupire-t-il. Tu y vas au feeling. Séduis-la, sois tactile, embrasse-la quand c'est le bon moment ou propose-lui une sortie quelque part.

J'acquiesce et je prends note.

La toucher, l'embrasser, l'emmener en promenade. C'est simple, finalement.

Mon camarade et moi passons également aux essayages, car nous serons présents à cette soirée, en tant que gardes du corps officiels de la famille Devreaux. Pour un gala de charité, costume oblige. Il est évident qu'aucun de nous n'en possède dans sa garde-robe. En tout et pour tout, je n'ai que trois pantalons, une dizaine de tee-shirts, une veste et un manteau. Sans compter mes sous-vêtements et uniformes certifiés. Nous en choisissons un aussi pour Tishé, qui sera de la partie.

Tout à coup, j'ai une idée de génie. Si Jade ne semble pas emballée par une relation entre nous, c'est sûrement parce que j'ai une gueule pas très avenante avec ma cicatrice. Ma peau n'est pas non plus au top. Gamin, je me suis retrouvé à proximité d'une explosion et plusieurs éclats ont laissé des traces sur mon visage. D'après mes formateurs, c'est dommage, car j'avais une belle gueule et sans ça, il paraît que j'aurais pu prétendre aux services secrets. Une balafre en pleine face, on a connu mieux côté discrétion. Je m'en fiche. L'infiltration et les faux-semblants, très peu pour moi, de toute façon.

Néanmoins, s'il y a bien une chose qui plaît aux femmes chez moi, c'est mon corps sculpté par des années de combat et d'entraînement. Je laisse donc sciemment le rideau ouvert pendant que je me change.

Gagné ! Lorsque je me retourne pour aller poser la première chemise sur le portant, Jade me suit du regard, béate et songeuse.

C'est dans la poche.

***

Deux heures plus tard, nous sommes enfin de retour à l'appartement. Nous nous séparons en haut des escaliers sans que Jade m'accorde un regard. J'ai bien essayé de me rapprocher d'elle tout l'après-midi, mais, à chaque contact, elle faisait un bond d'un mètre en arrière.

Elle a peut-être besoin de temps pour réfléchir à la situation.

Je regagne mon logement sans contrôler le périmètre, car je sais que Tishé veille au grain. Néanmoins, quand nous pénétrons dans le salon, ce dernier n'est pas à son poste. Je n'aime pas ça. Préoccupé, je décide de faire le tour des lieux, lorsque sa voix me parvient de la pièce où j'ai déplacé tous mes appareils de sport, qui commençaient à devenir trop encombrants. Sa conversation a l'air animée. Je me demande avec qui il peut bien parler, lui qui a encore moins d'amis que moi.

Enfin, façon de parler, parce que je n'en ai aucun.

Je m'installe à sa place devant les écrans et observe Jade qui prépare une pâte à gâteaux. Je réprime un rictus amusé. Ça ne me surprend pas : la pâtisserie, c'est son petit truc à elle pour décompresser.

Je suis serein, maintenant que j'ai accepté mes sentiments. Je n'ai jamais été aussi déterminé pour obtenir quelque chose. Quelque chose rien que pour moi, ce qui est inédit. Enfin, plutôt quelqu'un. Quelqu'un qui n'a pas l'air très motivé à l'idée d'être ma petite amie, si j'en crois son comportement fuyant. Heureusement, l'obstination est l'un de mes principaux traits de caractère.

19

PLUS TARD…

Jade

Entre une fournée de cookies, un cheesecake et des macarons de cinq sortes différentes qui encombrent le plan de travail, il n'y a plus où poser quoi que ce soit dans cette cuisine. Il me semble que je viens de battre mon record de pâtisseries produites en une seule journée. Alors que je m'apprête à verser la farine pour commencer une pâte à crêpe, je me rends compte qu'il n'y en a plus. Paniquée, je fouille dans chaque placard de la cuisine.

– Il y a bien un vieux paquet planqué quelque part !

Mais rien à faire, nous sommes à court.

C'est une catastrophe mondiale. Que dis-je ? Une catastrophe interplanétaire.

– Jade ! Calme-toi, putain, tu mets le bordel partout.

– Et toi, tu pollues mes oreilles avec toutes ces grossièretés.

– Et toi, tu viens de prendre dix ans en disant « grossièreté ».

– Et toi… tu… tu es…

Mince, je n'ai plus de repartie. J'ai beau chercher, rien ne vient. Ce n'est pas faute de m'être entraînée pourtant.

– Pas grave, ma puce, me console Cathy d'une voix douce.

Tu ne peux pas gagner contre moi à ce jeu-là. Viens plutôt t'asseoir, s'il te plaît.

Elle tapote la place laissée libre sur le canapé et je m'admets vaincue. Je m'affale à ses côtés, épuisée par mes deux heures de cuisine.

– Raconte à tata Chacha. C'est la demande d'Ishten qui t'a perturbée ? Parce que j'avoue qu'il y avait de quoi !

– Oui ! confirmé-je d'une voix aiguë. Tu imagines, moi, sortir avec un type aussi cash et… unique ? Mes ex étaient des gars lambda, pas très intéressants ni exigeants. Ça, encore, je pouvais gérer. Ishten, c'est différent. Il a une personnalité bien marquée et une histoire incroyable. À côté, je n'ai rien vécu… Ma vie est si banale ! Je me demande bien ce qu'il me trouve.

– Sérieux ? s'étonne Cathy. C'est ça qui t'inquiète ? J'ai cru que c'était sa façon de t'ordonner d'être sa petite amie.

– Il n'ordonnait pas vraiment. Il faisait une demande à la Ishten.

D'ailleurs, elle m'aurait fait bien rire si je n'avais pas autant paniqué. Et puis, il était mignon à essayer de faire les choses dans les formes.

Par le Dieu des crêpes manquées, je n'arrive toujours pas à croire qu'il veut être mon mec.

Rien que d'y penser fait battre mon cœur plus vite et rend mes mains moites. Jusqu'ici, je suis sortie avec des hommes dans la moyenne. Ni trop beaux ni trop laids. Ni trop bêtes, ni trop intelligents. Ni trop maigres, ni trop gros. Je n'aurais jamais imaginé qu'un spécimen comme Ishten s'intéresserait à moi. Un de ceux qu'on ne peut voir que dans les films. Et ce corps ! Je me doutais déjà qu'il avait un physique sculpté, mais je n'avais pas imaginé que c'était à ce point-là. Lors de ses essayages de costume, j'étais aux premières loges pour observer son torse – un mélange de bosses et creux marqués. Chacun de ses muscles semblait avoir une vie propre lorsqu'il bougeait. Il n'a pas un gramme de graisse ! J'ai même pu admirer de plus près son tatouage, même si les détails m'ont échappé. On aurait dit une sorte d'arbre, dessiné en spirale. Les inscriptions qui l'ornaient paraissaient écrites dans une langue étrangère : impossible de décrypter quoi que ce soit.

– Toi, tu es mordue !

– Quoi ?! Qu'est-ce qui te fait dire ça ?

– Déjà, le ton mielleux que tu prends quand tu dis son prénom. Ensuite, tes yeux brillants, tes joues rouges et tes dents qui s'enfoncent dans tes lèvres en imaginant s'enfoncer dans autre chose. Ah, il y a aussi le fait que tu viens de fixer mes chaussons pendant au moins trente secondes. J'imagine que tu revivais la scène des cabines.

– Ouiii, me lamenté-je en laissant mon corps s'affaler encore davantage dans le canapé.

– Alors fonce, ma grande ! Surtout maintenant que tu sais que votre attirance est partagée.

J'enfonce mon visage dans un coussin et lâche un gémissement plaintif.

– Aide-moi, Cathy, je ne sais pas comment faire avec lui.

– Sois toi-même, ma puce. Tu l'as été depuis le début et c'est ce qui l'a séduit. Et puis, tu sembles mieux le connaître que moi. Je n'ai aucune idée de comment gérer un bestiau comme lui, réglé comme une horloge. Ça va aller ?

J'acquiesce et me réfugie dans les bras de ma meilleure amie. Mamie disait toujours que chacun avait besoin de sa dose de câlins pour être heureux. D'ailleurs, je réalise qu'il y avait sûrement une insinuation sexuelle cachée dans sa phrase, mais j'étais trop jeune pour comprendre.

Maintenant que j'y pense, elle répétait aussi que mon père était un pourri. Elle passait tout son temps à se disputer avec lui. Si j'avais su, je me serais plus souvent rangée à ses côtés. Elle m'a toujours soutenue et je ne lui ai pas rendu la pareille lors de ses conflits avec mon père. Je suppose que je recherchais l'approbation paternelle – comme lorsque j'ai accepté de suivre ces études qu'il a choisies pour moi et que je déteste. Maintenant, je ne suis plus sûre de rien.

En relâchant mon étreinte, j'ouvre la bouche, prête à faire part de mes questionnements à Cathy, mais me ravise. Il est temps que j'arrête de me décharger sur elle. Nous en discuterons quand j'aurai remis les choses au clair dans mon esprit et que j'aurai décidé quoi faire du secret de mon père… J'ai l'impression d'avoir une vraie bombe entre les mains.

Oui, on verra plus tard…

Nous rejoignons nos chambres et je me sens plus légère. Bien disposée à suivre les conseils de Cathy : je vais rester moi-même et advienne que pourra. Je n'aurai qu'à sortir une blague s'il renouvelle sa demande. J'en ai un paquet en réserve. C'est donc le sourire aux lèvres que je m'endors.

***

Assise à même le sol, je regarde mes petits camarades se réchauffer comme ils le peuvent. Ça fait bientôt deux jours que nos tuteurs ne nous ont pas donné un cours. On souhaite tous que ça dure encore plus longtemps, même si ça veut dire rester ici, à baigner dans les flaques d'urine dont l'odeur se mélange à la moisissure ambiante. Nos bourreaux brisent tous nos espoirs et apparaissent à l'entrée de notre prison. Leurs silhouettes se dessinent à travers les barreaux de notre cellule, projetant sur nous leurs ombres malveillantes. La lumière m'aveugle pour un temps. Quand mes yeux se sont habitués, je les guette du coin de l'œil. Ne jamais croiser leur regard si vous ne voulez pas être choisi. Parmi eux, un ogre, un vrai, comme Shrek. Il y a aussi la femme à la cagoule et le dernier, le pire de tous : mon père. Ils ouvrent la grille et nous ordonnent de sortir. Numéro un me prend la main pour me rassurer. C'est le plus grand et le plus solide des enfants. Il n'a jamais peur de rien, c'est mon héros. Je suis secrètement amoureuse de lui, mais je ne lui avouerai jamais. Il m'impressionne trop.

Aujourd'hui, on nous annonce que nous allons tuer pour la première fois. Je ne veux pas tuer quelqu'un, j'ai déjà assisté à des morts et c'était horrible. Mais je n'ai pas le choix, sinon, mon père me punira. Alors, j'attrape le petit pistolet qu'on me tend et j'attends que ma future victime se présente. Sauf que ce n'est pas un terroriste comme il y en a tant ici, mais un petit garçon blond aux yeux bleus. Je l'ai déjà vu. Je crois qu'il s'appelle numéro six. Nous avons tous un matricule attribué. Je refuse de tirer, mais mon père me hurle dessus et me bouscule tellement que mon doigt finit par riper et le coup part. À la vision du corps sans vie, je m'évanouis.

Lorsque je me réveille, je suis beaucoup plus âgée. Adieu les guenilles et les caves puantes, je me trouve dans une immense église, vêtue d'une robe de mariée blanche. Mon mari se tient face à moi. Je le reconnais : c'est numéro un, même s'il a grandi et qu'une cicatrice vient désormais dévorer le côté gauche de son visage. Je m'apprête à lui jurer amour et fidélité au moment où mon père surgit derrière lui. Il pointe une arme sur la tempe de mon futur mari, me sourit d'un air mauvais, et tire. Mon promis s'effondre à mes pieds, maculant ma robe blanche de son sang. Des hurlements se joignent aux miens. Soudain, les cris se transforment en pleurs et en supplications. Je comprends pourquoi quand je découvre une armée de petits enfants tenir chaque invité en joue. C'est la fin.

20

MENACE N° 8 : LES YEUX LARMOYANTS ET LES CULOTTES À FROUFROUS

Ishten

Le bruit des hurlements étouffés me sort de mon demi-sommeil. Aucun doute, cela provient de l'appartement d'à côté. Sans perdre une seconde, je me précipite dans le couloir et défonce la porte. Esher et Tishé sont déjà à mes côtés. Aucun signe d'effraction n'est visible, mais je reste sur mes gardes et me rue dans la chambre de Jade.

Sur son lit, elle se débat entre ses draps. Des gémissements déchirants sortent du tréfonds de son être. Cathy est assise sur son lit. Son regard désemparé me fait comprendre qu'elle a tout essayé pour la calmer. Ne reste plus que l'option la plus efficace : la manière forte. Je m'approche et, avant de trop hésiter, la gifle. Pas trop fort, mais assez pour lui faire ouvrir les yeux.

– Ishten ? sanglote-t-elle.

– Je suis là, Jade. C'est fini.

Elle se jette dans mes bras et me serre avec une force que je ne lui connaissais pas.

– Je croyais que tu étais mort, gémit-elle. Ton sang… Partout…

Le fait que cela l'affecte à ce point me fait l'effet d'un uppercut. Jamais personne ne s'est autant inquiété pour moi. J'ai toujours imaginé que ma vie serait courte, vu la dangerosité de mon quotidien. Mais je me rassurais en me disant que cela n'atteindrait nul autre que moi. La douleur de perdre un proche, je l'ai trop côtoyée au cours de mes missions. Je ne souhaiterai jamais cela à Jade. Mais ce n'est pas le lieu ni le moment de remettre en question mon mode de vie. Ma priorité est de l'apaiser alors qu'elle tremble toujours entre mes bras. Soudain, je remarque qu'elle ne porte rien d'autre qu'un minuscule débardeur et une culotte à froufrous.

– Dehors ! ordonné-je à mes collègues.

Esher et Tishé ne se font pas prier. Ma réaction de jalousie inopinée ne leur a pas échappé, bien que ce soit encore une grande première pour moi. Cathy décide de se retirer à leurs côtés, me laissant seul avec Jade. Je m'installe contre la tête de lit et la positionne en biais sur mes genoux. Doucement, je la berce et caresse ses cheveux.

Je ne m'en sors pas si mal.

– Parle-moi de quelque chose, chuchote-t-elle contre mon épaule.

– De quoi ?

– Dis-moi ce que signifie ton tatouage.

Je me raidis le temps d'une seconde puis je réalise que, pour la première fois de ma vie, j'ai envie de me confier à quelqu'un.

– Ce n'est pas vraiment la meilleure histoire pour réconforter quelqu'un.

– Pas grave, je veux en apprendre plus sur toi. S'il te plaît.

Elle l'aura voulu. J'inspire à fond pour me donner du courage et me replonge dans un des pires souvenirs de mon existence.

– Comme tu le sais, nous avons commencé les missions très tôt. À 16 ans, j'avais déjà fait mes preuves et j'ai été nommé à la tête d'une escouade. On se connaissait tous très bien puisque la plupart étaient des enfants avec lesquels j'avais grandi. C'était une simple mission de reconnaissance d'un groupe terroriste en Palestine. On m'a désigné chef de groupe parce que j'étais toujours premier aux épreuves sportives et que je n'avais jamais perdu mon sang-froid pendant les simulations. Alors je partais confiant et je ne voyais pas ce qui aurait pu mal tourner. Tout ce que nous devions faire, c'était un rapport avec leur nombre et leurs habitudes.

Je m'interromps, rattrapé par les souvenirs. Je me concentre sur chaque point de contact entre le corps de Jade et le mien. Son contact m'apaise rapidement et je me sens un peu mieux. Je continue, d'une voix la plus atone possible :

– Mais je n'étais pas prêt. À cet âge, j'étais une tête brûlée et je n'ai pas pris les précautions nécessaires, trop pressé de recevoir les louanges de mes instructeurs. Pourtant, j'étais entraîné pour ça, mais je voulais réussir la mission en un temps record et impressionner mes supérieurs. Alors, nous avons foncé tête baissée et nous nous sommes fait repérer en un rien de temps.

Des flash-back malvenus s'invitent dans mes pensées, obstruant ma gorge et m'obligeant à interrompre mon récit. Je me ressaisis, cadenasse mes émotions dans un coin de mon cerveau et fixe le mur pour maîtriser l'anxiété qui m'envahit.

– Impossible d'échapper au déluge de balles qui nous a pris par surprise. J'ai réussi à traîner les survivants près d'un arbre mort et à appeler les secours. Pendant ce temps-là, nos ennemis ont continué leur assaut. J'ai abandonné mes camarades sous une pluie de munitions, au pied de cet arbre, pour sauver ma peau, comme un lâche. Plus tard, je suis revenu avec mes supérieurs, mais nous n'avons trouvé que des cadavres. Ce sont leurs noms qui entourent les branches qui décorent mon dos.

J'ai essayé de livrer mon récit d'une voix dénuée d'émotion, comme je l'avais fait pour mon rapport, à l'époque. Mais avec Jade, toute douce ainsi collée à moi et qui m'observe, les larmes aux yeux, raconter l'événement le plus tragique de ma vie s'avère moins facile que devant des militaires insensibles. En sa présence, on dirait que mes sentiments cherchent à percer mon épaisse carapace, comme s'ils étaient enfouis depuis trop longtemps.

– Je suis désolée pour ta perte, Ishten, dit Jade qui renifle en essuyant ses larmes. Ça a dû être horrible. Je… je ne peux même pas imaginer.

Son visage plonge de nouveau dans le creux de mon cou alors qu'elle est secouée de sanglots silencieux. Je crois que c'est mieux comme ça : je ne sais pas si j'aurais pu rester stoïque plus longtemps en affrontant son regard.

– Tishé, Esher et moi sommes les derniers de notre promotion, ajouté-je pour éviter d'avoir à parler de mes émotions. Ils n'étaient pas présents, ce jour-là. Tishé avait déjà rejoint une unité d'élite spécialisée dans la communication et Esher avait été envoyé dans un autre pays pour suivre une formation d'espionnage.

Le silence qui suit ma déclaration est paisible. J'ai l'impression d'être plus léger, de m'être libéré d'un poids. Contre moi, je sens que Jade s'agite doucement. Elle finit par demander, d'une voix à peine plus audible qu'un chuchotement :

– Est-ce que…

La suite ne vient pas. Elle mord sa lèvre inférieure et commence à se tortiller sur mes genoux.

Est-ce qu'elle a envie de moi ?

Bien qu'une partie de mon corps soit plus que consentante, je ne lui ferai pas l'affront de profiter d'elle dans un moment de faiblesse.

Il faut croire que je peux être un vrai gentleman !

Je l'invite à poursuivre, impatient.

– Parle, Jade.

– Est-ce que je peux voir ton tatouage ? lâche-t-elle avant de se pincer les lèvres.

Ça, je peux faire !

D'autant plus que lui tourner le dos va me permettre de me reprendre. Me confronter à mes émotions est difficile et nouveau pour moi. Je retire mon tee-shirt et Jade s'approche. La pulpe de ses doigts vient effleurer ma peau, dans une caresse aussi légère qu'une plume. Elle est si près que je peux respirer son parfum fruité. Je me sens euphorique, comme à l'approche d'une mission très dangereuse. Je frissonne au moindre de ses contacts, peu habitué à tant de douceur. J'aimerais qu'elle me touche ainsi partout ailleurs. Mon érection se rappelle de nouveau à moi et je me blâme intérieurement : ce n'est pas le moment. Je suis là pour la réconforter, et rien d'autre.

– Il est magnifique, murmure-t-elle au bout d'un moment. Merci.

Je remets mon tee-shirt et m'apprête à partir, lorsqu'elle m'agrippe le poignet.

– S'il te plaît, reste avec moi cette nuit, me supplie-t-elle d'une voix cassée, tout en se mordant de nouveau la lèvre.

Putain. J'essaye de me contenir, là !

Elle ne m'aide pas vraiment. Je ne réfléchis pas bien

longtemps et finis par acquiescer, non sans un soupir torturé pour la forme. Je m'allonge à ses côtés, par-dessus les draps pour préserver sa pudeur. J'ai soudain très chaud et je me sens fébrile, mais je n'en montre rien.

On aura tout vu ! Moi qui dors dans un lit avec une magnifique créature au lieu de faire mon affaire et de me tirer.

Jade s'endort en un temps record. Il semblerait que ma présence soit soporifique ; je lui fais autant d'effet qu'un cours sur les finances publiques. Pour ma part, je ne ferme pas l'œil de la nuit. Premièrement, elle a le sommeil agité et elle finit avachie sur moi. Sans compter que toutes ces formes moelleuses et attirantes au contact de mon corps me foutent une gaule pas possible. Deuxièmement, je préfère ne pas m'endormir en présence de quelqu'un d'autre. Mes réflexes étant trop aiguisés et mon syndrome post-traumatique trop ancré, je risquerais de l'étrangler en plein milieu d'un cauchemar.

***

Enfin, ça, c'est ce que je croyais. Il semble que j'ai eu une absence tellement longue que le soleil a eu le temps de pointer le bout de son nez. Soyons honnête : je me suis assoupi comme une masse et aucun mauvais rêve n'est venu polluer mon sommeil. Inconsciemment, Jade et moi nous sommes rapprochés : plus aucune couverture ne fait barrière entre moi et la peau douce de la belle dormeuse. Quand j'ai fini de profiter de la vision que m'offre son corps langoureux, je croise son regard. Plus si endormie que ça, la belle. Ses yeux ensommeillés et ses petites dents qui creusent sa lèvre inférieure m'offrent un tableau d'une sensualité folle.

Du pouce, je libère cette peau pulpeuse et la caresse. À ce contact, son souffle s'accélère et vient effleurer la pulpe de mon doigt. Quand sa langue toute timide vient en lécher le bout, je craque. Je recouvre sa bouche de la mienne et je l'embrasse. Je la goûte avec force et passion, sans aucune retenue. Le gémissement qui me répond m'encourage et je me place au-dessus d'elle pour la plaquer au matelas. Elle lève ses mains pour me toucher mais j'agrippe ses poignets et les place au-dessus de sa tête car je ne donne pas cher de mon self-control si je la laisse faire. Je la domine et continue à la dévorer avec fougue. Tout cela a l'air de lui plaire, vu comme elle se frotte à moi.

Un grognement m'échappe, moi qui suis pourtant toujours silencieux au lit. Ses petits gémissements me répondent. C'est un vrai supplice de ne pas brusquer les choses alors que je meurs d'impatience de la voir nue.

Merde, je suis beaucoup trop excité alors que nous n'avons presque rien fait.

Elle se libère de ma prise, commence à retirer mon tee-shirt et j'abdique. Je me place sur un bras et me déshabille de l'autre main. Le regard que me lance Jade à ce moment vaut tout l'or du monde. J'ai l'impression d'être une de ces pâtisseries qu'elle aime tant, et une fierté toute masculine m'envahit, tandis que mon érection se fait encore plus dure. Jade lâche un soupir étranglé. Elle semble hésiter quelques secondes avant de replacer ses bras sur l'oreiller, dans une position lascive et soumise. Cette vision fait réagir mon corps au quart de tour : j'attrape à nouveau ses poignets et lui donne un coup de bassin virulent alors que nos bouches se rejoignent à nouveau.

– Ishten, gémit-elle entre deux respirations. Attends… Je veux…

Je m'arrête et ferme les yeux une seconde pour reprendre le contrôle.

Merde. J'ai été trop loin.

Alors que je m'apprête à reculer pour m'excuser, Jade passe ses petits doigts dans les passants de mon jean pour m'en empêcher.

– Qu'est-ce que tu fais ? demande-t-elle.

– Eh bien… j'allais te laisser tranquille.

Ma voix se fait faible et hésitante, tandis que j'évite son regard. Je crois bien qu'au cours de ma vie entière, c'est la première fois que je réagis de la sorte. Presque… timidement ?

– Reste, continue-t-elle en évitant mon regard à son tour. C'est juste que…

Elle n'ose pas terminer sa phrase et je me fais l'effet du dernier des idiots. Pour une fois qu'elle était en confiance. Sauf que, cette fois, je ne la laisserai pas fuir. J'attrape son menton et relève son visage.

– Regarde-moi.

Lorsqu'elle s'exécute, je continue :

– S'il te plaît, Jade. N'aie pas peur d'être honnête avec moi. Parle-moi.

Elle me regarde sans rien dire, mordille une nouvelle fois sa jolie lèvre cerise et finit par lâcher, dans un souffle :

– J'aimerais te toucher.

Cette supplique si timide prononcée par cette femme si sensuelle décuple mon excitation. Jade le sent et se frotte de nouveau contre moi.

Je suis foutu.

Elle se fait de plus en plus entreprenante, son regard brille et ses mains deviennent aventureuses. Elles commencent par tâter mes épaules, parcourent mes pectoraux, griffent mes abdos et, soudain, l'une d'elles attrape mon érection. Ma jolie petite diablesse semble apprécier l'espèce de gémissement pas tellement viril que j'émets. Je veux qu'elle se sente rassurée, alors d'un coup de hanche, j'inverse nos positions. Je me retrouve allongé sur le dos, chevauché par cette déesse tout en formes, mais beaucoup trop habillée. Alors, je lui demande, d'une voix beaucoup trop rauque :

– Enlève ton tee-shirt.

Sa bouche se pince et son regard dévie vers le sol. Je devine qu'elle est gênée à ses joues de plus en plus rouges, mais elle n'a pas à l'être. Surtout avec moi, qui suis dans tous mes états. J'agrippe ses hanches et la presse contre mon érection. Son regard s'ancre de nouveau au mien tandis que je prends une position assise pour nous placer à hauteur équitable – même sur mes genoux, elle reste plus petite que moi.

– Jade, tu n'es pas obligée de te déshabiller, mais en aucun cas tu ne dois avoir honte. Tu crois que je serais dans cet état si tu ne m'attirais pas ?

Je ne lui laisse pas le temps de cogiter et l'embrasse avec fougue. Quand je sens qu'elle est à nouveau détendue entre mes bras, je l'embrasse plus bas. Je parcours sa mâchoire, descends le long de sa nuque et joue de ma langue avec un endroit qu'elle semble particulièrement apprécier, à la jonction de son cou et de son épaule. Avant de lui laisser un suçon, je continue ma descente et embrasse avec ferveur la chair tendre de sa poitrine qui dépasse de son tee-shirt. J'essaye de me contenir et de ne pas fondre sur le mamelon que je vois dépasser de son col, mais mon self-control n'est pas aussi puissant que je l'imaginais. Surtout avec Jade. Alors, j'attrape un premier téton entre mes lèvres tandis que j'empoigne son autre sein.

– Ishten, crie-t-elle en s'accrochant à ma nuque.

Je mordille le petit bout de chair rose tout en touchant Jade à travers le tissu, mais ce n'est toujours pas assez. J'attrape le haut de son tee-shirt et l'interroge :

– Je peux ?

– Oui, répond-elle dans un souffle.

Je fais doucement passer le tissu au-dessus de sa tête. Il me faut toute ma retenue pour ne pas l'arracher, et lorsqu'elle se retrouve enfin dévêtue, la vue de sa poitrine opulente manque de me faire venir dans mon caleçon. J'ai l'air d'un puceau. Ma langue retrouve ses seins et je commence un nouveau mouvement de balancier, frottant nos entrejambes en feu et nous amenant tous deux au bord de l'extase. Jade respire très vite et ses ongles s'enfoncent dans ma peau. Lorsque je remplace ma langue par mes dents et que j'accélère encore mes coups de bassin, je la sens au bord du gouffre. Ses gémissements sont incontrôlables, tout comme mes grognements. Une sensation brûlante prend naissance dans mon aine quand tout à coup…

On entend trois coups frappés à la porte.

Nous sursautons et nous nous écartons. De quelques centimètres seulement. Nos yeux ne se quittent pas alors que nous tentons de reprendre pied. La voix de Cathy nous parvient derrière le battant de bois.

– Je suis vraiment désolée de vous déranger, les tourtereaux. Sachez que je valide à cent pour cent votre relation et que je vous aurais laissés baiser comme des lapins toute la journée si cela ne dépendait que de moi… Mais Niels est arrivé pour emmener Jade au gala de ce soir. Vous saviez qu'il y a presque cinq heures de route en voiture pour aller à Washington ?

Cathy continue sa litanie et Jade détourne la tête, gênée.

Merde, je ne l'ai pas forcée, au moins ?

Je m'éloigne et sors du lit, attendant qu'elle dise quelque chose, mais le silence domine. Peu habitué aux convenances dans ce genre de moment, je décide de prendre congé et de la laisser se préparer. Néanmoins, le regard qu'elle lance à mon postérieur, sans aucune discrétion, me rassure. J'ai bien fait de mettre un de mes caleçons moulants, même si j'espère ne croiser personne vu ma gaule. Rassuré, je rentre me préparer.

Elle est juste timide. Les choses sont en bonne voie.

21

MENACE N° 9 :
LES CAVALIERS TROP COLLANTS

Ishten

Le trajet jusqu'à Washington est interminable. Nous aurions pu y aller en train, cela nous aurait pris moitié moins de temps. Évidemment, le général ne nous fait plus confiance et a refusé cette idée, sous prétexte que le facteur de risque était trop élevé dans les transports en commun. Vexé, j'ai néanmoins obéi. Qu'est-ce que je pouvais faire d'autre ? Il n'empêche que je protégerai Jade quoi qu'il en coûte, même au congrès annuel des tueurs en série s'il le fallait.

Néanmoins, ce rappel à l'ordre a eu le mérite de me remettre à ma place : celle du garde du corps anonyme protégeant une cliente riche et importante. La culpabilité commence à m'envahir. Pour qui me suis-je pris en voulant la faire mienne ? Je ne suis rien d'autre qu'un soldat sans nom. Je n'ai aucun avenir à lui offrir. Voilà bien une chose que je n'avais pas prise en compte en pensant me mettre en couple avec Jade. Plus j'y pense, plus je commence à douter qu'une relation entre elle et moi soit une bonne idée.

En arrivant, le chauffeur nous dépose directement dans une galerie commerciale de luxe. Bien que Jade ait précisé à sa mère qu'elle avait déjà une tenue pour la soirée, cette dernière n'a rien voulu entendre, à notre grand désespoir. Ainsi, nous enchaînons les magasins, comme hier. À la différence que, cette fois-ci, Jade essaye toutes sortes de tenues plus informes les unes que les autres.

Quel gâchis !

Cette séance shopping entre mère et fille est interminable. Ces deux-là sont si différentes que je me demande si Jade n'a pas été adoptée. Elles ne se ressemblent pas du tout physiquement, on pourrait même dire qu'elles sont à l'opposé l'une de l'autre. Quant au caractère, Stéphanie Devreaux me fait plutôt penser à Cathy : elle a toujours quelque chose à dire.

– Jeune homme ! m'interpelle-t-elle tandis que nous sortons de la dernière boutique. Veuillez prendre mes sacs, je vous prie.

Elle m'a pris pour son larbin, la grande blonde peroxydée ?

La voiture n'est qu'à quelques pas d'ici, au bout de cette rue piétonne blindée. Elle peut bien les porter.

– Impossible, refusé-je en joignant mes mains derrière le dos, sans cesser d'avancer.

– Comment ? s'indigne-t-elle en s'arrêtant, obligeant Jade à faire de même sous peine de lui rentrer dedans. Il me semble pourtant que vous êtes à mon service.

– Au service de votre mari, rétorqué-je en avançant vers elle. Qui m'a missionné pour que j'assure votre sécurité et celle de votre fille. Chose que je serais incapable de faire si je me retrouvais chargé comme une mule.

– C'est un scand…

– Maman, donne-moi les cabas, je vais les porter, intervient Jade. Dépêchons-nous si nous voulons avoir le temps d'aller au spa avant de nous préparer pour la soirée.

Je lance un regard réprobateur à Jade : rien ne l'oblige à faire ça. Elle me répond par un haussement d'épaules et continue son chemin, cachée derrière la montagne de sacs et de paquets qu'elle porte dans les bras. Nous rentrons à l'hôtel alors que le soleil se couche déjà sur le fleuve Potomac. Ce soir, c'est Thanksgiving, alors les rues sont désertes. Tout le monde doit être occupé aux préparatifs du repas. Enfin, je suppose. Ce n'est pas comme si j'avais déjà participé à ce genre de célébration. Toujours est-il que je suis pressé d'en finir. Il va falloir supporter la soirée de lancement pour la campagne du général, puis nous pourrons rentrer à New York.

***

Deux heures plus tard, les gars et moi avons passé nos costumes et attendons mère et fille au pied du grand escalier, aux côtés du général. Nous logeons au Waldorf Astoria, l'un des bâtiments les plus emblématiques de Washington. Esher, comme toujours, ne peut s'empêcher d'observer d'un air ravi cette bâtisse qui a tout d'un château. D'ailleurs, Tishé le retient à la dernière minute alors qu'il s'approche un peu trop près de la décoration. Tout ça a l'air de coûter un bras, pour ce que j'y connais.

– Ne touche à rien, abruti, siffle Tishé le plus bas possible.

Tishé a toujours eu le don de dramatiser pour du matériel. Habitué, Esher ignore sa réprimande et continue, sans plus bouger de sa place :

– C'est vraiment immense, ici. Vous pensez qu'il y a une chambre pour chaque jour de l'année ?

– Pourquoi voudrais-tu changer de chambre chaque jour ? rétorqué-je. C'est totalement contre-productif.

– Imagine un peu, tu…

– Bouclez-la, interrompt le général en se retournant promptement dans notre direction. Vous n'êtes pas là pour faire la causette. Il y a exactement deux cent soixante-trois chambres dans cet hôtel. Mais cela, vous devriez déjà le savoir.

Il nous jette un regard lourd de sens à chacun. Nous l'affrontons sans rétorquer. Tishé a déjà étudié le périmètre avant de venir, et je sais qu'il est en possession de cette information. Néanmoins, il est vrai que nous aurions dû la connaître tous les trois, pour plus de sûreté.

– Je ne suis pas surpris que vous ayez si pitoyablement échoué si vous négligez votre travail de préparation.

Après un dernier regard déçu, presque dégoûté, il consulte à nouveau son téléphone, comme si nous n'existions plus. Je me demande encore pourquoi il ne nous a pas envoyés au fin fond du désert ou servis en pâture à un cartel mexicain pour se débarrasser de nous.

Je suis tiré de mes pensées par l'entrée de Jade. Elle est sublime. Je penserai à féliciter Cathy de l'avoir poussée à choisir cette tenue. D'un rouge vermeil assorti à ses lèvres, la robe sans manches est nouée à son cou et la moule comme une seconde peau. Une fente laisse entrevoir sa jambe. Jambe qui était tout contre moi ce matin et que je sais d'une douceur exquise. Lorsqu'elle se tourne vers son père, je manque de m'étouffer à la vue de son dos dénudé. Très dénudé. Tellement que la fossette qui couronne son magnifique postérieur est bien visible, et va sûrement me torturer toute la soirée. Nos yeux se rencontrent et elle doit deviner mes pensées, car ses joues deviennent presque aussi rouges que le tissu qu'elle porte.

Stéphanie Devreaux apparaît ensuite, bien terne à côté de sa fille, même dans sa robe à strass aveuglante. Le port de tête droit et fier, elle finit par comprendre que l'attention générale ne lui est pas destinée et jette une œillade dédaigneuse vers celle qui attire tous les regards.

– Jade, enfin ! Qu'est-ce que c'est que cette horreur ? s'indigne-t-elle en enlaçant son mari. Où est la robe noire que nous t'avons achetée ? Elle cachait à merveille tous ces bourrelets disgracieux. Allez, jeune fille, dépêche-toi de te changer avant de nous mettre en retard.

La salope !

Sa jalousie crève les yeux. Même moi je m'en rends compte, alors que je n'y comprends que dalle aux relations sociales. Le général ne réplique pas, trop concentré sur son téléphone. Il doit avoir l'habitude du comportement exécrable de sa femme… Comme à son habitude, Jade baisse la tête et triture l'ourlet de sa robe. Voyant la posture qu'elle adopte – épaules basses et dos voûté –, je m'attends à la voir faire demi-tour pour aller enfiler une autre tenue. Mais soudain, elle lève légèrement les yeux et croise les miens. En silence, j'essaye de lui faire comprendre que je la trouve parfaite. Avec un hochement de tête, je l'encourage à répondre à sa mère. Et c'est ce qu'elle fait.

– Désolée, maman, mais c'est Cathy qui a choisi cette tenue pour moi et je lui ai promis de la porter.

Je retiens à grand-peine le sourire qui me taraude. Je dois me montrer stoïque, c'est ce que l'on attend d'un bon garde du corps. Pourtant, je ressens cette chaleur dans la poitrine quand je vois Jade sortir de sa coquille et affronter sa mère, et je ne peux retenir un hochement de tête approbateur. Elle se redresse, reprenant confiance en elle, et se prépare à la conversation qui va suivre.

– Mais enfin, ma chérie, tu n'as pas la morphologie pour mettre une telle chose ! Ton amie n'y connaît rien, crois-moi.

Jade ne se laisse pas impressionner. Elle joint ses mains derrière son dos et récite, la tête haute :

– Cette tenue met en valeur ma taille fine et mes hanches généreuses, qui sont à la mode, de nos jours. Et le rouge fait ressortir mon teint.

À côté de moi, Esher laisse échapper un petit rire amusé, qui me confirme que j'ai déjà entendu cette phrase. C'est ce que Cathy lui a dit hier, mot pour mot. Elle a dû l'apprendre par cœur. Déstabilisée par sa repartie, sa mère marque un temps d'arrêt. Le général profite de cette brèche pour déclarer un cessez-le-feu.

– Bon, les filles, vous parlerez chiffons plus tard. Nous sommes attendus.

Nous suivons le général vers la sortie où un majordome et un portier nous ouvrent les portes. Devant l'hôtel, deux SUV de luxe aux vitres blindées nous attendent. Sans plus tarder, nous nous engouffrons dans les véhicules pour nous mettre en route.

***

La réception se déroule chez Jacques Lefèvre, un P.-D.G. français installé aux États-Unis et l'un des principaux collaborateurs du général. Le manoir, situé à une petite demi-heure de Washington, remplit tous nos critères de sécurité. La maison est moderne et truffée de grandes baies vitrées, mais un vigile est posté près de chaque entrée, les vitres semblent être à l'épreuve des balles et des caméras filment chaque recoin. Sans parler du contrôle d'identité de chaque invité et des véhicules. Le nôtre n'a pas été long :

après tout, les Devreaux sont les rois de cette soirée, donnée en l'honneur du potentiel futur président.

Nous nous postons donc chacun à une extrémité de la grande pièce où a été dressé le buffet. De petites tables hautes sont placées çà et là dans la pièce, rassemblant de petits groupes. Jade suit ses parents de table en table, telle une âme en peine. Son sourire est forcé, elle joue sans cesse avec ses cheveux, comme lorsqu'elle est mal à l'aise, et elle n'arrête pas de mordiller ses lèvres pleines, ce qui me donne une envie folle de le faire à sa place – et ce, malgré tous les arguments qui font qu'une relation entre nous est une très mauvaise idée. On voit bien qu'elle n'est pas à l'aise avec les discussions qu'on lui impose. Je remarque également qu'elle se crispe lorsque son père l'approche, et cela me perturbe plus que de raison. J'espère qu'il n'a jamais levé la main sur elle…

Soudain, un gringalet en costume débarque, lui prend la main et la guide sur la piste centrale, où plusieurs couples sont déjà en train de valser. Au début, la danse reste courtoise mais, à un moment, il me semble que ce gars s'approche d'un peu trop près. J'ignore tout de ce genre de coutume, mais je suis convaincu que sa main n'a rien à faire aussi bas sur le dos de Jade. Plus précisément sur sa fossette. MA fossette.

Connard, il n'y a que moi qui ai le droit d'y toucher.

Cet élan de possessivité me prend de court.

– Identité requise, ordonné-je à Tishé afin de me remettre les idées en place.

Via nos oreillettes, il répond du tac au tac.

– Bradley Lefèvre. Fils de Jacques Lefèvre, président associé de la société TechServices, en partenariat avec le général.

Le fils du proprio, donc. Je suis toujours impressionné par la mémoire d'éléphant de Tishé. C'est un élément précieux pour ce genre de mission. Il ne lui a pas fallu plus d'une demi-heure pour apprendre l'identité de tous les convives. Un coup d'œil vers le général m'informe qu'il est très satisfait du rapprochement en cours. Je fulmine, mais n'agis pas. Qu'est-ce que je pourrais y faire, de toute façon ? Le fossé entre Jade et moi m'apparaît encore plus clairement. Nous ne sommes pas du même monde. Je note d'ajouter cet élément dans les « contre » à ma liste des avantages et inconvénients qu'impliquerait une relation avec Jade. Depuis ce matin et ma prise de conscience brutale, la colonne négative ne fait que s'agrandir.

Lorsque la musique se termine, je peux enfin souffler. Il m'a fallu une sacrée dose de retenue pour ne pas m'immiscer dans ce duo si mal assorti. La soirée se poursuit lentement. Le dîner, accompagné de discours soporifiques et entrecoupé de danses, est à n'en plus finir.

Existe-t-il autant d'étapes dans un repas ou en inventent-ils au gré de leurs envies ?

Au bout d'un moment, je note que le général s'absente en compagnie de quelques-uns de ses associés. Rien d'anormal. Ce qui est plus curieux, c'est le comportement de Jade qui les suit discrètement, comme investie d'une mission. Sa démarche, tout sauf discrète et naturelle, et les regards peu assurés qu'elle lance autour d'elle ne me disent rien qui vaille. J'ai comme la désagréable impression qu'elle s'apprête à faire une connerie.

C'est pas vrai ! Mais qu'est-ce qu'elle fout ?!

22

UNE VRAIE ESPIONNE EN HERBE

Jade

Un tiens vaut mieux que deux tu l'auras. Cette soirée de gala est l'occasion idéale pour grappiller quelques informations sur mon père et ses secrets. Je décide qu'il est temps d'en apprendre plus et de savoir, une fois pour toutes, si mon père est responsable ou non d'un trafic d'enfants. Quand il s'absente en compagnie de Lefèvre et Radcliff, ses principaux associés, j'en profite donc pour les suivre. Dans ma robe sexy, je m'imagine être dans la peau d'un agent double en mission secrète. J'avoue que cette tenue m'aide beaucoup à me sentir à l'aise. D'une démarche discrète et naturelle, j'avance dans les pas des trois hommes. Lorsqu'ils s'enferment dans une pièce, je sors mon matériel d'espionnage.

Oui, j'ai toute la panoplie ! Pour tout dire, cette idée n'est, à l'origine, pas la mienne. C'est Tishé qui, durant le trajet pour venir ici, m'a envoyé plusieurs messages en me proposant de profiter de la soirée pour en apprendre plus sur mon père. Bien que j'aie trouvé cela étrange, j'ai accepté sans en parler à Ishten, qui m'en aurait dissuadée. Quant à Esher, je pense qu'il aurait accepté à condition de pouvoir se joindre à moi. J'aurais été bien moins discrète avec une version militaire de Chris Hemsworth collée à mes basques. J'ai donc rejoint discrètement Tishé dans sa chambre d'hôtel, où il m'a fourni tout un tas d'accessoires à la James Bond ainsi que des explications rapides mais claires sur leur mode d'emploi.

C'est ainsi que je me retrouve en planque devant la porte où se sont enfermés mon père et ses associés, munie d'un amplificateur de son expérimental. J'allume le petit objet, le colle au battant en bois massif et insère les écouteurs connectés dans mes oreilles. Le son m'explose les tympans et je le baisse au maximum avant de me faire repérer. Ce truc est génial. Il rentre parfaitement dans ma pochette et je peux entendre tout ce qui se dit à l'intérieur de la pièce. Pour l'instant, rien de bien intéressant, si ce ne sont des rapports sur la rentabilité de leurs investissements dans l'intelligence artificielle. Il est aussi question de sondages plutôt positifs en ce qui concerne la campagne de mon père.

Au bout d'un moment, je sens comme une présence derrière moi. Je me retourne et sursaute. Je plaque une main sur ma bouche pour étouffer un petit cri de surprise. Ishten est adossé nonchalamment au mur. Je marque un temps d'arrêt. Ce n'est pas possible d'être aussi beau en costume. Même sa cicatrice, qui contraste avec sa peau mate et que je trouvais au début effrayante, lui donne un charme fou et un air dangereux. Sans parler de la lueur de malice qui brille dans ses yeux d'ébène, que je ne lui ai vue que trop rarement.

– Qu'est-ce que tu fais là ? chuchoté-je.

– Je t'admire en action, susurre-t-il tandis qu'il s'avance vers moi.

Tout, de sa voix langoureuse à son regard qui me passe

au crible, me rappelle notre scène de ce matin, et je maudis de nouveau Cathy de nous avoir arrêtés en pleine action. L'expérience la plus intense de ma vie. Je ressens encore cette sensation d'ivresse et d'exaltation comme si c'était hier. Bon, d'accord, c'était il y a quelques heures à peine, mais entre la journée endurée avec ma mère et le stress de ce gala, sans parler de Bradley et de ses mains baladeuses, j'ai l'impression que des mois se sont écoulés.

– Tais-toi et laisse-moi mener mon enquête, répliqué-je en plaquant à nouveau mon amplificateur contre la porte.

– Je peux savoir où tu t'es procuré un tel gadget ? chuchote-t-il à mon oreille après s'être collé à moi.

– Je… j'ai demandé à Shité.

– Shité ? répète-t-il, amusé.

– Tishé, je veux dire.

Comment veut-il que je réponde clairement à ses questions s'il s'approche aussi près ?!

Son odeur musquée me parvient, perturbe mes sens, mes neurones et mes hormones. Je suis sûre qu'il en joue, le goujat. Il a très bien compris quel effet il me fait.

– Et il te l'a juste donné, comme ça ?

Sans me retourner, je rectifie.

– Il me l'a prêté, nuance. Et puis, j'ai demandé gentiment. Tu devrais essayer, toi aussi.

Je lui jette un coup d'œil en biais, juste le temps de voir un sourire en coin apparaître sur ses lèvres, le rendant encore plus beau. Je me retourne dans l'instant pour éviter d'être encore plus perturbée par sa présence.

– Je n'aime pas trop demander. Je préfère prendre ce que je convoite, susurre-t-il près de mon oreille.

Je m'apprête à répliquer quand, soudain, il m'attrape par le poignet et m'attire dans un renfoncement sombre, situé à quelques pas de la porte et camouflé par une vitrine qui expose des antiquités. Je comprends pourquoi lorsque j'entends la porte devant laquelle je me tenais s'ouvrir.

La vache, le mec est rapide !

J'en ai la tête qui tourne. Mon père et ses comparses s'arrêtent un moment pour discuter. J'essaye de me concentrer sur ce qu'ils disent, mais c'est compliqué avec ce tas de muscles d'un mètre quatre-vingt-dix – au bas mot – plaqué contre moi. D'autant plus que ledit tas de muscles a décidé de jouer avec mes nerfs. Il baisse la tête jusqu'à ce que son nez soit dans mon cou et prend une grande inspiration. Ce contact provoque en moi des frissons de plaisir.

– Tu es sublime dans cette robe, murmure-t-il.

Le Ishten autoritaire et grognon, je pouvais gérer. Mais la nouvelle version de lui et son côté séducteur sont à deux doigts de me faire chavirer. Alors que je m'apprête à lui retourner le compliment, il m'embrasse délicatement dans le cou et la seule chose qui sort de ma bouche, c'est un couinement digne d'une souris en train de faire un AVC. Ses baisers suivent une ligne imaginaire, de la base de ma nuque jusqu'à mon oreille. Ma respiration s'accélère et ma tête commence à tourner tandis qu'il pose une main dans le bas de mon dos. D'une caresse légère, il frôle la peau à la jointure de ma robe. Cette zone devient ultrasensible, même après qu'il a retiré sa main.

Quand il s'apprête à reculer, je ne peux pas m'y résoudre. J'attrape sa nuque, le penche vers moi et l'embrasse. Un baiser timide, du bout des lèvres, mais ce contact me chamboule déjà complètement. D'abord, il ne bouge pas, alors je commence à m'éloigner, gênée. Puis il attrape mes hanches et fond sur mes lèvres. Je me retrouve plaquée entre le mur rigide et son corps, chaud comme la braise, et j'oublie tout. La notion du temps, l'endroit où nous sommes et les dizaines d'invités non loin de nous. Ne reste plus qu'Ishten, ses lèvres fougueuses et ses mains à présent posées sur mes fesses.

Heureusement – ou pas –, il s'écarte et me laisse reprendre mon souffle. Il me fait signe de le suivre, non sans m'avoir gratifiée d'un clin d'œil taquin.

Sérieusement, ils ont forcé sur le chauffage ici.

Nous passons par les toilettes, afin que je me refasse une beauté, et quand j'en ressors, il est de nouveau passé en mode militaire : regard froid, attitude distante et expression concentrée. Nous retournons nous joindre aux convives, mais mon esprit n'est plus à la fête. Bon, il ne l'a jamais été, sauf que j'étais investie d'une mission. Je suis à la fois dépitée de n'avoir rien appris et fébrile après ce nouveau rapprochement avec mon beau garde du corps. Impatiente, je me demande ce que la suite nous réserve. Je le laisse faire car je n'ai jamais été le genre de fille entreprenante.

Quoique, avec lui, je pourrais le devenir…

***

Tard le soir même, nous mettons les voiles, alors qu'il était prévu que nous restions à l'hôtel pour une nuit de plus. Nous ne pouvons pas nous éterniser : mon père a une urgence. Direction Falls Church, où se trouve ma maison d'enfance, à une petite demi-heure de la capitale. L'espoir émerge à nouveau : je vais pouvoir enquêter sur le terrain. Je sais où mon père range les clés de son cabinet personnel, et nul doute qu'il y cache un bon nombre de ses secrets.

Nous passons le grand portail et roulons au pas jusqu'à l'entrée de notre maison. Je l'ai toujours trouvée moche. Rectangulaire, entourée de colonnes blanches, cette villa n'est ni plus ni moins qu'une reproduction miniature de la maison blanche. Mon père l'a fait construire avant ma naissance et, déjà, il rêvait de la présidence. Nous descendons de la voiture et je me dirige vers ma chambre. Enfin, plutôt vers ma salle de bains, pour prendre une bonne douche. Avant de me déshabiller, je reçois un message de Tishé :

Rejoins-moi à minuit
au jardin d'intérieur.

Clair et concis. Du Tishé tout craché. Il me reste trente minutes pour me préparer. Je me dépêche de me doucher et d'enfiler un legging et un tee-shirt large à l'effigie des Beatles. Lorsque j'arrive dans la grande serre aux airs de jungle tropicale, je trouve Tishé assis sur un banc. La pleine lune est visible à travers les verrières et donne à l'ensemble un aspect féerique. Je m'approche de lui quand il m'indique la place vacante à ses côtés d'un geste de la main. Avant même que je n'aie pu m'asseoir complètement, il m'interroge :

– Alors, tu as découvert quelque chose ?

Je peux voir l'excitation briller dans ses yeux, même à travers les verres épais de ses lunettes carrées. Je me mords la lèvre, penaude de revenir bredouille alors qu'il m'a si bien équipée.

– Je n'ai rien entendu de compromettant à la soirée. J'aimerais faire un tour dans le bureau de mon père quand tout le monde dormira.

– Très bonne idée, approuve-t-il tout en jetant des regards suspicieux aux alentours. Je te conseille d'éviter la fouille des dossiers. Cantonne-toi à son ordinateur.

Il plonge la main dans une poche de sa veste et me tend une petite clé USB avant de continuer :

– Il te suffira de l'insérer dans l'ordinateur. C'est un logiciel espion qui se chargera de copier automatiquement tout le contenu de ses dossiers. Tiens, prends ça pour pouvoir entrer dans le bureau. Il y a fait placer une serrure numérique depuis le début de sa campagne.

Après m'avoir donné une petite carte blanche, il fait demi-tour et disparaît derrière un bananier géant, sans me donner plus d'explications. Sa façon de finir les conversations brutalement me surprend à chaque fois.

Je crois qu'il est encore pire qu'Ishten, celui-là.

Je planque donc mes deux gadgets dans mon legging et rejoins ma chambre pour attendre la nuit, rassurée de savoir que les garçons ne sont pas loin. Ma mère leur a attribué une dépendance de notre propriété. Ils me raccompagneront à New York demain, pour la reprise des cours. Pour m'occuper, je prends de nouveau une douche dans cette immense salle de bains et essaye un ensemble de nuit offert par ma mère, que je n'ai encore jamais revêtu.

Au beau milieu de la nuit, déterminée à y voir plus clair dans les magouilles paternelles, je sors de ma chambre pour mener à bien ma mission. Il doit être près de trois heures du matin et tout le monde semble dormir. Les couloirs sombres sont déserts. J'ai l'impression de faire beaucoup trop de bruit. L'escalier grince sous mes pas alors que je l'emprunte pour me rendre à l'étage du dessus, où se trouvent le cabinet de mon père ainsi que la chambre de mes parents. Je remarque justement que leur porte est entrouverte, et j'envoie une prière à John Lennon pour qu'ils soient profondément endormis. Le bureau est à l'extrémité, au bout du couloir. Je parcours toute cette distance sur la pointe des pieds, avec une lenteur exaspérante.

J'arrive à destination sans encombre quand, soudain, je

crois distinguer du mouvement derrière moi. Je me retourne d'un bond, sans arriver à contrôler le petit cri qui m'échappe, et scrute l'obscurité. Mais il n'y a rien. Rien, mis à part moi et mon imagination trop fertile. Pas de temps à perdre : j'insère la carte que m'a donnée Tishé et la porte se déverrouille en un clic discret qui me semble pourtant résonner comme une déflagration. Je me hâte d'entrer et de refermer derrière moi le plus doucement possible. La lumière s'allume automatiquement sur mon passage et je me dirige tout droit vers l'ordinateur, comme me l'a conseillé mon complice. Je le mets en marche et insère la clé USB qu'il m'a donnée. Une barre de chargement s'affiche à l'écran et je n'ai plus qu'à patienter. Je sautille sur place, fébrile, et exécute une danse de la victoire mentale : une vraie espionne en herbe !

Soudain, j'entends du bruit en provenance du couloir. Je crois reconnaître le pas rapide et lourd de mon père. Une chape de plomb me tombe sur l'estomac et je regarde partout autour de moi, à la recherche d'une solution. Je ne peux pas tout arrêter maintenant, le pourcentage vient tout juste de dépasser la moitié ! Les battements de mon cœur se font assourdissants et m'empêchent de réfléchir. Je m'oblige à prendre trois grandes respirations, comme me l'a enseigné mamie quand je paniquais à l'idée d'aller à l'école.

Réfléchis… Que feraient Tishé ou Ishten dans une situation comme celle-là ?

Une idée de génie me traverse. Il ne me reste plus qu'une chose à faire : baisser la luminosité de l'écran au maximum pour ne pas que mon père remarque quoi que ce soit et gagner du temps. Aussitôt dit, aussitôt fait. Je me dirige en vitesse vers la partie vitrée de la bibliothèque, où sont affichées toutes les photos officielles et les récompenses de guerre de mon père. Une image de lui souriant à une bande d'enfants très sérieux m'interpelle. Sûrement d'autres gosses exploités à des fins militaires. Je suis venue une seule fois dans cette pièce, lorsque j'avais une dizaine d'années. À l'époque, j'avais tout de suite été attirée par ce cliché, frappée par la lueur de fierté dans le regard de mon père – une expression que je ne lui avais encore jamais vue.

Encore un élément du puzzle qui s'assemble.

La porte du bureau s'ouvre en grand et mon paternel apparaît dans l'encadrement. Lorsqu'il m'aperçoit, ses sourcils se froncent. Ses veines ressortent dans son cou, comme à chaque fois qu'il est en colère.

– Jade ! tonne-t-il. Qui t'a donné l'autorisation de rentrer ici ?

Je baisse la tête, par habitude, mais me reprends aussitôt.

J'ai changé, je ne suis plus la petite gamine apeurée qui s'écrase quand elle se fait gronder. Il me faut des réponses et, surtout, je crois que je dois affronter mon père une bonne fois pour toutes. Forte de ma nouvelle ténacité, je me redresse et le regarde dans les yeux.

– Personne. J'avais besoin d'explications sur les lettres que j'ai reçues, et tu as toujours refusé de m'en donner. Je dois comprendre pour passer à autre chose.

– Comprendre quoi ? hurle-t-il alors qu'il s'avance lentement vers moi. Je n'ai aucun compte à te rendre.

– C'est ma vie qui est menacée ! crié-je en retour, sans jamais baisser les yeux. J'ai le droit de savoir.

– Je t'interdis de te mêler de ce qui ne te regarde pas. Et depuis quand oses-tu répondre à ton père ? Je savais que ta prolétaire de copine aurait une mauvaise influence sur toi.

Je bouillonne intérieurement.

– Ne parle pas comme ça de Cathy ! Elle est comme ma famille. En tout cas, plus que toi et maman ! Où étiez-vous quand je récupérais de mon agression ? Heureusement que ma meilleure amie était là pour m'aider à remonter la pente.

– Ne fais pas ta petite nature ! Tu t'en es tirée avec à peine quelques égratignures. Ils auraient pu te faire endurer bien pire, crois-moi.

J'encaisse le coup. J'aimerais être hermétique à la cruauté de ses propos, mais c'est toujours aussi dur, même après toutes ces années. À la différence qu'aujourd'hui, ce n'est plus l'abattement qui règne en moi, mais une colère sourde. Je serre les dents et les poings, essayant de contenir cette montée d'émotions violentes.

– Je te crois sans hésiter. Après tout, on sait tous que tu caches des petits secrets. En plus du trafic d'enfants, qu'est-ce qui te divertit ? Torturer des prisonniers ? Violer des femmes ? Tu n'es qu'un connard sans…

VLAN !

La gifle qu'il m'envoie me cloue au sol. Mes oreilles bourdonnent et des étoiles dansent devant mes yeux. Mon père ne m'avait jamais frappée jusqu'à aujourd'hui. Pour autant, je ne suis pas surprise. J'ai toujours su qu'il avait cette part de violence en lui, prête à ressurgir à la moindre occasion.

À peine ai-je le temps de me redresser qu'il m'agrippe par les cheveux. Sa poigne est ferme, mais pas douloureuse. Malgré tout, je hurle et éclate en sanglots, car ce geste me renvoie aussitôt à cette chaise où l'on m'a ligotée. À ces jours passés comme un animal. Où j'étais impuissante, où j'ai frôlé la mort. La peur prend possession de mon corps et je n'arrive plus à respirer.

– Qui t'a parlé de ça ? articule-t-il lentement entre ses dents.

Je ne réponds pas, secouée par mes pleurs. Le regard qu'il me lance se mélange avec celui de l'ogre tortionnaire qui me menaçait de mille sévices. Ses mains ne sont plus les siennes, mais celles de la femme cagoulée…

– Réponds-moi, Jade, insiste-t-il en tirant plus fort sur mes cheveux. Tu sais que je déteste les pleureuses. Je préférerais éviter d'employer la manière forte avec ma fille, mais si tu m'y obliges…

Un nouveau sanglot m'échappe. Aussitôt, il me lâche et me gifle à nouveau. Cette fois-ci, je mets un moment à m'en remettre car, lorsque j'ouvre à nouveau les yeux, je découvre qu'Ishten est venu à mon secours. La lumière du couloir, la porte grande ouverte et nos éclats de voix ont dû l'alerter. Il surplombe mon paternel qui fait moins le malin, plaqué ainsi contre la moquette hors de prix. Mon père se débat, mais Ishten semble immobile. Il est dos à moi et je ne distingue pas ses yeux, mais je peux deviner ses muscles contractés à l'extrême et la tension qui émane de tout son corps.

– Que fais-tu, imbécile ?! Relâche-moi immédiatement, c'est un ordre !

Je jubile de voir les rôles inversés et en profite pour ramper jusqu'à l'ordinateur afin de récupérer la clé USB. D'ici, je peux encore mieux admirer la scène qui se joue devant moi. Les trémolos qui font vibrer la voix de mon géniteur ne trompent pas : il a les jetons. Il faut dire qu'à ce moment, le regard d'Ishten est rempli de haine. Et lorsque sa voix s'élève, calme et glaciale, j'ai un nouvel aperçu de cette facette de lui que j'ai très peu côtoyée : celle d'un tueur sans pitié.

– N'avais-je pas dit que je protégerais votre fille de tout ce qui pourrait lui nuire ?

– Cela n'inclut pas son père, abruti ! Elle a dépassé les bornes et méritait une punition. Toi et tes soi-disant frères êtes bien placés pour le savoir.

Des ombres viennent voiler le regard de mon sauveur tandis que son visage se crispe, à l'instar de son corps. Il semble ailleurs, perdu dans un souvenir lointain et douloureux, mais ne lâche pas sa prise pour autant. Au contraire, il la raffermit en poussant un grognement animal.

Merde, j'ai peur qu'il fasse une connerie.

23

MENACE N° 10 : LES SENTIMENTS

Ishten

En mon for intérieur, les vents furieux de ma colère, contenus depuis toujours, s'acharnent. Tous les sentiments que j'ai toujours pris soin de museler refont surface. Le général les a libérés de lui-même en commettant l'erreur de trop : s'attaquer à Jade. La haine que je lui ai vouée à chaque mauvais traitement qu'il nous a fait subir. L'injustice que je ressentais lorsqu'il passait son temps à se moquer, nous critiquer alors que nous faisions de notre mieux. Le dégoût, à chaque balle qu'il tirait dans la tête d'un prisonnier récalcitrant, ou même d'un de nos camarades qui n'avait pas respecté son serment. Celui qui rêvait de liberté ne trouvait que la mort. J'ai haï le général tant de fois intérieurement, sans m'autoriser à lui montrer autre chose que du respect. Il n'y avait pas de place pour les émotions : mon devoir était de les enfouir au fond de ma mémoire et les oublier. Jusqu'à maintenant. Tout cela me revient en bloc, et je réalise que j'étais aveugle pendant tout ce temps. Nous l'avons tous été. Aveugles. Naïfs.

Inconscients de l'atrocité de ce que nous vivions au quotidien. Maintenant, c'est nous qui sommes devenus comme ça. Des bourreaux. Des tueurs cruels au cœur de pierre, inadaptés à la société. À cause d'eux. À cause de *lui*.

Je ne suis plus que rage et ressentiments, et je crains que mon corps échappe bientôt à tout contrôle. M'en prendre à l'élément déclencheur est la seule chose qui occupe mon esprit. Et il est à présent immobilisé sous mon poids, pris en étau entre mes mains qui ne désirent qu'une chose : lui faire payer les innombrables châtiments qu'il nous a fait subir dans notre jeunesse. La faiblesse de son corps vieillissant n'a jamais été si flagrante.

Dire qu'à l'époque, je le craignais.

Au diable les conséquences, mon cerveau n'obéit plus à aucune logique. Je resserre ma clé de bras. Un sourire cynique étire mes lèvres lorsque j'entends un craquement jouissif. J'attrape les cheveux du général pour lui relever la tête, comme il l'a fait avec Jade quelques secondes plus tôt. Il va comprendre que s'attaquer à elle n'est pas une bonne idée.

Quand Tishé m'a informé qu'elle était partie fouiller le bureau de son père, j'ai immédiatement rappliqué. Je connais les réactions excessives que peut avoir le général pour les avoir subies pendant des années. C'est un violent, et il aime se défouler. Rien qu'imaginer qu'elle ait, elle aussi, pu en être victime dans son enfance me fait péter une durite.

Alors que je m'apprête à décorer la pièce de son sang, je me sens tiré vers l'arrière. Malgré mes mouvements erratiques dignes d'un enragé, il n'y a rien à faire : on m'empoigne fermement.

– Calme-toi, mec, putain ! m'ordonne Esher.

Je continue à me débattre. Je n'en ai pas fini avec lui.

Les mains qui me tiennent se font plus fermes et, cette fois, c'est Tishé qui chuchote à mon oreille :

– Ce n'est pas le bon moment, Ishten. Moi aussi, je déteste toute cette situation. Je le déteste, lui. Je te promets qu'il va payer pour ce qu'il nous a fait.

Sa confession met fin à ma transe. Je lui jette un coup d'œil en biais, surpris. J'ignorais qu'il ressentait ça envers notre supérieur. Lentement, je retrouve mes esprits et relâche ma poigne.

Qu'est-ce que je suis en train de faire ?

– Vous tombez bien, tous les deux, dit le général d'une voix assurée en se relevant et en époussetant son peignoir. Sortez-moi ce fou furieux et préparez-le. Il sera renvoyé en zone hostile dès demain.

La sentence tombe et me fait l'effet d'une douche froide. Ma première pensée est pour Jade. Nos regards – le mien, peiné, le sien, perdu – se croisent. Je peux voir le moment où elle comprend ce qui est en train de se passer et s'apprête à protester. Mon attitude change du tout au tout. Tishé a raison. Casser la gueule du général ne changera rien. Quoi qu'il arrive, il reste mon supérieur. Il lui suffit de m'expédier à l'autre bout du monde et il aura tout le loisir de passer sa colère sur Jade. J'ai agi comme un con, sans voir plus loin que le bout de mon nez. Mon seul espoir est d'endosser toute la faute. Ainsi, les gars pourront rester ici et continuer à garder un œil sur Jade. Du moins, je l'espère. Alors, comme un automate, guidé par les réflexes de mon passé, je me mets au garde-à-vous et j'obéis.

– Toutes mes excuses, mon général, dis-je haut et fort. Je serai prêt pour mon départ à l'aube.

Aussitôt, je quitte la pièce sans me retourner, un poids au fond de l'estomac. C'est peut-être mieux comme ça, après tout. Une relation avec Jade ne lui amènerait que davantage d'ennuis. Elle ne mérite pas d'être avec quelqu'un qui sera toujours soumis aux caprices de son père, prêt à disparaître de sa vie à tout moment. Ces choses-là ne sont pas pour moi, de toute façon. Je ne suis qu'un esprit brisé dans un corps tout juste bon à répandre la mort autour de moi. Il vaut mieux que nous arrêtions cette mascarade tout de suite.

Alors, je verrouille à nouveau mes émotions à double tour et traverse l'immense parc de la propriété des Devreaux pour rejoindre notre dépendance. Objectif : boucler mon paquetage et retrouver mon ancienne vie. Je décide tout de même de m'arrêter sur le parvis afin de profiter, une dernière fois, du climat tempéré et du calme serein des lieux. Bientôt, ils seront remplacés par la chaleur écrasante et le silence oppressant du désert. J'espère pouvoir retourner en Birmanie. Les peuples y sont accueillants, et j'en ai un peu marre de l'Afrique. Ou peut-être qu'on m'enverra en Amérique latine et que j'aurai à nouveau droit à l'humidité de la jungle tropicale et aux mitraillettes des gangs, qui sait ?

– Ishten !

Derrière moi, Jade court dans ma direction, toute débraillée. Dans le feu de l'action, je n'avais pas remarqué qu'elle n'était vêtue que d'un peignoir de soie, certainement emprunté à sa mère.

Elle n'a jamais été aussi belle. Je grave dans ma mémoire l'image de sa peau blanche et de ses boucles d'ébène, sublimées par le clair de lune. C'est sûrement la dernière fois que je la vois. Elle se jette sur moi et s'accroche à mon cou, toute tremblante. Je ne comprends pas ce qui la met dans cet état.

Peut-être le contrecoup de l'attaque de son père.

Alors, je la serre dans mes bras pour absorber sa peur autant que je peux.

– C'est fini, Jade, calme-toi. Il ne te fera plus de mal si tu renonces à mettre le nez dans ses affaires.

Elle sursaute et me regarde comme si j'avais mangé le dernier muffin au chocolat.

Qu'est-ce que j'ai dit encore ?

– Je m'en fiche de ça, imbécile ! Je pleure parce que tu es renvoyé là-bas à cause de moi. Je ne veux pas que tu partes.

Sa voix se brise à la fin de sa phrase. Ses yeux remplis de larmes brillent encore plus que d'habitude. Des larmes qui me sont destinées. Personne n'a jamais pleuré pour moi, et c'est encore plus difficile de lui résister. Pourtant, je ne peux pas lui faire ça. J'ai décidé de renoncer à elle ; prolonger le moment ne nous apportera que souffrance et amertume. Alors, je la repousse doucement, gardant mes deux mains sur ses épaules pour la tenir à distance.

– On ne peut pas être ensemble, Jade. Je serai peut-être à l'autre bout de la planète demain. C'est sûrement la dernière fois qu'on se voit.

Ma voix déraille à la fin de ma phrase et je me force à avaler ma salive.

– On peut partir tous les deux, supplie-t-elle en agrippant mes deux poignets. Tu n'es pas obligé d'obéir, tu sais.

Je soupire, attrape ses petites mains et les porte à ma bouche pour les couvrir de baisers. J'ai beau me convaincre de garder mes distances, je ressens comme un besoin viscéral de la toucher.

– Impossible, admets-je en détournant le regard. Je ne sais rien faire d'autre. Je n'ai rien à t'offrir.

Jade renifle, ses mains tremblent et je les relâche. Je crois qu'elle va s'enfuir devant le lâche que je suis, qui n'ose même pas affronter son regard. Mais encore une fois, elle me surprend. Elle fait un pas vers moi, pose ses deux mains sur mes joues et m'oblige à lui faire face.

– Même pas une dernière nuit ensemble ? demande-t-elle d'une voix brisée.

Comment dire non à ça ?

À mon tour, j'entoure son visage de mes mains et l'embrasse. Ce baiser est un maelström de sentiments. Tout se mélange : la passion que je ressens pour elle, la haine que j'ai pour son père, la tristesse qui me submerge à l'idée de devoir la quitter. Notre baiser humide de larmes est teinté de désespoir. Jade, je ne sais comment, finit dans mes bras et je la porte jusque dans ma chambre, à l'intérieur de la petite bâtisse.

Je l'allonge en douceur sur le lit et lui retire son peignoir avec délicatesse. L'ensemble de lingerie couleur crème avec des motifs fleuris me fait de l'effet. Je m'arrête pour la contempler ; elle est magnifique avec ses formes voluptueuses et ses yeux pétillants de désir. Ce soir, pour la première et dernière fois, elle est toute à moi. J'imprime la scène dans mon esprit. Lorsque je vivrai des moments difficiles à des milliers de kilomètres de New York, je pourrai me la repasser en boucle.

24

LES YEUX SONT LE REFLET DE L'ÂME

Jade

Ce regard qu'il me lance. Comme si c'était la dernière fois qu'il me voyait. Il passe mon corps au crible avec une intensité qui m'intimide. J'ai envie de bouger, de lui sauter dessus pour lui retirer ses vêtements comme j'en rêve depuis longtemps. Mais je sens que le moment est précieux, alors je ne fais rien, malgré ma forte excitation. Je le laisse faire.

Finalement, il se ressaisit et passe une main derrière son cou afin de retirer vivement son tee-shirt. À genoux devant moi, il me surplombe et la vision qu'il m'offre est divine. Les lignes saillantes de son torse sont mises en valeur par la lumière tamisée. Je me redresse en position assise et effleure sa peau, qui frissonne à mon contact. Je le parcours avec fascination alors que chacun de ses muscles se contracte sous mes doigts. Ma bouche se joint à mes mains et un grognement lascif vibre dans sa poitrine et se répercute dans chaque parcelle de mon être.

Soudain, il attrape mon visage et m'embrasse avec fougue. En quelques secondes, je me retrouve nue et allongée, plaquée sous sa carrure massive. Il se crispe soudain, le temps d'une seconde, et me lance une œillade penaude, comme s'il n'avait pas prévu d'être aussi rapide et impulsif.

– Continue, soufflé-je pour le rassurer.

À son tour, il parsème chaque centimètre de mon corps de baisers et de caresses, sans me lâcher des yeux une seule seconde. Il s'attarde un long moment sur mes seins, les cajole de ses mains, tantôt brutal, tantôt doux, et les embrasse avec ferveur. Quand il aspire un téton avec force, je grogne de désir et de frustration : c'est une douce torture.

– Ishten, gémis-je. J'ai… Je veux…

– Chut, je vais te donner ce dont tu as besoin, murmure-t-il en faisant descendre ses lèvres plus bas, toujours plus bas.

Quand il atteint mon pubis, il relève la tête pour m'observer et me faire languir. Puis, sans prononcer un mot, il donne un premier coup de langue qui m'envoie presque aux portes du paradis. Le gémissement que je lâche est débridé, mais plus rien ne m'importe à part ce qu'il me fait. Il semble se nourrir de la moindre de mes réactions et, bien que ce regard m'intimide, je le soutiens. Il finit par fermer les yeux et émet un gémissement sourd, très masculin, tandis qu'il se repaît de moi. Alors, je tombe en chute libre dans un précipice de luxure. Le plaisir est si fort que tout mon corps en tremble.

Je dois avoir une absence car, quand j'ouvre les paupières, il me surplombe, les yeux toujours braqués dans les miens. Le baiser qu'il m'offre ensuite est d'une telle douceur qu'il ravive mes larmes.

– Tu veux aller jusqu'au bout ? murmure-t-il sur ma bouche.

– Oui, gémis-je. Je veux tout de toi. Tout ce que tu as à me donner.

On dit souvent que les yeux sont le reflet de l'âme. À ce moment, je sais que je n'aurai jamais une connexion aussi profonde avec quelqu'un d'autre. Dans ses yeux, je vois de la tristesse et des regrets. J'y devine ses blessures et ses traumatismes. Mais je perçois aussi toute la tendresse et l'attachement qu'il a pour moi.

– Jade, je suis dés…

– Chut, le coupé-je d'un doigt sur la bouche. Pas d'excuses ce soir, que du plaisir.

Il attrape mon doigt entre ses dents, le mordille puis parcourt ma main de baisers. Vient ensuite le tour de mon bras, de ma nuque et, lorsqu'il atteint ma bouche, il ne m'offre qu'un baiser furtif avant de reculer d'un bond.

– Attends-moi et surtout, tu ne bouges pas.

Son ton autoritaire me fait toujours frissonner alors qu'il est déjà parti fouiller dans son paquetage de survie. Je le vois piocher un préservatif dans une sorte de trousse hermétique et retirer son pantalon à toute vitesse. Il reprend sa position dominante et me plaque les poignets sur le lit.

– Jade. Ma Jade. Ce soir, tu es toute à moi.

De nouveau, il m'embrasse. Aucune partie de mon corps n'échappe à ses lèvres, pour mon plus grand plaisir. Mon cou, mes seins, mon ventre. Il me rend folle, je n'en peux plus d'attendre.

– S'il te plaît, Ishten, dépêche-toi.

Obéissant, il se place entre mes jambes et s'assure que je ne lâche pas son regard avant de me pénétrer tout en douceur. La sensation est exquise et nous poussons de concert un soupir de contentement. Il commence à bouger et des étoiles se mettent très vite à danser devant mes yeux. Mais ce n'est pas assez. Je vois bien qu'il se contient. Ses sourcils sont froncés comme s'il souffrait et ses muscles tendus à l'extrême. La vision de ses abdominaux qui se contractent à chacun de ses mouvements me fait perdre la tête. J'en veux plus.

– Plus fort, supplié-je dans un gémissement essoufflé.

– Putain, oui, rugit-il.

La bête est libérée. Il se déchaîne, sauvage, me maintient les deux poignets d'une main et, de l'autre, il parcourt ma gorge pour finir sur ma bouche. Il ne me lâche jamais des yeux. Je suis très proche du point culminant. Lorsque je lèche le bout de son pouce, il pousse un grognement guttural qui m'excite follement. Ses coups de boutoir s'accélèrent et mon corps se tend, s'arque de plaisir. Une sensation de langueur m'envahit, les picotements atteignent mes extrémités et la chaleur qui naissait entre mes jambes se propage le long de ma colonne pour envahir tout mon corps. Le sentiment d'extase qui m'envahit tout entière m'oblige à fermer les yeux. Quand je les ouvre à nouveau, j'observe la plus belle scène qui m'ait été donné de voir : Ishten en pleine extase, muscles contractés, paupières mi-closes et lèvres entrouvertes. Il ne m'en faudrait pas beaucoup plus pour monter aux rideaux une seconde fois. Épuisés, nous nous écroulons sur le lit et il m'attire contre lui. Je suis si bien. Je n'ai jamais connu une telle symbiose avec quelqu'un.

– Jade ? murmure Ishten quelques minutes plus tard en passant une main dans mes cheveux. Tu dors ?

Trop exténuée, je ne bouge pas d'un poil et profite de ses caresses.

– Mmh… Non, pourquoi ?

– Est-ce que tu peux me promettre une chose ?

Sa voix hésitante et sa demande inhabituelle me font relever la tête. Nos nez se touchent presque et je peux voir comme une lueur d'inquiétude briller dans ses pupilles. J'acquiesce, l'invitant à continuer.

– Promets-moi de ne pas te servir des informations que tu as contre ton père. Je sais que tu veux en apprendre plus sur toute cette histoire, mais…

Je m'appuie sur son torse et me redresse avant qu'il n'ait pu finir sa phrase.

– Mais je ne peux pas faire ça ! Si j'ai la preuve nécessaire pour arrêter un trafic d'enfants inhumain, je ne peux pas juste l'ignorer !

Ishten soupire, passe à nouveau une main dans mes cheveux et me regarde avec tendresse.

– Tu es vraiment gentille, Jade. Trop gentille pour ce monde. Si ton père découvre ce que tu fais, il s'en prendra à toi. Laisse-nous gérer ça. S'il te plaît.

Je détourne le regard et ne réponds pas. Alors, il saisit mon menton pour me forcer à le regarder et se redresse pour me surplomber, avant d'exiger d'un ton impérieux :

– Promets-moi.

J'avale ma salive et me perds dans l'intensité de ses yeux. Il refuse de me lâcher avant d'avoir obtenu ma promesse. Alors, je la lui donne. Je lui donnerais tout, s'il me le demandait.

– Je te le promets.

Satisfait, il acquiesce et se rallonge en m'attirant sur lui. Et il ne me demande rien de plus. Il ne me demandera sans doute plus jamais rien.

Après cette nuit, n'importe quel autre homme me paraîtrait bien fade, maintenant.

C'est sur cette pensée douce-amère que je m'endors, exténuée.

***

Lorsque j'ouvre à nouveau les yeux, les rayons du soleil timide de novembre filtrent à travers les rideaux. La place à mes côtés est froide. Un bout de papier y est replié. Quand je l'ouvre, je comprends qu'il s'agit d'un message d'adieu.

Jade,
c'était un honneur pour moi
de t'avoir connue.
Je te souhaite d'être heureuse,
comme tu le mérites.
Adieu. I.

Affolée, je me lève en espérant pouvoir encore le rattraper. Ses affaires ne sont plus là. J'enfile mon peignoir et descends les escaliers en vitesse, et tombe sur Esher et Tishé. Le premier est assis le long du bar de la cuisine ouverte, à déguster une boisson chaude. Quant au deuxième, il a élu domicile sur le canapé, accompagné de son fidèle ordinateur portable.

– Où est-il ? paniqué-je.

Esher repose sa tasse et s'avance vers moi. J'ai un mouvement de recul quand je comprends. Je ne veux pas entendre ce qu'il va m'annoncer. Pourtant, il le dit quand même.

– Il est parti, Jade. Aux premières lueurs du jour. Je suis désolé.

Je regarde l'heure. Onze heures. Il est déjà trop tard.

Je ne lui ai même pas dit que je l'aimais.

Dévastée, je m'effondre à même le sol, secouée par des sanglots silencieux. Cela ne fait aucun doute, je suis incontestablement amoureuse de lui. Folle amoureuse d'un homme parti risquer sa vie dans les pays les plus dangereux et que je ne reverrai sans doute jamais.

25

PRENDRE CE FICHU TAUREAU PAR LES CORNES

Jade
Deux mois plus tard

La neige recouvre les rues de New York, rendant toute progression périlleuse. Même avec mes bottes à crampons, difficile de ne pas glisser sur les trottoirs. Je m'accroche à Cathy, qui elle-même se tient à Esher. C'est une vraie patinoire. Les premières heures, le spectacle de la Grosse Pomme drapée d'un manteau blanc et immaculé m'a mis un peu de baume au cœur. Et puis, mon humeur s'est ternie, tout comme cette bouillasse marron et verglacée qui a remplacé ce paysage féerique. C'était compter sans Esher, qui n'a pas abandonné l'idée de me faire sourire.

– C'est l'histoire d'un pingouin qui respirait par le cul. Un jour, il s'est assis, et il est mort.

– Elle est trop connue, celle-là, Esher, dis-je en soupirant.

Il me corrige en chuchotant :

– C'est Alex quand on est en public, même si personne ne nous écoute. Si Ishten…

Il s'arrête, mais trop tard, le mal est fait. Penser à lui me fend le cœur. Depuis soixante jours, je n'ai plus de nouvelles. Personne n'en a, mais les gars disent que c'est normal de ne pas pouvoir communiquer pendant de longues périodes, lors de certaines missions. Moi, je pense qu'ils mentent. Je le sais. J'ai bien compris qu'Ishten ne voulait plus avoir affaire à moi, mais c'est toujours douloureux. Peut-on guérir d'un cœur brisé ? Je le croyais, mais plus maintenant. Rien qu'entendre son prénom me fait mal. Littéralement, la douleur dans ma poitrine est oppressante. Je n'ai ressenti cela qu'une fois auparavant. Lors de la mort de mamie. Pourtant, lui n'est pas mort. Mais le manque et la souffrance sont bien là.

– Si elle est trop connue, je t'écoute, ô grande maîtresse des blagues. Cite-m'en une avec des animaux qui ne l'est pas.

– C'est l'histoire d'un flamant rose, récité-je platement en lâchant de nouveau un soupir. Un jour, il a pris son pied, et il est tombé.

– Wow. Quel entrain ! On n'est pas censé y mettre le ton aussi ?

– Pas envie.

– Laisse-la tranquille, le rabroue Cathy.

Je rentre la tête dans mes épaules pour essayer de me protéger de ce froid glacial. Le brouillard semble avoir envahi les rues ce matin. Le vacarme de la circulation semble étouffé alors que nous continuons notre route vers l'université. Distraite, je finis par glisser sur une plaque de verglas. Heureusement, Esher me rattrape par le bras.

– Merci, maugréé-je dans ma barbe avant de continuer ma route.

Désormais, il est mon seul garde du corps. Même si je n'ai plus reçu de nouvelles menaces, mon père a tenu à garder quelqu'un qui se charge de ma sécurité. En cette période de campagne présidentielle, le danger est loin d'être écarté.

Tishé est toujours là, lui aussi, mais il est prévu qu'il soit bientôt mobilisé, afin de ne pas gâcher ses capacités pour une cause perdue comme moi. En attendant, il effectue des missions de renseignement à distance. Il m'a été d'un grand soutien lors de ma recherche d'informations. Pourtant, je ne lui ai toujours pas donné la clé que j'ai réussi à récupérer dans le bureau de mon père. Quand il me l'a demandée, j'ai même prétendu ne pas l'avoir en ma possession, alors qu'elle est cachée au fond d'un de mes tiroirs à sous-vêtements. Après tout, c'est ce que je *lui* ai promis. Mais maintenant qu'il n'est plus là, j'ai de plus en plus de mal à tenir cette promesse.

Lorsque nous arrivons devant l'université, l'agitation est à son comble. Ce vendredi, nous avons notre premier partiel. Je ne partage pas le stress général. Même si j'ai révisé un minimum, je ne suis pas dupe du résultat. En temps normal, j'aurais peur d'échouer et de décevoir mes parents, mais cette fois, cela ne me fait ni chaud ni froid.

La journée passe, identique à toutes les autres. Comme un automate, je fais ce que l'on attend de moi avec lassitude. Je me sens enfermée dans cette routine, spectatrice d'une vie que j'exècre. Même Cathy et Esher, qui y mettent pourtant du leur, n'arrivent pas à me sortir de ma léthargie. J'ai de la peine pour eux, mais j'ai arrêté de forcer mes sourires et d'insinuer que tout va pour le mieux. J'ai besoin d'air.

***

Le lendemain, je décide de rendre visite à une personne à qui je n'ai pas parlé depuis bien trop longtemps. Esher et Cathy m'accompagnent, mais je leur demande de rester à distance pour me laisser un peu d'intimité. Sur place, je m'agenouille et cherche mes mots.

– Salut, mamie, je suis désolée de ne pas être passée te voir plus tôt. J'ai… j'ai eu pas mal de problèmes, récemment.

La tombe de ma grand-mère, encore lisse et brillante comparée aux autres, grises et couvertes de mousse, me fait face. Tout a l'air si paisible ici. Le silence règne. L'odeur des fleurs d'hiver se mélange à celle de la pollution. Sur la tombe de mamie, il y a un bouquet de jasmin. Je me demande qui a bien pu l'apporter. Une photo d'elle y trône, datant du temps où la maladie ne l'avait pas encore atteinte. Dessous, on peut lire l'inscription « Suzane Maraîcher, 1951 – 2022 ». J'aurais tellement aimé qu'elle soit là pour me guider. Même dans ses derniers jours, alors qu'elle était au plus mal et que je me disputais avec mon père à propos de mes études, je me rappelle qu'elle m'avait dit : « Secoue-toi, ma puce. Prends le taureau par les cornes et chevauche-le ! *Bite the bullet*[1], comme dirait mon petit Niels. » À l'époque, j'ai pourtant essayé, mais sans grande conviction. Et on connaît tous le résultat. Grâce à une manœuvre typique de manipulateur, mon père m'a embobinée en me promettant un bel appartement et la possibilité d'y vivre avec Cathy.

– Tu me manques, mamie, dis-je d'une voix étranglée par l'émotion. J'ai besoin de toi. Je ne sais plus qui je suis ni ce que je dois faire…

Alors, je lui raconte tout, en espérant qu'elle puisse m'entendre où qu'elle soit. Après avoir vidé mon sac et versé beaucoup de larmes, je reste plantée là, en imaginant ce qu'elle aurait pu me répondre.

– Wow ! T'en as des problèmes, toi.

Je sursaute et me retourne. Un jeune SDF se tient derrière moi. Il semble avoir élu domicile sous un saule pleureur,

1. « *To bite the bullet* » est l'équivalent anglais de l'expression « Prendre le taureau par les cornes ».

puisqu'une tente et quelques couvertures y sont installées. Je devrais me méfier, mais ce jeune homme, avec son sourire discret, dégage comme une aura de bienveillance. Et puis, il y a deux chiens avec lui. Un qui semble tout vieux et fatigué, et un autre très jeune qui secoue la queue dans tous les sens alors que son maître lui fait des gratouilles. J'ai toujours aimé les chiens.

– Tu veux un conseil ? demande-t-il en allant s'asseoir sur le banc voisin, dont il tapote l'assise en guise d'invitation.

Intriguée, je m'approche. Il paraît avoir la vingtaine, mais son âge est difficile à estimer avec toutes ces dreadlocks et cette barbe. Il lance un jouet tout abîmé au chiot, qui m'a tout l'air d'être un labrador noir. Celui-ci le lui rapporte, tout heureux, et ils continuent leur petit jeu.

– Pourquoi pas, réponds-je alors que je m'assieds à bonne distance, de plus en plus intriguée.

– Ton gars, là, il avait pas l'air trop déter à partir. Mais vu que c'est un bon toutou de l'armée, il sait rien faire d'autre qu'obéir. Pareil, ton daron a l'air d'être un bel enfoiré. Du coup, j'crois que t'es la seule à pouvoir rattraper le coup. Tu penses pas ?

Dubitative, je hausse une épaule et détourne le regard. L'odeur de transpiration et de tabac qu'il dégage m'incommode, mais je fais comme si de rien n'était pour ne pas le froisser. Après tout, il n'a pas ma chance d'avoir accès à l'eau potable ni à un logement décent.

– À toi d'voir ! reprend-il. Comme dirait un ami à moi, « prends le mauvais côté de la vie et tu lui casses les côtes ».

Sur ces paroles qui me rappellent étrangement une chanson de la playlist de Cathy, le jeune homme retourne s'allonger dans sa tente. Cette rencontre insolite a le mérite de me faire réfléchir. Je dois bien reconnaître qu'il a raison.

Il m'est impensable de continuer ainsi. Ishten m'a fait promettre de ne rien faire, que lui et les garçons allaient s'en occuper. Pourtant, rien n'a changé depuis qu'il est parti. Et moi, je peux encore faire bouger les choses. À ce moment-là, devant la tombe de ma grand-mère, la seule famille qui n'a jamais voulu que mon bonheur, je me fais une promesse : je vais prendre ce fichu taureau par les cornes.

Ou plutôt, je vais casser les côtes de ma vie de merde !

Pour cela, j'ai un plan infaillible : me servir des secrets en ma possession.

***

Une fois de retour à l'appartement, je déniche sous un tas de culottes et de soutiens-gorge l'objet qui peut potentiellement faire tomber mon père. Sans attendre une minute de plus, je me précipite chez mes voisins.

– Les garçons ! m'annoncé-je en pénétrant dans leur appartement comme une furie. J'ai quelque chose pour vous.

Plantés devant l'écran de Tishé, ils se retournent et Esher ferme brusquement le clapet de l'ordinateur. On dirait deux adolescents pris en faute devant un site pour adultes. Étrange, mais je ne m'y attarde pas, forte de mes nouvelles résolutions. Sans plus attendre, je sors la clé USB de ma poche et la brandis. Tishé devine immédiatement ce dont il s'agit et s'en saisit.

– Sérieux, tu as réussi finalement ? Quand ? s'étonne-t-il.

– La fois où j'ai infiltré le bureau de mon père, avant qu'Ishten ne débarque pour l'immobiliser au sol…

– Tu m'avais dit que tu n'avais pas eu le temps. Et pourquoi tu as gardé ça pour toi depuis tout ce temps ?

Malgré sa surprise, Tishé ne perd pas une minute et insère

la clé dans le port USB de son ordinateur pour en explorer le contenu. Je coupe court à la conversation d'un geste de la main et prends une chaise pour m'installer à côté de lui.

– C'est pas important.

– Euh... vous m'expliquez, les gars ? demande Esher dont les yeux font des allers-retours entre moi et Tishé, déjà affairé à ouvrir les dossiers secrets. Vous cherchez quoi, comme ça ?

– La ferme, je me concentre.

Sur cette injonction de Tishé, nous nous taisons. Esher s'assied à son tour près de lui et nous l'observons fouiller les données dans un silence religieux. Soudain, il ouvre un énième dossier, lâche sa souris et s'adosse à son siège.

– Tout est là. Bravo, Jade.

Il m'offre un sourire reconnaissant, et nous nous approchons du moniteur pour voir de quoi il parle. De multiples rubriques apparaissent, numérotées de un à neuf en grec ancien, toutes précédées du nom « promotion ». Tishé ouvre un tableau où chaque numéro grec est associé à une civilisation, elle-même associée à une année. Dans l'ordre, il y a Akkadien, Aztèque, Byzantin, Égyptien, Khmer, Maya, Ottoman, Perse et Seldjoukide.

– Comme nous le suspections, marmonne Tishé dans sa barbe. Une nouvelle promotion tous les deux ans.

– C'est quoi, ça ? intervient Esher en montrant l'écran du doigt. Une liste des civilisations disparues ?

Sans répondre, Tishé ouvre le dossier promotion « Akkadie ». Dix fiches apparaissent, une pour chaque garçon de leur équipe. Il clique sur celle au nom d'Esher et sa petite tête de bambin s'affiche dans l'angle supérieur du document. On peut voir sur le menu latéral que chaque fiche est accompagnée d'une photo de lui plus âgé. Sûrement un rapport de suivi par année. Mais ce n'est pas le plus perturbant.

– P… putain, bafouille le concerné, sous le choc.

En effet, il a dû voir, comme moi, le nom et l'adresse de sa famille. Une sœur et deux frères. Une mère caissière et un père ancien boxeur professionnel, endettés jusqu'au cou. La somme due est d'ailleurs indiquée et elle est faramineuse.

– Tishé, j'ai besoin d'explications claires et concises, maintenant, demande Esher, blanc comme un linge.

Le geek se tourne vers son ami et prend un air encore plus sérieux que d'habitude.

– Tous les deux ans, des enfants sont achetés à des familles endettées. Les méthodes sont variées : négociations, arrangements, menaces, kidnapping. Le résultat, lui, est toujours le même. Ces enfants sont enlevés pour grandir au sein d'un foyer dont le seul but est de créer une milice d'élite au service des plus riches. Un bon nombre d'entrepreneurs sponsorisent le programme afin de pouvoir en bénéficier une fois que la promotion est prête.

– Putain de merde. Tu veux dire qu'on n'a pas été trouvés en zone de guerre et sauvés par les soldats ?

– Réfléchis deux minutes, Esher, s'emporte Tishé en gesticulant. Les bases pacifiées en zone hostile où des soldats américains sont autorisés à vivre avec leur famille sont rares. Et pourquoi on nous aurait sauvés, mais pas nos parents ? Tout ça n'est qu'un tissu de mensonges qu'on a servis à des gamins crédules.

Sa voix se fait de plus en plus forte et, à la fin de sa diatribe, il se lève pour faire les cent pas.

– Ça ne t'a jamais questionné qu'on t'envoie jouer les gardes du corps de mafieux renommés au lieu de t'expédier sur le terrain ? Comme Ishten qui servait de mercenaire à toutes les unités qui en avaient besoin ? continue-t-il en arpentant la pièce. J'avais des doutes depuis un moment, mais quand on m'a chargé de pirater les sites du gouvernement thaïlandais en faveur d'un réseau de prostitution local, j'ai rapidement compris que notre promotion était un vilain petit secret destiné au profit. On n'a absolument rien à voir avec l'armée américaine. Elle ne forme pas d'enfants-soldats.

Le grand blond ne répond pas et baisse la tête. Sa jambe tressaute et il se frotte le crâne si fort qu'il risque d'y laisser des cheveux. Maintenant que le nom d'Ishten a été prononcé, j'ai envie d'en apprendre plus à son sujet.

– Pourquoi Ishten n'a-t-il pas fait les mêmes missions que vous ?

– Il a été jugé trop instable suite à son échec en tant que chef d'équipe, il y a des années, répond Tishé. Ils avaient placé de grands espoirs pour en faire le chef d'escouade le plus impitoyable de leur unité d'élite, ils ont dû se contenter d'une machine à tuer infaillible. Et puis, son niveau d'adaptation à la société n'était pas assez optimal.

J'allais lui demander en quoi lui-même était plus adapté, puis je réalise qu'il peut être un vrai caméléon. Il sait se taire et se faire discret, alors qu'Ishten, lui, a plutôt tendance à balancer tout ce qu'il pense. Tishé se rassied et consulte à nouveau ses écrans.

– Notre promotion a été un échec, continue Tishé, en ouvrant d'autres dossiers qu'il parcourt à une vitesse folle. Mais le fiasco de la mort de nos camarades ne les a pas poussés à abandonner. Ils les prennent de plus en plus jeunes…

Je jette un regard à Esher, qui semble aussi perdu que moi. J'interromps donc Tishé, qui poursuit son monologue comme si nous n'étions pas dans la même pièce que lui.

– De qui tu parles ? Il y a d'autres personnes que mon père derrière ça ?

Il détache son regard de l'écran et cligne des yeux dans

ma direction, comme s'il venait de se rendre compte de ma présence.

– Plusieurs personnes, oui, explique-t-il. Notre formation était prise en charge par des militaires cyniques et rendus insensibles par des années de guerre. À l'origine, le projet a été monté avec Radcliff et Lefèvre, les amis P.-D.G. de ton père. Il y a d'autres actionnaires inconnus, mais leurs noms doivent être planqués quelque part dans les dossiers de la clé.

Esher, qui prend appui sur le clavier de Tishé pour obtenir son attention, intervient à son tour :

– Qu'est-ce que tu veux dire par « les prendre de plus en plus jeunes » ?

Le regard noir du geek lui fait comprendre que, s'il veut une réponse, il a intérêt à enlever son coude de son précieux clavier. Esher se recule d'un coup, non sans un soupir désabusé.

– Les enfants ne sont plus enlevés à 5 ans comme nous, mais à 3, continue-t-il en faisant défiler les dossiers de petits garçons, puis des emplois du temps et différents diagrammes. Ils ont modifié la structure même de l'apprentissage en ajoutant pas mal d'heures. Je vois un nouveau module sur les normes sociales. L'insertion sur le terrain commence aussi plus tôt. 10 ans au lieu de 12. Le maniement des armes a été…

Je ne l'écoute plus, trop choquée. La distance que j'avais mise avec cette histoire était illusoire. J'avais l'espoir que le projet se soit arrêté, qu'il n'ait été qu'une triste erreur que mon père avait commise par le passé, mais qu'à l'approche de sa campagne électorale, il y avait mis fin pour être irréprochable. Grosse erreur.

En ce moment, des gamins sont peut-être perdus au beau

milieu d'une guerre qui ne les concerne pas. Des petits bouts de chou de 3 ans sont sûrement en train de chercher leur maman en pleurant. Il n'y a pas de mots pour décrire cette horreur.

– Il faut arrêter ça! m'écrié-je en me levant de ma chaise. Je vais confronter mon père.

À peine ai-je entamé mon demi-tour que Tishé me retient.

– Je suis d'accord avec toi. Mais il faut faire les choses dans l'ordre. Assieds-toi, j'ai une idée.

26

JOHN, JE T'EN PRIE, AIDE-MOI

Jade

Un géant. Son père était un vrai géant, encore plus grand que lui. Voilà plusieurs heures que j'ai renoncé au sommeil pour venir squatter le canapé afin de lire – et relire – le dossier d'Ishten. Prononcer son nom m'est de moins en moins douloureux. J'ai l'impression de me sentir plus proche de lui et ma peine est un peu amoindrie. J'apprends que son géniteur était l'ancien homme de main d'un chef de la mafia russe. Apparemment, les membres juraient fidélité depuis des générations. Leurs enfants étaient automatiquement adhérents de la cause. C'est en voulant protéger ses fils que Nicholas Sarkov s'est enfui avec sa femme, Miranda, enceinte de leur deuxième garçon. Ils sont arrivés aux États-Unis, puis le petit frère d'Ishten est né et son père a été repéré par une équipe de basket professionnelle. Ça ne doit pas être compliqué quand on mesure deux mètres et cinq centimètres. Mais on ne fuit pas la Bratva sans en payer le prix.

À peine quelques mois plus tard, on les a retrouvés. D'après le rapport, ses parents, qui se croyaient en sécurité, avaient inscrit Ishten à l'école publique. C'est à la sortie d'une journée de classe que les hommes de main envoyés à leurs trousses l'ont récupéré, puis envoyé directement au service « FSE », autrement dit Futurs Soldats d'Élite, car il aurait été perverti par les idées occidentales.

En quelques mois seulement ? Vraiment des fanatiques, ces gens-là.

L'histoire s'arrête là. J'apprends juste que la famille d'Ishten habitait un logement social de la banlieue de Chicago, ce qui ne doit certainement plus être le cas.

Cette histoire est dramatique au-delà du possible. Je ne peux pas imaginer ce qu'ont dû ressentir ses parents, alors qu'ils croyaient avoir enfin retrouvé leur liberté. Sur Internet, je recherche leur nom, sans succès. Ils ont dû changer leur identité afin de protéger leur progéniture. Du moins, l'enfant qui restait. J'ai aussi appris le vrai prénom d'Ishten : Vadim. Ça lui va bien. Rêveuse, je caresse sa photo la plus récente, comme si je pouvais sentir sa peau sous mes doigts. Son air dur et déterminé me manque.

– Ma puce, prépare-toi, on va être en retard.

La voix de Cathy me fait sursauter. Vêtue d'un tailleur-pantalon rouge, elle m'observe depuis la porte de sa chambre.

Tiens, c'est le matin ? Apparemment, j'ai passé la nuit là-dessus.

– Je ne viens pas, réponds-je, toujours plongée dans la contemplation de la photo.

– Tu vas t'abîmer les yeux à force de fixer cet écran. Qu'est-ce que c'est ? demande-t-elle en se plaçant derrière moi pour voir ce que je lis.

– Le dossier d'Ishten.

C'est la deuxième fois en deux jours que je prononce son prénom. Un record. J'ajoute :

– En fait, il s'appelle Vadim.

– Ah oui, je me disais bien que ce prénom n'existait pas ! Et lui, c'est qui ? m'interroge-t-elle en pointant du doigt la photo de Nicholas Sarkov.

– C'est son père.

– Et sinon, tu m'expliques ce que tu fais avec ça ? Dis-moi si je me trompe, mais j'ai quand même l'impression que c'est un dossier plutôt confidentiel.

Cathy ignore tout de mes découvertes d'hier. J'ai tellement de choses à lui dire ! D'autant plus que maintenant que j'ai décidé de confronter mon père à ce sujet, je vais avoir besoin de son soutien. Je n'ai jamais rien entrepris d'aussi ambitieux…

– Je te raconterai tout ce soir. C'est une longue histoire et tu vas être en retard en cours.

– Balance, chérie. Les cours peuvent attendre, assure-t-elle en prenant place à mes côtés. Et puis, j'ai comme l'impression que tu ne comptes plus y mettre les pieds.

Alors, je lui avoue tout. Le trafic d'enfants, le rôle qu'a joué mon père là-dedans, ma mission d'espionnage et ma volonté de stopper cette atrocité. Je lui parle de notre plan : faire chanter mon père pour qu'il rende les enfants à leur famille ou, s'il refuse, balancer toute cette histoire aux médias.

– Tu es sûre de vouloir en arriver là si ton père refuse ? Ça signifie quand même la fin de sa carrière et sûrement le début de la déchéance de ta famille.

– Certaine, réponds-je, la gorge serrée. S'il faut en passer par là, je le ferai. J'y ai beaucoup réfléchi et je me dis que je dois bien ça à toutes ces familles détruites par sa faute.

– Je suis fière de toi, ma puce, me félicite Cathy en m'étreignant. Tu te bats pour tes idéaux et il n'y a rien de plus noble.

Son câlin me fait du bien. J'enfouis ma tête dans son cou et respire son odeur de vanille, si familière et rassurante. Sans prévenir, elle s'écarte et rebondit sur le coussin en frétillant comme un poisson dans l'eau.

– Maintenant que tu sembles avoir repris du poil de la bête, je veux tous les détails sur ce qu'il s'est passé entre toi et Ishten.

J'avoue que je n'ai pas tellement envie d'aborder le sujet pour le moment, alors je choisis de parler d'autre chose. Une question qui me démange depuis que j'ai remarqué les regards de plus en plus insistants de ma meilleure amie envers un certain garde du corps.

– Et si tu me disais vraiment ce que tu penses d'Esher ? demandé-je en retour pour esquiver le sujet.

Elle rougit.

Une minute : Cathy ne rougit jamais.

Mais si ! Elle a bien rougi.

– Rien à déclarer. C'est juste un idiot accro à la gâchette.

– À d'autres ! Je ne vais plus te lâcher avec ça maintenant que je t'ai vue rougir.

– Je ne rougis pas, dément-elle en se cachant les joues.

Amusée par son comportement enfantin, plutôt inhabituel, je la fixe du regard en attendant qu'elle craque. S'il y a une chose que ma copine déteste plus que tout, ce sont les regards insistants.

– Bon, OK, j'avoue que j'ai un petit *crush* pour lui. Pourtant, les blonds, c'est pas mon truc.

– Ni les dragueurs avec un côté espiègle, ajouté-je pour l'encourager sur sa lancée.

– Figure-toi que c'est ça qui m'a fait craquer. Pas le côté dragueur, hein. Plutôt cet enthousiasme qu'il a du fait de découvrir des trucs qui nous semblent super banals et ennuyeux. Je me suis dit plusieurs fois qu'il était trop mignon. C'est peut-être un *crush* amical, finalement…

– Aucune chance, ma vieille. J'ai bien remarqué les regards que tu lui lances. Et lui, n'en parlons pas ! Et puis, je te comprends, moi aussi je me suis dit à plusieurs reprises qu'Ishten était mignon. Ça ne peut être que de l'amour, conclus-je alors que je m'affale sur le canapé dans un soupir rêveur.

– Pardon ? Ishten, mignon ? Clairement, t'es aveuglée par tes sentiments, meuf.

– Peut-être, avoué-je en rigolant. Ma Chacha, j'aimerais que tu me promettes, s'il te plaît vraiment, que tu tenteras le coup. J'ai envie que tu sois heureuse.

– D'accord, ma Jadounette, me répond-elle, non sans un sourire triste. Moi aussi, je veux que tu sois heureuse.

Les larmes aux yeux, je l'étreins et réalise une fois encore la chance que j'ai de l'avoir à mes côtés. Je suis émue car je sais que mon bonheur sera à jamais entaché de mélancolie. Même si j'arrive à mettre fin au trafic de mon père, je crains que le cas d'Ishten soit une cause perdue. Il a accepté son destin et, d'après les garçons, il ne voudra rien savoir sur sa famille. Néanmoins, cela ne m'empêchera pas d'œuvrer pour le bien et de contribuer à sauver des vies.

***

Deux jours plus tard, nous patientons dans le hall d'un immeuble en plein cœur du quartier des finances. Wall Street pullule de traders qui courent dans tous les sens, nuit et jour. J'en ai déjà la migraine. L'immensité du bâtiment, renforcée par tout ce marbre clair, tapissant le sol comme les murs, est paradoxalement étouffante. Même si notre plan d'action est millimétré, la boule d'angoisse qui s'est logée dans mon estomac ne veut plus le quitter.

– Ça va aller, me rassure Esher en posant une main sur ma cuisse. Arrête de secouer cette jambe ou tu vas attirer tous les regards.

Je me calme. Du moins, en apparence. Malgré toutes mes sollicitations, mon père a refusé de me recevoir. À chaque fois que j'ai essayé de mettre le sujet sur le tapis par téléphone, il était trop occupé ou trouvait le moyen de changer de sujet.

Cela nous a forcés à adapter notre plan, avec les garçons. Dans le cadre de sa campagne présidentielle, mon paternel a promis – en grand défenseur du libéralisme – d'accueillir des sociétés prometteuses en compagnie de ses plus fidèles associés et même de certains de ses concurrents. Tishé a eu l'idée de nous fabriquer une identité fiscale de toutes pièces afin de nous faire passer pour une entreprise anglaise émergente voulant s'implanter en Amérique.

Une fois que nous serons devant ces gros bonnets de la finance, ce sera à moi de jouer. Esher a proposé de prendre les choses en main, mais j'ai refusé. Il ne faut pas que j'aie l'air faible et peu sûre de moi. Mon père doit comprendre à quel point je suis déterminée et que rien ne me fera faire marche arrière. J'en ai besoin pour aller de l'avant, et j'ai remercié mille fois les garçons pour ça. Je réalise bien que je ne suis pas essentielle à leur plan. Malgré tout, ils m'y ont donné un rôle majeur.

– L'entreprise précédente a terminé, nous prévient l'hôtesse. C'est à vous !

Nous lui emboîtons le pas. L'écho de ses talons sur le carrelage résonne dans mes oreilles et me stresse encore davantage. Elle s'arrête devant une grande porte et nous souhaite bon courage avant de s'en aller.

Pourquoi a-t-elle dit ça ? Que doit-on affronter en entrant dans cette salle pour avoir besoin de courage ?

J'ai la boule au ventre plus que jamais, mais il est trop tard pour se débiner.

John, je t'en prie, aide-moi.

Je pousse la porte la première et me retrouve devant une ribambelle d'hommes en costume. Aucune femme, de toute évidence. Tous – sauf mon père – nous dévisagent, assis face à des pupitres équipés d'un micro et disposés en forme de U autour d'une scène légèrement surélevée. La salle est immense. Tout le pan gauche est vitré, laissant apercevoir un jardin d'intérieur tropical, censé réchauffer la pièce. Je dis bien « censé ». Impossible de créer une ambiance sereine avec tous ces pingouins qui vous fusillent du regard comme si vous n'aviez rien à faire là.

Mon père discute avec son voisin et ne nous porte aucune attention. Je le reconnais bien là. Néanmoins, il ne pourra plus m'ignorer bien longtemps. Il est temps pour lui de récolter ce qu'il a semé. Alors, je prends une grande respiration, m'installe devant le pupitre central et rentre, pour quelques minutes, dans la peau de la femme confiante que j'aimerais devenir.

27

ON NE CONNAÎT JAMAIS VRAIMENT LES GENS

Jade

– Bonjour à toutes et à tous, nous sommes la société NanoBioCoop, commencé-je d'une voix forte et assurée. Nous sommes spécialisés dans la biotechnologie, plus particulièrement dans les puces à ADN. Notre cible : les sujets performants dotés d'une génétique proche de la perfection.

Mon père a mis un moment à reconnaître ma voix, mais il a fini par se tourner vers nous. Le regard hébété qu'il me lance vaut tous les gâteaux du monde. Sans lui prêter une attention particulière, je me retourne vers l'écran. Alors que jusque-là le symbole de notre société fictive s'affichait, la diapositive suivante montre une troupe de militaires en plein entraînement. Cette photo n'a pas été prise au hasard. Il s'agit de l'image actuelle du camp FSE, plus précisément de la promotion Maya, dont les recrues ont entre 9 et 10 ans. Impossible de manquer leur jeune âge sur le cliché, malgré leurs muscles déjà proéminents.

– Vous voyez ici des enfants qui ont été sélectionnés

pour leurs gènes prometteurs. Formés à bon escient, ces préadolescents représentent le futur de nos gardes rapprochées. Ils sont l'avenir de nos services secrets et la relève de nos forces de protection civile. Des soldats d'élite qui ont appris à se battre et à tuer dès le plus jeune âge. Je tiens d'ailleurs à préciser que monsieur le secrétaire d'État a…

– Stop ! crie mon père qui bondit de sa chaise. Messieurs, veuillez nous excuser une petite minute.

Il nous presse en dehors de la grande salle sous les chuchotements intrigués de ses collègues. Nous le suivons jusqu'à un local d'entretien étroit et sans fenêtre, dont il ferme la porte aussitôt derrière lui.

– Qu'est-ce que vous fabriquez ? s'insurge-t-il en regardant mes deux camarades.

Je ne leur laisse pas le temps de répondre et m'avance. L'heure de l'affrontement a sonné.

– On a trouvé tes dossiers, papa, craché-je. Le soir où tu m'as surprise dans ton bureau, je suis repartie avec une copie de tout ce que tu caches dans ton ordinateur. Je sais que tu enlèves de jeunes enfants à leur famille pour en faire des soldats dont tu pourras louer les services. Tu es un monstre et je compte bien mettre fin à tout ça.

– Tu comptes bien ? répète-t-il en ricanant. Tu n'as aucun pouvoir. Que pourrais-tu bien faire et qui te croirait ?

J'avance d'un pas vers lui, prête à camper sur mes positions.

– Tu me penses aussi naïve ? Je sais que beaucoup de personnes sauteraient sur la moindre information compromettante pour discréditer ta campagne. Les médias raffolent de ce genre d'histoire.

– Petite ingrate ! Je t'ai tout donné et c'est comme ça que tu me remercies ! hurle-t-il en se précipitant vers moi.

Les garçons le retiennent chacun par un bras alors qu'il essaye de se dégager, en vain.

– Tu m'as tout donné, sauf la seule chose dont j'avais vraiment besoin. L'amour ou, à défaut, l'affection et la présence d'un père. Mais peu importe, ce n'est pas pour parler de notre relation désastreuse qu'on est ici. Je voulais te montrer que je suis prête à tout pour arrêter ce massacre. J'ai déjà engagé un avocat, nous pouvons faire ça en toute discrétion si tu coopères.

– Tu me menaces ? gronde-t-il en se débattant.

Je vois toute la haine que je lui inspire tordre ses traits, mais il n'est pas en position de force, alors il baisse la tête.

Wow. Mon père baisse la tête devant moi. Si on m'avait dit cela il y a quelques semaines, j'aurais demandé à cette personne quelle drogue elle avait prise et où je pourrais m'en procurer afin de faire des space cakes qui déchirent. Littéralement.

– Ce n'est pas une menace, je te préviens seulement qu'on peut utiliser la manière douce. Si tu n'es pas prêt à collaborer, toute ton affaire sera déballée. Les photos et les dossiers de tous les enfants sont déjà prêts à être envoyés aux médias.

Il semble s'être calmé, alors je fais signe aux garçons de le lâcher. Il recule de quelques pas pour s'adosser à une armoire en métal, silencieux pendant quelques secondes. Puis il lève les yeux vers moi, de nouveau déterminé, avant de poursuivre :

– Laisse-moi le temps de voir avec mes clients. Cela ne dépend pas que de moi. Des commandes ont déjà été passées.

Il parle d'enfants comme il le ferait de marchandises. Décidément, cet homme me dégoûte au plus haut point.

C'est à mon tour de m'avancer vers lui tandis que les garçons se placent dans mon dos.

– Pas question de faire traîner ça alors que des enfants sont en ce moment prisonniers de ton camp de sadiques. Je veux un rendez-vous demain matin.

– Mais merde, Jade ! hurle-t-il en donnant un coup dans l'armoire derrière lui. Je suis ton père ! Tu te rends compte de la situation dans laquelle tu me mets ?

Comme me l'a conseillé Cathy, je croise les bras et lève le menton pour le toiser d'un air hautain. Il n'a toujours pas bougé de son armoire, comme acculé.

– Franchement ? Plus je parle avec toi, et plus je réalise que tu es un être cruel dénué de toute humanité. Je suis à deux doigts de retirer ma proposition et d'aller balancer à tout le monde à quel point tu es monstrueux. La seule chose qui me retient, c'est les répercussions que ça aurait sur maman. Mais dis-toi bien que la seule chose qui m'importe, c'est de sauver la vie de ces enfants. Si tu refuses de coopérer, je n'hésiterai pas à faire ce qu'il faut. Je me fiche bien de notre réputation !

Je laisse quelques secondes de réflexion à mon père qui secoue la tête et marmonne dans sa barbe. Ainsi débraillé, au milieu des produits d'entretien de ce local, il m'a l'air beaucoup moins impressionnant que l'image qu'il m'a toujours renvoyée. Je crois que ce moment vient marquer un tournant dans ma vie. Les sentiments de respect et de crainte que m'inspirait mon père sont désormais remplacés par du dégoût et de la haine. Jamais plus je ne le laisserai m'imposer quoi que ce soit. Prenant exemple sur une technique qu'il a plusieurs fois utilisée avec moi, je me retourne et m'apprête à quitter la pièce en lançant un « tant pis » laconique.

– Attends ! m'interrompt-il.

Un petit sourire se dessine sur mon visage mais je reprends aussitôt une expression impassible avant de me retourner lentement vers lui.

– Oui ?

– C'est d'accord, dit-il d'une voix gutturale. On peut se rencontrer demain, à huit heures.

– Très bien, va pour demain, acquiescé-je avant de faire demi-tour.

– Néanmoins… ajoute mon père d'une voix traînante, c'est dommage pour Ishten. J'ai cru comprendre que tu étais proche de lui.

Je cligne des yeux, pas certaine d'avoir bien entendu. Esher presse ma main pour m'inviter à avancer et du coin de l'œil, je peux voir Tishé secouer la tête. Je sais que c'est ce que veut mon père et que je ne devrais pas tomber dans le panneau. C'est pourtant ce que je fais.

– Comment ça, c'est dommage pour lui ?

Un sourire victorieux se dessine sur le visage de mon père qui se redresse, passe les mains derrière son dos et bombe la poitrine.

– Il a été convenu dès le début qu'un soldat de chaque promotion porterait le chapeau pour les autres. Dans chaque dossier officiel, ce sont leurs noms qui remplacent le mien. Tout ce que j'ai à faire, c'est informer la milice dans laquelle il est infiltré de sa véritable identité. Il sera mort dans la seconde et ne pourra jamais témoigner de son innocence.

Il sort son téléphone et le secoue, fier de sa menace. Sans que j'aie rien vu venir, Esher sort un silencieux de sa veste de costume et tire en plein dans l'écran, manquant de peu la main de mon père. Ce dernier devient livide, trébuche de nouveau contre l'armoire, lâche son téléphone et inspecte sa main.

– Espèce de demeuré ! hurle-t-il. Crois-tu que je n'ai que ça comme moyen de communication ?

Pour toute réponse, Esher m'attrape le bras et m'entraîne en dehors de l'entrepôt. Avant de sortir de la pièce, Tishé se retourne et lance à mon père :

– Le rendez-vous est maintenu, demain à huit heures.

– Et pour Ishten ? demandé-je à Esher qui me tire toujours.

– On va le prévenir. T'inquiète, ce mec, c'est Terminator. Il va s'en sortir.

Malgré son ton confiant, une chape de plomb s'est logée dans mon estomac, accompagnée d'un sentiment d'impatience. De le revoir, ou du moins de savoir qu'il est en vie et hors de danger. Esher me lâche et je le suis. Nous sortons de là sans plus attendre. Une fois dehors, je respire à pleins poumons pour calmer mes nerfs. L'air frais me fait du bien, j'inhale sans retenue les relents de dioxyde de carbone de New York. J'avais beau être, pour une fois, sûre de moi, il n'empêche que la pression était très forte. Le tremblement de mes mains et les gouttes de transpiration dans mon dos peuvent en attester. Je souris à Esher et Tishé qui me félicitent. Une partie du chemin est accomplie, mais il ne faut pas se relâcher pour autant. La matinée de demain promet d'être haute en couleur.

– Tu as prévenu Ishten ? demandé-je à Tishé.

– Je lui ai envoyé un message codé sur la messagerie d'urgence, affirme-t-il en ouvrant la marche vers le parking. Il devrait le lire d'ici peu.

Je souffle de soulagement, même si je ne suis pas complètement rassurée, et enlève, d'une main tremblante, les mèches collées à mon front.

– Rentrons, dit Esher en passant une main dans mon dos. Tu as eu assez d'émotions pour aujourd'hui. D'ailleurs, il faudra que tu me présentes ton avocat !

Je ricane nerveusement. Cette partie est inventée de toutes pièces, c'est sorti comme ça.

– Ça tombe bien que tu en parles, j'en ai justement trouvé une, ajoute Tishé en montant dans la voiture. Elle nous attend chez nous.

Il prend le volant, le regard fuyant, et refuse de donner plus d'informations. Avec lui, c'est tout ou rien, mais pas de demi-mesure. Soit il vous accorde sa pleine attention, soit il ne vous écoute pas parce qu'il s'en fout. Ce qui me fait m'interroger sur l'identité de cette mystérieuse avocate.

Peut-être que c'est un membre de sa famille avec qui il a repris contact ?

***

Lorsque nous entrons chez les garçons, une grande brune nous attend. Quinquagénaire bien conservée, elle est magnifique dans son tailleur-pantalon beige. Son visage me semble étrangement familier, et une sensation de déjà-vu m'envahit.

Est-ce que c'est la mère de Tishé ?

Cela expliquerait cette impression que j'ai de la connaître. Pourtant, elle semble appartenir à une classe sociale plus élevée que celle des familles ciblées par le programme FSE, mais sait-on jamais.

– Bonjour, dit-elle d'une voix incertaine.

Une voix que je reconnaîtrais entre mille. La femme à la cagoule. Un étau se resserre autour de ma gorge et je recule jusqu'à me cogner contre un torse ferme. Tishé. Il me retient et m'empêche de prendre la fuite. Je le vois échanger un regard avec la femme, et c'est là que je la reconnais. Sofia. La collègue déchue de papa, qui était à l'origine une amie de maman. Elles ne se fréquentent plus depuis quelques mois, et la dernière fois que je l'ai vue, c'était il y a des années. Mais je me rappelle bien avoir entendu maman dire que c'est elle qui a décoré mon appartement. Dois-je en conclure qu'elle et Tishé sont de mèche depuis le début ?

Non, ce n'est pas possible. Et Esher ? Et… Ishten ?!

– Lâche-moi ! hurlé-je en me débattant dans les bras de Tishé. Au secours !

– Calme-toi, Jade ! intervient Esher en me libérant de la poigne de son camarade. Qu'est-ce qu'il t'arrive ?

– C'est la femme qui m'a enlevée ! crié-je en montrant Sofia du doigt.

Aussitôt, Esher pointe son arme sur elle et me fait glisser derrière lui. Un soupir de soulagement m'échappe et je me cache derrière son dos large. Ishten ne peut pas être dans le coup non plus. Je n'aurais jamais imaginé ça de Tishé. Et moi qui commençais à l'apprécier…

Quelle idiote !

Comme quoi, on ne connaît jamais vraiment les gens.

28

MENACE N° 11 : LES SOUVENIRS TENACES

Ishten
Quelques jours plus tôt

Les yeux fermés, je m'appuie sur le comptoir de ce taudis et j'essaye de faire abstraction de l'atmosphère hostile et de l'odeur ambiante de la peur. Ici, à Haïti, elle se fait sentir à tous les coins de rue. Le gouvernement n'est plus qu'un lointain souvenir et les gangs ont pris le contrôle de Port-au-Prince. Ils pillent, tuent et violent les personnes qui ne sont pas sous leur protection. Après une courte mission de rapatriement au Mali, on m'a envoyé là pour appuyer une de ces milices. Tout cela me dégoûte, je ne comprends pas quel rôle y joue l'armée américaine. On m'a expliqué que je serais un infiltré. Néanmoins, mes rapports quotidiens n'apprennent rien à mes supérieurs qu'ils ne savent déjà, à mon avis.

Depuis ma parenthèse new-yorkaise, j'ai beaucoup de mal à m'adapter à nouveau au terrain. Surtout quand je sais qu'Esher et Tishé sont aux côtés de Jade alors que je suis coincé dans ce trou à rat. J'étais pourtant certain de réussir à l'oublier en un temps record. Il faut croire que je me suis affaibli. Heureusement, je suis toujours en contact avec eux et je peux leur demander des nouvelles d'elle de temps à autre. La dernière fois, on était en communication visio lorsqu'elle a débarqué comme une furie dans la pièce. Il s'en est fallu de peu pour qu'elle ne me voie. En revanche, moi, je l'ai aperçue. Toujours aussi belle et surtout, saine et sauve. Cela m'apaise de la savoir en sécurité. C'est tout ce dont j'ai besoin.

Conneries ! Qui t'essayes de convaincre, là ?

Esher et Tishé ont pour consigne de ne divulguer aucune information sur moi. Déjà, parce que c'est confidentiel. Mais surtout, je souhaite qu'elle m'oublie et passe à autre chose. S'il y a une personne pure et dénuée de toute méchanceté qui mérite d'être heureuse, c'est bien elle.

– Salut, mon beau, m'interpelle une petite brune aux formes généreuses. Contente de te revoir.

C'est Rosena. Elle travaille dans ce boui-boui miteux et offre parfois ses services aux membres du gang dans lequel je suis infiltré. Cela lui permet de garantir sa sécurité. À ma grande honte, j'en ai profité quelques fois. C'est pour ça que je suis revenu ce soir.

Sans perdre de temps en parlotte, je l'entraîne à l'étage et la déshabille. J'ai retrouvé mes bonnes vieilles habitudes : pas de préliminaires, une baise express et sans sentiments. La différence, c'est que, depuis quelque temps, le plaisir me fuit. Au début, cela marchait avec les courbes affriolantes et les boucles brunes de Rosena, qui n'étaient pas sans me rappeler une certaine personne. Mais depuis que l'attrait de la ressemblance est passé, c'est insuffisant. Leurs différences me sautent désormais aux yeux et je me fais l'effet d'un salaud en train de tromper sa femme.

On aura tout entendu ! On n'est même pas ensemble...

Malgré tout, j'imagine des mirettes bleues et innocentes à la place des pupilles marron qui me matent avec convoitise. Je vois une peau blanche sur laquelle chacune de mes pressions laisse une empreinte, à la place de la peau brune que je malmène. Je repense à mon prénom, qu'elle répétait dans un souffle si excitant et adorable à la fois.

Mon affaire finie, je me casse sans aucune considération et rejoins la planque pourrie que j'occupe depuis trop longtemps. Même en ce mois de janvier, la température est étouffante, faisant ressortir des relents d'égouts et de poubelles entassées. Pourtant, un ramassage partiel des déchets a été mis en place dans le quartier où je vis. Ceux qui ne sont pas sous la tutelle d'un gang sont en bien pire état.

Dans la pièce, le thermomètre atteint un niveau affolant. Alors, je passe aux douches collectives afin de me refroidir, ignorant les sollicitations de tas de pourritures qui me proposent un shoot de leur nouvelle drogue de synthèse. C'est soit ça, soit des paris sur des combats. La vie en communauté est de mise, par ici. Il est impossible de sortir sans croiser un membre du célèbre groupuscule des G9, les leaders de la guerre des gangs de Port-au-Prince depuis quelque temps.

De retour dans ma piaule, je m'allonge sur mon minuscule lit et fais abstraction des sons ambiants. Comme tous les soirs, je pense à Jade, à la douceur de sa peau et à sa façon de s'en faire pour moi. Je la revois faire des gâteaux, ou décorer son carnet plein de paillettes. Je souris en imaginant ses pyjamas ridicules et ses blagues pas très drôles.

C'est le seul moyen que j'ai trouvé pour que le sommeil ne me rejette pas. Même si mes nuits sont toujours agitées et mon sommeil entrecoupé de cauchemars, j'ai besoin d'un minimum de repos si je ne veux pas finir plombé. Au moment où je commence à m'endormir, mon téléphone se met à sonner. Quand je réalise que c'est Tishé qui me contacte sur cette ligne non sécurisée, je panique. Ce n'est pas son genre. Il a forcément dû arriver quelque chose à Jade.

– Explique-toi, aboyé-je sitôt l'appel pris.

– Tout va bien, Jade est en sécurité. Je sais que cet appel ne suit pas tes procédures, mais je t'ai envoyé un message sur la messagerie cryptée et tu n'as pas répondu. Et je crois que tu voudras entendre ce que nous avons découvert.

Ça ne lui ressemble pas de tourner autour du pot. L'information doit être sacrément importante.

– Vas-y, balance.

– Jade a finalement récupéré les dossiers de son père. Les générations d'enfants-soldats ont perduré, et j'ai la confirmation que nous avons été enlevés à nos familles. Si tu veux, je peux te donner les noms de…

– Pas intéressé.

– Vraiment ? J'aurais pensé que depuis ton histoire avec Jade, tu aurais…

– Que j'aurais changé et que je voudrais m'installer dans une maison en banlieue pour fonder une jolie petite famille modèle ?

– Il y a de ça, oui.

– Te fous pas de moi, Tishé. Tu sais très bien que cette vie n'est pas pour nous. Du moins, pas pour moi.

– Non, je n'en sais rien et toi non plus vu que tu n'as jamais essayé. Et pour le coup, Jade est déterminée à affronter son père pour stopper tout ça. Elle a aussi prévu de contacter nos familles.

– Putain, fait chier ! Débrouille-toi comme tu veux, mais tu l'en empêches.

– Plus facile à dire qu'à faire ! Je ne l'ai jamais vue aussi motivée. Depuis que tu es parti, elle n'est plus vraiment elle-même. Je crois que cette histoire lui donne une nouvelle raison d'avancer. Tu me demandes de briser tous ses efforts pour qu'elle redevienne un zombie ?

Mon cœur se serre lorsque j'imagine ma Jade ainsi. Elle, si pétillante de vie, enthousiaste et lumineuse, ne peut pas s'éteindre. C'est impossible. D'un autre côté, son plan est très risqué et ça me fout une trouille monstre. Surtout quand je me trouve si loin.

Merde ! La distance ne s'est jamais autant fait sentir.

– OK, soupiré-je, vaincu. Vous la suivez dans toutes ses démarches et vous vous assurez qu'elle ne prenne pas de décision inconsidérée. Je veux que vous deveniez son ombre. J'aurai besoin d'au minimum un rapport par jour. Tu passes par la messagerie sécurisée, même avec le code. Et surtout, tu lui défends de contacter ma…

Le mot reste coincé dans ma gorge. Il est tellement inhabituel pour moi. Je refuse de le prononcer et de m'épancher sur cette révélation. Le petit garçon que j'étais, comme l'homme que j'aurais pu devenir, n'existe plus.

– Famille ?

– Voilà, grogné-je. Autre chose ?

– Le général a menacé de divulguer ton identité aux G9. Je suis convaincu qu'il ne va pas hésiter pour ne pas prendre de risque au niveau de la clause de confidentialité.

Cette clause est vraiment une connerie, mais l'un d'entre nous devait s'y coller, alors, après mon cuisant échec et la mort de la quasi-totalité de mon escouade, j'étais tout désigné. Elle stipule que je devrai mettre fin aux jours de n'importe quel soldat qui menacerait le secret du programme FSD. J'ai aussi pris la responsabilité de toutes les missions menées par la team Alpha. Mon empreinte et ma signature sont apposées à côté de chaque ordre de mission. Un aspect administratif de mon métier que j'ai toujours détesté.

– Ishten, tu m'entends ? insiste Tishé alors que j'étais perdu dans mes pensées. Il va falloir que tu te casses d'ici, ça va devenir chaud.

Je grogne et me frotte les yeux. Ce n'était absolument pas dans mes plans, mais il faudra faire avec.

– On verra. C'est tout ?

Tishé hésite et met un temps interminable à répondre, ce qui n'est pas dans ses habitudes.

– En fait, non… J'ai quelque chose à t'avouer et la pilule va avoir du mal à passer. J'aurais voulu le faire avant, mais j'ai préféré assurer ma sécurité. Les sept mille trois cents kilomètres qui nous séparent ne seront pas de trop…

– Accouche, merde ! Depuis quand tu brodes de la dentelle ?

La suite me laisse sur le cul. Putain, je voudrais ne pas y croire, mais en y réfléchissant bien, les faits sont là et les indices s'alignent. J'ai été bien berné et je m'en veux de n'avoir rien vu. Malgré ses arguments, je reste sur mon idée : c'est une trahison. Une putain de grosse mutinerie qui se tramait sous mon nez depuis des mois, et je n'ai rien vu venir. Je ne me suis jamais senti aussi con ni humilié.

Après l'avoir insulté de tous les noms, je raccroche et n'attends pas une minute pour préparer mon retour au bercail. Il semble que ma carrière de soldat touche à sa fin.

Putain, si je m'attendais à ça !

Il faut que je dégage d'ici au plus vite avant qu'une bande d'enragés drogués ne me tombe dessus. Et puis, pour une fois dans ma vie, j'ai quelqu'un à protéger. Quelqu'un qui, je l'espère, m'attend toujours et me pardonnera.

29

COMME QUOI, LES GROS MOTS, C'EST UTILE

Jade

– Je ne te veux aucun mal, Jade, m'assure celle qui m'a kidnappée en s'avançant vers moi, les mains levées en signe d'apaisement.

– Restez où vous êtes ! crié-je en me cachant derrière Esher, qui vise à tour de rôle Sofia et Tishé.

– Jade, n'aie pas peur de moi. Je t'ai gardée quand tu étais petite. Écoute ce que nous avons à te dire, s'il te plaît.

– Et vous m'avez aussi frappée et ligotée à une chaise, crié-je en m'avançant à côté de mon seul et unique garde du corps. Je n'ai aucune confiance en vous.

Sofia prend un air penaud et recule à nouveau pour prendre place à la petite table de la cuisine.

– Je comprends, et je tiens à m'excuser pour ce que je t'ai fait, mais c'était nécessaire.

– J'imagine bien que me priver de mes besoins primaires et me tabasser était sur la liste de vos priorités. Ce qui fait de vous une super psychopathe. Bravo ! Et toi, tu étais avec eux tout ce temps ?! lancé-je à Tishé d'un ton accusateur.

– En quelque sorte, soupire-t-il en s'installant à côté de Sofia. Tu veux bien t'asseoir et me laisser t'expliquer ? Je te promets que rien ne va t'arriver. On ne te demande que quelques minutes, s'il te plaît. Et toi, Esher, baisse ton arme. Je t'assure qu'il y a une bonne raison à tout ça.

Esher attend mon signal tandis que Tishé me lance un regard suppliant. J'abdique. Comme dirait Cathy, « ma naïveté me tuera ».

Leur explication a intérêt à être en chocolat et ornée de crème pâtissière !

Nous nous attablons dans la cuisine dans une ambiance tendue. Le traître prend la parole en premier.

– Avant qu'on m'ait chargé de ta surveillance, j'étais déjà en contact avec Sofia. Ça fait quelque temps qu'on cherche un moyen de stopper le projet FSD. Cette nouvelle mission était l'opportunité de mettre notre plan à exécution. On n'avait rien de solide contre ton père. Il a été d'une prudence incroyable, il n'y a aucune trace de lui nulle part. La seule preuve qu'on avait, c'était le témoignage de Sofia, mais elle avait déjà été entendue il y a deux mois et personne ne l'a crue. Tu étais la seule solution que nous avions. Il fallait quelqu'un d'assez proche de Paul Devreaux pour pouvoir obtenir des preuves solides.

– Et donc, les lettres de menaces, c'était vous ? demandé-je d'un ton indigné.

– Oui, répond Tishé en évitant mon regard. Enfin, l'équipe de Sofia les écrivait et les envoyait. Tu n'en as jamais reçu aucune, parce que le but était d'effrayer ton père, mais ça n'a pas marché. Alors on en a envoyé de plus en plus et l'équipe de Sofia a commencé à te suivre en voiture. Ça m'a permis d'avoir la permission pour te mettre au courant tout en restant insoupçonné. J'ai aussi choisi de ne pas filtrer les messages sur les réseaux.

Il lève enfin les yeux et affronte mon regard accusateur. Je crois lire du regret dans son expression, peut-être même de la tristesse.

– Je ne voulais pas t'effrayer, Jade. Mais je n'avais pas le choix. Il fallait que tu te questionnes sur ton père. Tu étais notre dernière chance de l'approcher, de récupérer des preuves.

Il pousse un profond soupir et frotte ses yeux sous ses lunettes. J'avoue que son abattement ne me fait ni chaud ni froid. Il poursuit, d'un air las :

– Tout ça n'a rien donné, même quand nous t'avons mise au courant. Tu as été d'une passivité à toute épreuve.

– Pardon ? m'insurgé-je. Le but de cette rencontre est de m'incriminer ou de me donner vos explications foireuses ?

– C'est vrai, excuse-moi, se reprend-il en affrontant de nouveau mon regard. Je disais donc, nous avons dû passer aux choses sérieuses afin de forcer ton père à réagir.

Là, c'en est trop. Je tape du plat de la main sur la table et me redresse, faisant tomber ma chaise au passage.

– C'est ça ta justification pour m'avoir laissée me faire torturer ?! Tu n'aurais pas pu me le demander dès le début ?

– Je devais attendre que le doute s'insinue dans ton esprit. À l'époque, tu craignais ton père et tu n'aurais jamais osé te dresser contre lui. On s'est donc dit qu'il te fallait… comment dire… un retournement de situation conséquent.

Je ris jaune avant de me rasseoir, les bras croisés.

– Par retournement de situation, je suppose que tu veux parler d'un enlèvement accompagné d'un passage à tabac.

Il évite de nouveau mon regard, enlève ses lunettes et souffle sur les verres pour se donner une contenance. Il a l'air vraiment gêné, et je n'en ai absolument rien à faire.

– Alors ? insisté-je.

Il replace ses lunettes sur le bout de son nez et se racle la gorge avant de continuer :

– Alors, j'ai prévenu Sofia et son équipe de tous tes déplacements et j'ai volontairement perdu ta trace, le jour de ton kidnapping. Nous avions tout prévu ensemble, mais ce n'était pas censé aller aussi loin. Nous nous étions mis d'accord pour t'enlever et te faire patienter dans un motel de banlieue, le temps que ton père abdique.

Tishé lance un regard lourd de reproches à sa complice. Son visage est fermé et elle a une expression dans le regard que je peine à définir. Un curieux mélange de lassitude et de détermination. Cela fait des années que je ne l'ai plus vue et j'ai du mal à faire le lien entre la femme douce qu'elle était et la personne devant moi. Elle a dû beaucoup changer, depuis le temps.

– Nous n'avions pas le choix, réplique-t-elle en fixant Tishé droit dans les yeux. D'après nos discussions, j'en ai déduit que tu semblais t'être attaché à Jade et que tu ne tiendrais pas longtemps avant de révéler notre planque.

J'en ai assez d'assister à leur petite guerre, comme si je n'étais pas là. Une nouvelle fois, je me lève d'un bond pour attirer l'attention de tous.

– Et vous, lâché-je en direction de Sofia, c'est quoi votre excuse pour avoir torturé une innocente alors que vous saviez pertinemment que j'ignorais tout de cette histoire ?

– On avait besoin d'une vidéo assez percutante pour faire réagir ton père. Mais il semblerait que cet homme soit insensible, même à la douleur de sa fille.

– Que voulez-vous dire ? C'est bien lui qui a envoyé l'équipe de sauvetage.

Les deux coupables fuient mon regard.

Ah non ! Ils ne vont pas encore me cacher des choses maintenant qu'ils ont décidé de tout me révéler.

– Je vous écoute ! ordonné-je en croisant les bras.

Esher me lance un sourire complice accompagné d'un clin d'œil. Il semblerait que j'ai pris de l'assurance. Il faut dire qu'aujourd'hui, j'ai eu mon compte d'émotions pour toute une vie et la marmite commence à déborder.

– Ton père nous a répondu dans l'heure suivant l'envoi de la vidéo. Pourtant, tu as passé toute la nuit dans cette cage, lâche Sofia. Quelle conclusion en tires-tu ?

Je peine à respirer correctement tellement la moutarde me monte au nez.

– Je ne suis pas là pour assister à un putain de cours magistral sur vos méthodes de kidnapping de merde ! explosé-je en plaquant mes deux mains sur le plan de travail. Alors vous allez me faire la version complète, conclusion comprise.

À ma gauche, Esher pouffe. À ma droite, Tishé me lance un regard interloqué. Quant à l'autre conne, elle se tasse un peu et s'exécute.

Comme quoi, les gros mots, c'est utile.

– Il a répondu qu'il ne nous fournirait rien et qu'il ne céderait jamais au chantage, puis il n'a plus donné signe de vie. On le soupçonne d'avoir envoyé le sniper qui vous a attendus à la sortie du bâtiment. Il est prêt à tout pour que son secret ne soit pas révélé.

Aïe.

Même si j'ai fait le deuil d'une relation père-fille apaisée depuis longtemps, ça fait quand même mal.

– C'est quand même bizarre qu'il ait cherché à me tuer tout en engageant des gardes du corps pour me protéger, protesté-je dans l'espoir que mon père n'irait pas jusque-là.

– Au contraire, c'est logique s'il a cru que tu étais au courant de tout, répond Sofia. À l'hôpital, il est venu pour vérifier si tu avais découvert le pot aux roses et, quand il s'est rendu compte que tu n'avais rien de concret, il a fait marche arrière. C'est bien pour ça que je ne t'ai pas révélé tous les détails dans cette cave. Je savais qu'il pourrait très bien te tuer, si tu le confrontais directement.

Je me rassieds, sonnée par toutes ces révélations.

– Mais pourquoi aurait-il voulu m'abattre sans chercher à me parler ? demandé-je, la gorge nouée.

– Ton père est prêt à tout pour garder ses secrets enfouis, Jade, achève Sofia d'un ton compatissant. Si quelqu'un découvre le pot aux roses, c'est la déchéance qui l'attend. Et on sait toutes les deux que ton père ne vit que pour l'argent et la gloire.

Toutes ces informations sont difficiles à encaisser, mais j'ai besoin d'avoir les idées claires pour affronter mon père, demain. Et je n'ai pas encore de réponses à toutes mes questions.

– Alors, qui a ordonné mon sauvetage ?

Esher place une main sur mon avant-bras pour me faire lâcher la mèche de cheveux que je n'avais pas conscience de triturer, avant de répondre :

– C'était une décision d'Ishten. Dès que Tishé a localisé le bâtiment en traçant la vidéo, Ishten était sur le départ et nous l'avons suivi. D'ailleurs, on était vachement surpris qu'il agisse sans suivre aucun ordre. C'était une première pour lui !

Dans ce cas, je compte peut-être un peu pour lui ?

Mais à quoi bon ? De toute façon, il a fait une croix sur tout ce qui nous concernait. Je ferais mieux de l'oublier. Tout au moins, essayer. L'espoir n'est pas toujours une bonne chose, quand il vous fait courir après des chimères.

– Toujours est-il que nous devons préparer notre plan pour demain.

L'intervention de Sofia me sort de mes tristes pensées.

Une minute... Elle a bien dit notre plan?

– Je serai de la partie pour les négociations, explique-t-elle face à mon regard interrogateur. Je connais tous les secrets de Paul Devreaux pour avoir collaboré avec lui pendant des années. Je serai un témoin clé, en plus d'être votre avocate. Grâce à Tishé et à ses relations à la morgue, ton père croit avoir trouvé mon cadavre le jour de ton sauvetage. Il ne s'attendra pas à me voir.

– Pardon, mais vous avez bien dit avocate? intervient Esher.

Je n'avais même pas relevé. J'avoue avoir plutôt bloqué sur les mots « morgue » et « cadavre », mais ce genre de choses ne doit plus lui faire ni chaud ni froid.

– Effectivement, j'ai de multiples casquettes, mais je suis initialement formée en droit.

– Et le fait que vous soyez notre avocate ne serait pas incompatible avec votre témoignage? continue Esher, qui a l'air de bien mieux suivre que moi.

– Possible. Si ma déposition est requise et que l'affaire passe devant la cour, je ferai évidemment appel à un confrère. Néanmoins, ma parole n'a jamais eu de poids, peu importe le nombre de fois où j'ai cherché à la faire valoir. Et puis, je doute que vous ayez besoin de ça, vu le solide dossier que vous avez en votre possession.

Pendant l'heure qui suit, nous préparons la meilleure défense possible. Enfin, eux débattent, et moi, je lutte pour rester éveillée. Nous finissons par nous séparer afin de nous octroyer quelques heures de sommeil bien méritées. Pour ma part, je ne sais pas si je vais réussir à me reposer. J'ai l'esprit confus; tout tourne en boucle dans ma tête. J'ai besoin de vider mon sac, mais j'imagine que Cathy dort déjà à cette heure avancée de la nuit.

Pourtant, quand j'arrive devant chez moi, un rai de lumière filtre sous la porte d'entrée. Étrange. Puis je me souviens : un partiel est prévu pour demain et, s'il y a bien une chose avec laquelle Cathy ne rigole pas, ce sont les examens.

Néanmoins, lorsque j'entre, ce n'est pas ma meilleure amie qui est assise sur le canapé mais une silhouette bien plus masculine.

Mazette ! Je crois que j'ai trop forcé aujourd'hui.

Sinon, je ne verrais pas Ishten, plus vrai que nature, installé dans mon salon. L'homme de mes rêves se lève et me fait face, encore plus beau que dans mes souvenirs. Tenue noire, de ses rangers à sa veste rembourrée qu'il n'a pas encore enlevée, cheveux ébouriffés, peau sombre, encore plus bronzée que dans mes souvenirs, et cicatrice quelque peu cachée par un début de barbe…

Tiens, mon imagination a ajouté ce détail qui m'a toujours fait craquer chez un garçon.

– Bonsoir, Jade.

J'en ai la chair de poule. Cette voix profonde m'avait manqué.

Une preuve de plus qu'il s'agit d'une hallucination : Ishten ne dit jamais bonsoir.

– J'ai décidé de faire quelques efforts, répond l'illusion avec un sourire amusé.

J'ai parlé à voix haute ? La vache ! Faut à tout prix que je dorme, moi.

Le fantasme sur pattes en a décidé autrement puisqu'il s'avance et me prend les mains, m'obligeant à lâcher toutes mes affaires. Ses doigts rugueux sur ma peau déclenchent une vague de frissons et accélèrent frénétiquement les battements de mon cœur.

– Tu es vraiment là ? soufflé-je.

– Je suis là. Je suis revenu pour te pro…

Je ne le laisse pas finir et saute à son cou. Ses bras puissants m'étreignent en retour. Soudain, je ne touche plus le sol – Ishten me porte comme si j'étais aussi légère qu'une plume. J'enfouis mon visage dans son col et nous restons ainsi un moment. Si je le lâche, il pourrait de nouveau disparaître et je m'y refuse. Au moment où je m'apprête à lui poser les milliers de questions qui trottent dans mon esprit, je sens des baisers légers parcourir ma tempe, ma pommette puis mon cou. Au diable les questions ! Un petit gémissement de plaisir m'échappe, ce qu'il prend, à juste titre, comme un signe de consentement. Au pas de course, il se dirige vers ma chambre tout en me portant et me jette sur le lit.

Il se relève pour se dévêtir et l'opération prend un certain temps. Sous sa veste, il est équipé d'un genre de holster contenant une tripotée d'armes dont j'ignore le nom. Il les enlève une à une, tout en me regardant comme si, sa cible, c'était moi. Et je trouve ça diablement sexy.

– Déshabille-toi.

Avec cette voix rauque, demande-moi tout ce que tu veux.

À son sourire amusé, je devine que j'ai encore parlé à voix haute. Gênée, mais pas moins excitée, je me dévêtis beaucoup plus vite que lui. Il marque un temps d'arrêt en parcourant chaque partie de mon corps comme s'il observait un tableau de maître. Ma poitrine se gonfle, attirant son regard sur le bout de mes seins. Je ne me sens pas le moins du monde gênée par mes kilos en trop et le laisse me contempler à sa guise. De mon côté, je ne rate pas une miette de son délicieux strip-tease. Lorsqu'il me rejoint et s'allonge près de moi, nous soupirons de concert.

– Si tu savais combien de fois j'ai pensé à ce moment, m'avoue-t-il.

Il m'embrasse avec une telle fougue que j'en ai le souffle coupé. Nos baisers deviennent fiévreux, les siens parcourent mon corps… Mais cette fois, je veux prendre les choses en main. Alors, d'un mouvement bien trop souple pour moi – j'aurai certainement des courbatures plus tard –, je me retrouve au-dessus de lui. Je commence par embrasser son visage, en m'attardant sur sa cicatrice. Voyant qu'il se laisse faire, j'en profite pour promener mes lèvres sur son corps entier. Les frissons qui parcourent sa peau et son souffle saccadé m'encouragent et je finis ma course entre ses jambes.

Je n'ai jamais aimé la fellation. J'ai toujours trouvé ça dégoûtant, et aucun pénis ne m'avait semblé beau avant. Sauf que, chez Ishten, tout est beau. J'ai envie d'embrasser et de lécher la moindre partie de lui, et je ne m'en prive pas. Le dégoût est bien le dernier adjectif qui me vienne en tête, surtout quand je vois une expression de pure extase peindre ses traits. Audacieuse, je soutiens son regard alors que je le prends en bouche. Ses grognements bestiaux m'indiquent que je m'en sors plutôt bien, de même que ses yeux qui se voilent pour finir par se fermer. Sa tête se renverse vers l'arrière et, d'un coup, il inverse nos positions et se retrouve au-dessus de moi.

– Si tu continues, ça sera fini avant d'avoir commencé. Laisse-moi faire.

Comme la dernière fois, il enlace mes poignets d'une main ferme et embrasse ma poitrine, la parcourant de baisers voraces et de coups de langue taquins. De l'autre, il caresse mon entrejambe ; l'excitation est à son comble, mon souffle est tellement rapide que je pourrais bien m'évanouir de plaisir. Pourtant, je suis bien consciente de chacun de ses mouvements. Je ressens chaque toucher au centuple et retrouve cette sensation d'ivresse et de puissance qu'il m'avait déjà procurée. Quand il est certain que je suis prête à aller plus loin, il s'écarte de moi. Privée de la chaleur de son corps, je frissonne – de froid cette fois-ci. Il saisit son sac, fouille à l'intérieur et trouve l'objet qu'il cherchait, victorieux. Je l'observe s'équiper d'un préservatif, tellement pressé que ses mains tremblent et qu'il doit s'y reprendre à deux fois. Ensuite, il s'allonge à nouveau sur moi, attrape mon menton pour m'obliger à le regarder dans les yeux et me demande d'une voix rauque :

– Tu es prête ? Parce que je vais avoir du mal à me contenir.

– Ça fait des semaines que j'attends ça, gémis-je en ondulant des hanches pour l'attirer plus près. Vas-y, ne te retiens pas.

Il m'embrasse et me pénètre d'une brusque poussée. Je ne peux retenir un cri aigu, partagée entre douleur et plaisir. Le mélange des deux décuple mon excitation alors qu'il bouge les hanches à un rythme frénétique.

– Désolé… ahane-t-il. J'ai… Je ne peux pas… me contenir.

Trop troublée pour formuler une pensée cohérente, je gémis et viens à sa rencontre pour l'encourager. La boule de chaleur présente dans mes tripes se transforme en une brûlure glacée qui se propage dans tout mon corps. Je ferme les yeux face à la puissance des sensations. Alors, il stoppe tout mouvement, attrape à nouveau mes poignets d'une main et mon menton de l'autre.

– Regarde-moi, Jade, ordonne-t-il avant de reprendre avec des gestes beaucoup plus lents et profonds.

L'autorité de sa voix rauque et la langueur de ses gestes me font décoller. Mes yeux se révulsent et des étoiles brillent derrière mes paupières closes. Tout mon corps est envahi par un sentiment d'extase. Je me retrouve dans un autre monde, transcendée. Il me suit dans la seconde et s'effondre à mes côtés avant de me prendre dans ses bras, comme la dernière fois. Je mets quelques minutes à retrouver un rythme cardiaque normal alors que lui est à peine essoufflé. C'est injuste.

– Excuse-moi, j'ai été trop brutal.

Je me dresse sur un coude, l'autre bras appuyé sur son torse. Je le regarde bien en face, afin que la portée de mes mots soit plus forte.

– C'est comme ça que je t'aime. Sauvage et authentique.

Il cligne des paupières, sonné par la portée de mes paroles, mais se reprend vite et m'offre un baiser d'une tendresse qui me fait monter les larmes aux yeux. C'est une déclaration d'amour, tout ce qu'il y a de plus pur. Avec lui, je ne m'attends pas à de grandes phrases romantiques. Ça ne serait pas mon Ishten, sinon. Ce sont ses gestes qui comptent. Ils ont une dimension mille fois supérieure à de simples mots. N'y tenant plus, je m'endors, blottie contre lui. Je prie John Lennon pour qu'il soit toujours là à mon réveil.

30

MENACE N° 12 : CEUX QUI S'APPROCHENT DE MA PETITE AMIE

Ishten

Une odeur douce et sucrée accompagne ma première phase de réveil. Celle de ma petite amie. Je la reconnaîtrais entre mille. Je me rappelle m'être dit, la première fois que j'ai respiré son odeur, qu'à force d'ingurgiter des pâtisseries, Jade avait fini par sentir comme l'une d'entre elles.

J'ouvre les yeux. Le lit est désert. Dans un élan de panique, je me dresse comme un ressort. Mais elle est bien là, en sous-vêtements, en train de vider tout le contenu de son dressing.

Quelle vision enchanteresse de si bon matin !

Malgré son look presque enfantin, je suis agréablement surpris de découvrir qu'elle affectionne la lingerie en dentelle. Moi qui pensais que son ensemble de la dernière fois lui avait été prêté par sa mère. Son shorty épouse son derrière rebondi à la perfection et son soutien-gorge met en valeur sa poitrine généreuse. Comme un agent en mission, je m'approche le plus silencieusement possible et m'agenouille derrière son cul de folie. Elle sursaute lorsque je l'agrippe et la parcours de baisers.

– Ishten, dit-elle en riant, arrête, tu me chatouilles avec ta barbe.

– Tu veux que je la rase ? marmonné-je tout en continuant mon exploration.

– Non… j'aime bien.

– Tant mieux, j'adore voir les marques que j'ai laissées sur toi en t'embrassant.

Je me redresse et lui fais face.

– T'es bizarre, dit-elle en rigolant.

Puis elle se dresse sur la pointe des pieds et m'offre un sourire tendre accompagné d'un petit bisou sur la bouche. Rapide, mais qui m'atteint en plein cœur. On ne m'a jamais embrassé comme ça, juste par envie et non dans le but d'obtenir une nuit de débauche.

– Que fais-tu avec tous tes vêtements ? demandé-je, la voix enrouée par l'émotion.

– Je ne sais pas quoi mettre. J'ai déjà utilisé ma seule tenue potable hier. Je ne vais pas me pointer dans le même tailleur.

Alors qu'elle recommence sa fouille, je l'agrippe par les hanches et la tire vers moi pour qu'elle se retourne. Sur un coup de tête, je décide de lui rendre son baiser. Mon initiative semble lui plaire, car un sourire vient illuminer son visage crispé par l'angoisse.

– Les gars m'ont informé que tu rencontrais de nouveau ton père aujourd'hui, lui expliqué-je en la serrant plus fort. Je suis en colère contre toi pour ne pas m'avoir écouté et t'être mêlée de ses affaires.

Elle baisse la tête en se mordant la lèvre. J'attrape son menton pour qu'elle me regarde à nouveau et continue :

– Et en même temps, je suis putain de fier de toi. Esher m'a raconté comment tu avais assuré face à ton père. Ça n'a pas dû être facile pour toi.

– Tu n'as pas idée, souffle-t-elle en posant la tête sur mon épaule. C'est la seule et unique fois où j'ai osé confronter mon père. J'ai un peu honte de l'avouer mais… j'ai toujours eu un peu peur de lui.

Je dépose un baiser sur son front pour la rassurer. Avec elle, je pourrais vraiment m'habituer à tous ces petits gestes d'affection.

– N'aie pas honte. Il fait peur à beaucoup de gens. Je connais tout un tas de militaires durs à cuire qui n'en mènent pas large face à lui.

– C'est vrai ? me demande-t-elle en relevant la tête. Toi aussi ?

– Eh bien… quand j'étais plus jeune, j'ai eu le droit à quelques punitions… Disons des punitions musclées.

Elle recule et cligne des yeux plusieurs fois.

– Il te frappait ?

– Parfois, avoué-je.

– Le salaud.

L'entendre jurer me fait rire, c'est si inhabituel. Elle se mord la lèvre inférieure et j'y passe mon doigt pour la caresser.

– Ne t'inquiète pas pour aujourd'hui, d'accord ? Sois toi-même. Montre-leur que la Jade que nous connaissons envoie du lourd et qu'elle n'est pas impressionnée par leurs fringues hors de prix. Tu vas assurer, j'ai confiance en toi.

Elle me sourit de plus belle et hoche la tête, avant de choisir une jupe rose.

Mission accomplie.

– Bon, je vais faire un point avec les gars concernant la

rencontre avec ton père et on se retrouve dans une demi-heure pour le grand show !

Je m'habille en quatrième vitesse et me dirige vers la porte de l'appartement. Problème : un obstacle se tient sur mon chemin. La meilleure amie, qui me fusille du regard. Il va falloir écourter la réunion stratégique. Déjà, hier soir, l'accueil auquel j'ai eu droit était tout le contraire de chaleureux. Elle m'en veut d'avoir brisé le cœur de sa copine. Je comprends, je partage son avis.

– J'espère que tu ne comptes pas de nouveau te barrer ! lâche-t-elle, un doigt manucuré pointé sur mon torse comme s'il s'agissait d'un Beretta.

– Tant que Jade souhaite que je reste, je n'irai nulle part.

S'ensuit un échange de regards. Le sien lourd de reproches, le mien, le plus sincère du monde. Satisfaite, elle hoche la tête et me laisse passer. La confrontation aura été plus rapide que prévu. Je vais enfin pouvoir aller casser la gueule de Tishé. Mon avion a atterri très tard hier, et je voulais consacrer ma soirée à ma priorité : Jade. Mais maintenant, il est temps de rendre des comptes.

***

Une demi-heure plus tard, Esher, Tishé et moi patientons devant l'appartement de Jade. La discussion que j'ai eue avec notre hacker n'a pas été de tout repos, vu qu'il est absolument persuadé d'avoir agi pour le mieux. En grand seigneur, il m'a laissé lui mettre le premier coup, pour se faire pardonner pour Jade. S'en est ensuite ensuivi un échange musclé, mais ce gringalet manque d'entraînement et il ne m'a presque pas touché, à part quelques coups aux côtes. Il se retrouve donc bien amoché. Moi aussi, mais ça fait des années que je suis comme ça. Heureusement, ça ne semble pas perturber ma belle brune.

Justement, la voilà qui sort de son appartement. La porte s'ouvre sur une femme qui n'a plus rien de la gamine qui se cachait derrière ses combinaisons à moumoute. Je regrette presque son petit côté enfantin. Vêtue d'une parka rouge qui cache l'intégralité de sa tenue et marque sa taille, elle a passé des chaussures à talons assez strictes. Je lui souris quand je remarque le petit nœud à pois blanc et rouge qui retient ses mèches folles. Elle est parfaite. Elle s'arrête en me voyant faire. Je constate qu'elle n'est pas la seule : les gars me matent comme si je venais de leur annoncer que j'allais me reconvertir dans l'événementiel.

Quoi ? Ça m'arrive de sourire, quand même !

– Qu'est-ce qu'il t'est arrivé à l'œil ? demande Jade à Tishé, alors que nous descendons les marches.

D'un regard, il comprend qu'il n'a pas intérêt à parler de notre altercation.

Il ne faudrait pas que ma petite amie me prenne pour une brute. Si ce n'est pas déjà fait.

– Je me suis pris une porte.

– Elle devait avoir un sacré crochet, ta porte, lance Esher, hilare.

– Bien joué, le félicite-t-elle.

Surpris, je la vois lever la main et Esher tape dedans.

Qu'est-ce qu'il leur arrive, à ces deux-là ? Depuis quand sont-ils devenus les meilleurs potes du monde ?

Vexé de ne pas partager leur complicité, j'attrape Jade par la taille et l'escorte jusqu'à la voiture. Les deux abrutis ricanent face à mon comportement, mais, comme d'habitude, je n'en ai rien à foutre. Qu'ils pensent ce qu'ils veulent, je ne suis pas jaloux. Juste protecteur.

***

Nous stationnons devant un immeuble de Wall Street et confions les clés au voiturier. Sur la petite place devant l'entrée de l'immeuble, la femme qui a fait tant de mal à Jade nous attend. Sofia Martinez, celle sur qui repose tout notre argumentaire, a bien de la chance que j'aie déjà passé mes nerfs sur Tishé. Je ne suis pas habitué à frapper des femmes, mais elle n'échappera pas à une discussion en bonne et due forme. Cette conne me tend la main comme si j'étais son pote. Je la repousse d'une petite tape, non sans lui jeter un regard dégoûté.

– Tu aurais pu seulement l'ignorer, et pas la regarder comme un insecte, chuchote Jade alors que nous passons les contrôles de sécurité. C'est elle qui s'occupe de notre défense à tous, il ne faudrait pas qu'elle te prenne en grippe.

J'ai dû me séparer de mes armes et je me sens démuni. Je passe un bras autour des épaules de Jade pour combler ce sentiment d'inconfort.

– Hors de question que je serre la main d'une personne qui a fait du mal à ma petite amie, chuchoté-je en retour lorsque nous pénétrons dans le hall. Je pourrais la lui broyer.

Un couinement échappe à Jade, le même qu'elle avait déjà émis lorsque je l'avais appelée « ma petite amie ». Étrange réaction, plutôt amusante, cela dit.

Nous n'attendons pas bien longtemps pour être guidés vers le bureau de Paul Devreaux. J'ai cessé de l'appeler « général » dès le moment où j'ai choisi de prendre le parti de sa fille. La pièce est lumineuse, presque entièrement vitrée. Sofia fait en sorte de rester en retrait afin de ménager son effet.

Le père de Jade y trône, entouré par trois vigiles. Il fait

le fier, mais son masque serein se fissure à la minute où il m'aperçoit.

– Ishten ? Tu n'es pas en mission ? bredouille-t-il alors que Jade et Tishé prennent place face à lui.

La surprise de mon futur beau-père n'est pas feinte. En effet, je n'ai prévenu personne de mon départ.

Pour ce que j'en ai à foutre…

Je me place à l'écart, en face des vigiles. Esher en fait de même. Je daigne enfin répondre, d'un ton vindicatif :

– J'avais d'autres priorités.

– Sais-tu que la désertion est passible d'emprisonnement ? dit-il avec un sourire sournois.

Je hausse les épaules. Jade, elle, se crispe et me lance un regard inquiet. C'est à ce moment que Sofia pénètre dans la pièce. Son ancien employeur devient blanc comme un cachet d'aspirine et cligne des yeux avant de se les frotter.

Eh non, mon vieux, ce n'est pas une hallucination !

– De nos jours, nous parlons plutôt d'abandon de poste, affirme-t-elle tandis qu'elle prend place dans le dernier siège vide, entre Tishé et Jade. Et au vu des circonstances dans lesquelles ce poste a été pourvu, c'est-à-dire illégales et contraires à l'éthique des droits humains, nous n'en viendrons pas là.

– Sofia, grince Paul Devreaux tandis que sa bouche se tord en une grimace de dégoût. Je suis ravi de vous voir en bonne santé. Néanmoins, je ne peux cacher ma surprise : je ne vous croyais plus de ce monde.

– Il semble que vos larbins n'aient pas bien fait leur travail. Peut-être auriez-vous dû demander plutôt à l'un de vos chers enfants-soldats de se charger de me tuer.

– Ne soyez pas insultante, grince Devreaux. Le programme de réhabilitation que nous avons mis en place a pour seul et unique but de sauver de jeunes enfants de leurs familles instables afin de leur offrir une éducation.

– En effet, c'était ce que nous avions décidé avant que vous ne m'évinciez du projet, répond Sofia dans un calme qui contraste avec la fureur apparente de son adversaire.

D'un signe de tête, elle indique à Tishé qu'il est temps de sortir les dossiers. Les vigiles, sur le qui-vive, pointent leurs armes vers lui dès qu'il se baisse pour fouiller dans son sac. L'ambiance devient tendue, voire explosive. On entend les mouches voler et chacun se dévisage, prêt à réagir au moindre mouvement suspect. Ma Jade est toute crispée et n'ose plus bouger. Je me rapproche d'elle et pose une main sur sa nuque afin de l'apaiser. Elle n'a pas à s'en faire : si les choses tournent mal, sa protection est ma priorité. Quant à Tishé, il ne semble pas concerné et continue de vider le contenu de son sac tranquillement. Les dizaines d'archives s'empilent sur le bureau et forment une pyramide branlante que Devreaux fixe comme s'il s'agissait du diable en personne.

– Voilà le compte-rendu des missions effectuées par vos « enfants », annonce Sofia en s'emparant du premier dossier. 2022, Lybie, attaque d'une planque de djihadistes par la promotion Égypte, constituée d'enfants âgés de 14 à 15 ans. 2021, prise d'assaut d'une mine de diamants au Niger par la promotion Byzantin. Enfants âgés de 13 à 14 ans. J'imagine que cette mission a été mise en place dans l'intérêt de vos amis millionnaires. 2021, Irak…

– Il suffit ! tonne le futur ex-secrétaire d'État en bondissant de sa chaise. Vous comptez nous faire la lecture de ces diffamations pendant longtemps ?!

– Il n'y a que vous pour appeler ces preuves des diffamations, Devreaux.

– Ce n'est pas recevable devant un jury. Ces documents m'ont été volés par mon ingrate de fille dans ma propre maison.

Tandis qu'il pointe un doigt furieux vers Jade, celle-ci redresse les épaules et la tête, m'obligeant à lâcher sa nuque et à me reculer. Avec lenteur, elle se lève afin d'être au même niveau que son père et le dévisage avec calme.

– Aucun vol n'a été commis. Il n'y a pas eu d'effraction ni de dépôt de plainte. Je connaissais le mot de passe, et ces dossiers étaient dans ma maison. Ils seront recevables devant un tribunal. Libre à toi de prendre le pari, nous sommes prêts à poursuivre les procédures.

Elle a cloué le bec à son père. Ma petite Jade sort de sa coquille, et j'avoue que cette nouvelle assurance m'excite un peu. Elle le regarde en biais et je lui fais un clin d'œil, contenant avec peine l'immense sourire de fierté qui veut éclore sur mon visage.

– Nous vous laissons le choix, enchaîne Sofia tandis que ma petite amie se rassied. Un procès en bonne et due forme, ou bien le démantèlement pur et simple des promotions FSD. Bien évidemment, cette étape devra être suivie d'un programme de soutien psychologique aux familles ainsi que d'un dédommagement financier pour les préjudices subis.

Paul Devreaux retombe sur sa chaise, acculé, non sans lâcher un gémissement digne d'un enfant en plein caprice. Vraiment, je me demande comment cet homme a un jour pu m'impressionner.

– Pour ce qui est de notre dédommagement, à Ishten, Esher, Tishé et moi, poursuit Jade en sortant d'autres documents, nous nous contenterons des deux logements que nous occupons actuellement. Voici l'acte de donation à signer, et je te prierai de passer toutes mes économies à mon nom.

– C'est mon argent, sale gamine ! hurle le général.

Il se lève d'un bond et agrippe avec force le poignet de Jade, qui lâche un cri plaintif. Ni une ni deux, je contourne le bureau et immobilise Devreaux en lui maintenant la tête enfoncée dans les papiers qu'il refuse de signer. Ses gardes du corps réagissent trop tard. Esher a déjà assommé le plus rapide et paralysé le deuxième, tandis que Tishé tient le dernier en joue. J'approche ma bouche de l'oreille de mon ancien supérieur, resserre ma prise sur son bras, écrase un peu plus son crâne et lui susurre d'un ton sans appel :

– J'ai plus d'ordre à recevoir de toi, enflure. T'as le choix, tu signes ces documents ou tu perds ton bras.

Le vieux hoche la tête du mieux qu'il peut et je le relâche pour lui fournir un stylo. Mon regard rencontre celui, reconnaissant, de la femme de ma vie. Une fois tous les documents signés et la promesse de Sofia de prendre en charge le démantèlement du projet FSD faite, nous prenons congé. Dès que nous franchissons la porte, nous soupirons de soulagement. La pluie fine qui nous accueille est revigorante. Jade tourne sur elle-même, offrant son visage aux caprices de la météo. Quand elle voit que je l'observe, elle me saute dans les bras.

– Merci d'avoir été là, dit-elle en souriant, ses yeux remplis de reconnaissance, d'amour et de tendresse.

Elle est si belle, si douce et si pleine de vie. Je l'embrasse à pleine bouche, faisant fi de toutes les convenances. Les sifflements moqueurs de mes camarades viennent rompre notre moment, mais ma petite amie en rigole alors je décide de ne pas casser la gueule aux importuns.

ÉPILOGUE

Jade
Un an et demi plus tard

L'opération finale est délicate. Un petit dérapage et tout s'effondre. Je fais abstraction de ce qui m'entoure afin que rien ne vienne gâcher ma concentration extrême, même pas cette goutte de sueur glacée qui coule le long de ma tempe et risque de nuire à mon œuvre.

Ça y est !

Ma première pièce montée est enfin achevée, et elle est parfaite. Satisfaite, je la range avec précaution dans la chambre froide et retourne derrière mon comptoir. Voilà maintenant deux mois que j'ai ouvert ma boutique, Les douceurs de Jade. Dès mon diplôme de pâtisserie en poche, j'ai commencé les démarches. Ça n'a pas été facile, car je n'y connaissais rien en entrepreneuriat, mais j'ai appris sur le tas. Et puis, Ishten a été d'un soutien infaillible. Toujours présent pour moi, surtout dans les moments les plus compliqués. Plusieurs fois, il m'a empêchée de jeter l'éponge. C'est même lui qui a goûté toutes mes créations les plus loufoques. Les journées sont longues et éreintantes, les frais exorbitants, mais je n'échangerais ma place pour rien au monde.

Décidant de m'accorder une pause, je ferme la boutique et me dirige vers le cimetière, non loin de là. Je me rends toutes les semaines sur la tombe de ma grand-mère. Une fois, j'y ai croisé Niels qui lui apportait des fleurs. Depuis, il passe régulièrement prendre un thé à la boutique.

À mon retour, j'ai à peine le temps de retourner derrière le comptoir que la cloche sonne. Mon affaire commence à bien tourner et j'ai prévu d'embaucher une employée d'ici peu. Je m'attends à accueillir un client, mais c'est mon homme qui apparaît dans l'encadrement de la porte.

– Ishten ! m'exclamé-je en me précipitant dans ses bras. Tu es déjà rentré ?

Comme Esher et Tishé, il n'a pas souhaité reprendre son nom de naissance. J'avoue que ça m'aurait perturbée de devoir l'appeler Vadim.

– La mission a été plus courte que prévu, répond-il en m'enlaçant.

Il me soulève, m'embrasse dans le cou puis respire mon odeur à plein nez avant de me poser à terre. Il m'a manqué. Son entreprise de protection rapprochée fonctionne du tonnerre. Quand il l'a lancée avec Esher et Tishé, les clients ont accouru. Il faut dire que le scandale des enfants-soldats a fuité dans les médias et les chaînes d'info n'ont parlé que de ça durant des semaines, entraînant la chute des affaires de mon père ainsi qu'une publicité formidable pour leur société. Esher étant le porte-parole, il est plus ou moins devenu une célébrité, pour son plus grand plaisir.

– Des nouvelles de ton père ? s'enquiert-il alors que nous nous installons autour d'un café.

– Aucune, depuis que tu lui as répondu à ma place au téléphone.

Un sourire satisfait étire ses lèvres. Pour ma part, la culpabilité est toujours présente, même si nos derniers échanges vindicatifs l'ont réduite. Mon père m'a accusée de tous ses maux et traitée comme une moins-que-rien. Ma mère, fidèle au poste, s'est rangée de son côté. Néanmoins, elle a vite pris la poudre d'escampette avec un gros bonnet de la finance quand elle a vu les retombées judiciaires et économiques de l'affaire. Un divorce éclair a été prononcé alors que mon géniteur était en garde à vue. Désormais, il attend son procès sous tutelle juridique.

Ishten interrompt mes pensées en attrapant mes mains.

– Je suis venu t'annoncer quelque chose. J'ai contacté ma famille. Mon frère va nous rendre visite.

Folle de joie, je lui saute au cou et l'enlace. La pauvre chaise sur laquelle il est assis proteste, mais mon enthousiasme est tellement fort qu'elle pourrait se briser en mille morceaux sans que je le remarque.

– C'est formidable, je suis pressée de le rencontrer ! Et tes parents ?

– Ils ne peuvent pas faire le déplacement depuis l'Angleterre, mais nous nous sommes parlé en visio.

Les choses ont été plus compliquées pour Ishten que pour ses deux camarades, qui ont répondu immédiatement à l'appel de leur famille. J'ai dû travailler mon amoureux au corps pour qu'il accepte d'échanger avec les siens. Ses blessures commencent doucement à se refermer et je crois que je n'y suis pas pour rien !

– Je suis trop contente pour toi.

Je lui adresse un grand sourire et, sans prévenir, il attrape mon visage en coupe pour m'embrasser à pleine bouche.

– C'est moi qui suis trop content de t'avoir, chuchote-t-il contre mes lèvres.

Comblée, je pose ma tête sur son épaule avant de demander :

– Quand arrive ton frère ?

– Ce soir, me répond-il distraitement en jouant avec mes cheveux.

Je me relève d'un bond.

– Quoi ?! Et tu me préviens maintenant ?

Il hausse les épaules. Il a toujours des lacunes en ce qui concerne le savoir-vivre en société, et n'a pas pensé que l'arrivée d'un invité important se prépare.

Pas une minute à perdre !

Je ferme la boutique et me précipite au magasin d'alimentation le plus proche. J'appelle Cathy au passage pour l'informer.

– OK, ma Jadounette, je vais nous concocter un dahl de lentilles super healthy.

– Euh... C'est-à-dire que... Je ne pense pas...

– Je déconne, ma puce ! Je passe prendre des frites en rentrant. Toi, achète une côte de bœuf.

– T'auras le temps ? T'es pas à la maison ?

– Non, je suis chez Esher, mais j'allais partir. T'en fais pas, on sera prêtes. J'appelle le kebab pour lui dire de préparer la dose.

– T'es la meilleure, dis-je en raccrochant.

Il en faut des protéines, pour nourrir ces paquets de muscles ! Je suppose que mon beau-frère a le même appétit qu'Ishten. Nous rentrons à la maison et je file m'apprêter. Notre colocation s'est agrandie : mon amoureux habite avec nous lorsqu'il n'est pas en mission. L'appartement voisin est toujours occupé par Tishé. Lorsqu'il ne travaille pas avec les gars, il passe son temps à lancer des applications qui font fureur. À chacun ses loisirs, mais je dois dire que le sien est très lucratif ! Esher a emménagé non loin de là, dans un penthouse magnifique que Cathy squatte de temps en temps. Même si ma copine m'affirme qu'ils ne sont que des amis qui couchent parfois ensemble, je vois bien les étoiles dans ses yeux quand elle le regarde ou qu'elle parle de lui. De plus, l'attirance et l'alchimie qu'ils partagent crèvent les yeux. À mon avis, c'est le début d'une belle et longue histoire.

– Je vais me préparer, lancé-je à Ishten dès que nous franchissons la porte. Range un peu l'appart, s'il te plaît. Et par pitié, ne laisse pas traîner tes armes.

– Sérieux, à quoi ça sert de laisser des armes dans le placard ? Si jamais…

Il continue de grommeler, mais je me glisse sous l'eau chaude de la douche et ne l'entends plus. Il continue d'être à cheval sur tout l'aspect sécurité et rangement, mais au final, c'est toujours moi qui gagne. J'ai découvert un homme qui n'hésite pas à se plier en quatre pour me faire plaisir et qui est toujours à l'écoute quand j'ai un problème. Il a aussi un côté très tactile que je n'aurais jamais soupçonné. Finalement, c'est un gros nounours. Je ne lui avouerai jamais que je pense ça de lui car son ego est très sensible, mais avec Cathy, nous sommes d'accord là-dessus : il aboie plus qu'il ne mord.

Je m'habille en vitesse et retrouve Ishten dans le salon, en train de faire les cent pas. Je le rejoins et attrape ses mains.

– Ça va aller. Je suis certaine qu'il est aussi nerveux que toi à l'idée de retrouver son grand frère.

Il serre mes mains et détourne le regard.

– Et si je n'arrive pas à faire la conversation ? C'est pas trop mon truc… Il risque de me trouver bizarre.

Il est vraiment trop mignon, parfois. Je me mets sur la pointe des pieds pour l'embrasser et lui offre un sourire rassurant.

– Ne t'en fais pas, je serai là pour meubler les silences.

Il me rend mon sourire et embrasse mes mains.

– Je t'aime, Jade.

Les larmes me montent aux yeux car c'est la première

fois qu'il me le dit, même si je n'en doutais pas. Je n'ai pas le temps de lui rendre la pareille qu'on sonne à la porte. Ishten ne bouge pas, alors je le pousse dans l'entrée. Il ouvre et nous faisons face à un sosie de mon chéri, en plus jeune. La ressemblance est incroyable et on pourrait les prendre pour des jumeaux, si une sensation de douceur ne se dégageait pas de son visage. Il étreint son frère, un grand sourire aux lèvres. Gêné, Ishten le gratifie d'une tape sur le dos et s'écarte tout en me lançant un regard démuni pour que je vienne à sa rescousse. J'approche, il m'enlace et me présente à son frère.

– Voilà, c'est Jade. Tu repars quand ?

J'adresse une moue d'excuse à son frère, qui ne semble pas s'en formaliser. Ishten a encore du chemin à parcourir, et je serai la plus heureuse des femmes de pouvoir surmonter les obstacles de la vie avec lui.

Autrice : Poppy Jude

Edisource – Éditions Addictives
1 bis, avenue de la République – 75011 Paris
Imprimé par FINIDR – Lipova cp. 1965 – 73701 Cesky Tesin,
République tchèque
Dépôt légal : mars 2025 – Achevé d'imprimer : février 2025
ISBN : 978-2-37126-705-3
Contact sécurité produit : conso@edisource.fr
Réf. contrat : ZBUL_001